水上勉

文学・思想・人生

藤井淑禎 著

名古屋大学出版会

水上勉　目次

I

II

I

第一章　『五番町夕霧楼』の復権

貶められた『五番町夕霧楼』

『五番町夕霧楼』（『別冊文藝春秋』一九六二年九月、六三年二月刊）については、すでに作者自身による自注ともいうべき一連の文章がある。しかし、それら一連の文章にはある種の傾向、あえて言えば一種の偏向とさえ呼んでもよいような特徴が見られることには注意する必要がある。『五番町夕霧楼』という作品を正当に理解・評価するうえで、この、ある種の傾向を持った一連の文章が貢献しているとは必ずしもいいがたいことが、この作品の辿った運命を複雑なものにしているといっていいだろう。

『五番町夕霧楼』についてのみ述べられたものではないが、自注の一つである「金閣と水俣」（『世界』七四年四月）では、「兵卒の美学」とはほど遠い三島由紀夫の『金閣寺』（五六年一〇月刊）への不満を述べ、それに付け加えて次のような一文を括弧でくくっている。——「私はのち大衆小説「五番町夕霧楼」を書いて、林君の人間についてかい撫でしたにとどまった」（傍点藤井）。傍点部からも水上のこの作品に対する冷ややかなまなざしは明らかだが、続けて水上勉はこんなふうにも述べている。

> 貧困と宗教、犯罪。この三つのことを考えさせる意味ではもっとも関心をもたされてきている事件である。だがまだ、じつはこのことで、私は真剣にこの命題に取り組んでいない。（中略）私は何もしないでそのまま今日になってしまっているが、やがてこのことは果さねばならない。

「大衆小説」・「かい撫で」といった見方と呼応しつつ、満を持した次作への意欲を吐露した文章は、「金閣と水俣」一編にとどまらない。「私の昭和史」（『月刊エコノミスト』七四年一一月）では、同様の趣旨がこんな具合にリフレインされている。

> 「五番町夕霧楼」は、生家の対岸にみえる成生岬の孤村の貧寺に生まれた林養賢君が、金閣を焼失せしめた昭和二十五年の事件を下敷きにしている。（中略）事件は他人事でなく、晴れた日は生家からも海をへだてて見えた丹後の孤島の村の、貧寒寺に育った林君が、事件を起こすにいたる心理経過に興味をふかめたが、放火犯人を育成した同寺の内容にも、物語をすすめるべき視点がぼやけている。このことも、やがて果たさねばならぬ仕事として残されてある。（傍点藤井）

さらに中央公論社版『水上勉全集2』（七七年二月刊）の「あとがき」では、二つの文章に見られた『五番町夕霧楼』への不本意な思いと次作への意欲はいっそう増幅され、林養賢への関心と思い入れとが前面に押し出されてくる。そこでは『五番町夕霧楼』は「一篇の悲恋物語を仕立てたにすぎない」、とまで作者自身によって貶められる。そして金閣放火事件については、その時もまだ林君の放火動機について、確たる気持が推察しきれていなかったので、事件そのものは遠くへ廻して、私流の女性を創って、林君の人間、あるいは放火動機をあぶり出す手法をとろうと思った。

と述べている。しかし「遊廓からあぶり出せる心理はしれたもの」である以上、「林君の心理にふかく立ち入ろうとすれば、それはまた別の一篇」が用意されなくてはならないというのである。

たしかに、『五番町夕霧楼』を鳳閣放火僧・櫟田正順を中心に考えていく限りにおいては、これら一連の作者の自注は十分首肯できるものであるにちがいない。しかし、書こうとして書きえなかった部分（放火僧の心理など）をあまりに強調することは、結果として、自立し完結した作品である『五番町夕霧楼』のまったき理解と正当な受容・評価を妨げることになりはしないだろうか。もともと、現にある『五番町夕霧楼』において櫟田正順の占める位置はそれほど重要なものとはいえそうにないからである。

そのことについて考える前に、ここではまず以上の三つの文章が互いに近接した時期に書かれていたという事実に注目してみたい。全集の「あとがき」の日付は七六年一二月一〇日となっており、いっぽう他の二編はいずれも七四年の発表であり、六二年の作品発表以来、すでに一〇年以上の歳月が流れている。

この時期に、見てきたような傾向の文章が集中して書かれたことにはむろんわけがあって、全集の

「あとがき」が執筆された翌月の七七年一月からは『金閣炎上』の連載（『新潮』～七八年一二月、七九年七月刊）が開始されている（細かなことを言えば、『新潮』一月号の発売は一二月七日前後だから、「あとがき」執筆時にはすでにそれを手にしていたことになる）。『五番町夕霧楼』への不満と林養賢への思い入れとをバネとして、いよいよ年来の課題に着手する時が来たわけだが、それはそれでよいとしても、問題なのは、『金閣炎上』への助走がスピードを増すにつれて、誤解を恐れずに言えば、『五番町夕霧楼』の歪曲化ないしは矮小化が、こともあろうに作者自身の手によって並行して進められたということだ。

『金閣炎上』によれば、作者の分身である「私」の養賢母子の墓探索の旅は一九五六年から『金閣炎上』起稿時までに五度（『金閣炎上』六）にわたっているが、おそらく七三年の秋末（同、四三）までには、福井県の青葉山麓・安岡部落の共同墓地に両名の墓をたずねあてている。母子の墓探索の旅がこの作品を貫く太い柱の一つであったとすれば、墓発見からほどなくしてこの作品の構想が急速にその骨格を整え始めていったと考えるのはさほど不自然なことではないだろう。つまり、『金閣炎上』の構想が作者の内部で次第に確固としたものとなっていくのと並行して、いってみればその手応えを確かめつつ前記の三つの文章は書かれたことになる。

夕子の生と死

『金閣炎上』の構想が煮詰まる以前の作者の『五番町夕霧楼』に対する見方は、必ずしも前記の三つの文章におけるそれとは一致しない。たとえば発表後一年半ほどしか経っていない時点で書かれた「波暗き与謝の細道」（『旅』六四年四月）では、三〇年ぶりに訪れた与謝の風光への鮮烈な印象を語り、それが主人公・夕子を生む母胎となった経緯を明かしている。

私はこの村に、一人の少女を置いてみたかった。このような淋しい土地にうまれた貧しい少女を、物語の主人公として追ってみたかった。与謝の暗さを一身にひきうけて、生きようともがきながら、結局、暗い運命に蝕ばまれて死んでゆく女のことを書いてみたいと思った。津母の村は、そのような女を私に夢みさせた。

ここでは林養賢＝金閣焼失がこの作品に落とした影についてはほとんど語られることはなく、代わりに、与謝の暗さを一身に背負った娘・夕子の生と死こそがこの作品の主調音にほかならないことが明示されている。

同様のことは、東映映画「五番町夕霧楼」（六三年一一月）の主演女優・佐久間良子との対談「わが五番町の悲しき青春」（『婦人公論』六四年一月）中の、「私は百日紅の花と与謝というところを背景において、哀しく美しい人間模様を書きたかったんですが」という発言からも言えそうである。もっとも、ここでは「あの小僧の話を書いてみたい」との考えを「十年以上前から」あたためていたとも述べている。

しかし、この時点での作者の林養賢に対する思いはともすれば拡散気味であって、そのことは「ああ京の五番町」（『オール讀物』六四年一月）で、「この作品に出てくる男主人公にNの面影も書き込んでみることを忘れなかった」と、林養賢以外の人物の名前を挙げていることからもうかがうことができる。Nとは水上勉の五番町での遊び仲間・新田弘禅（『金閣炎上』）のことで、林養賢の出身地成生にも至近の舞鶴出身であり、金閣のあずかり弟子として立命館の夜学で作者と机を並べた人物である。「ああ京の五番町」には続けてこんなことが書かれている。

私はこの国宝焼失の号外を東京で読んだが、活字を見たとたんにNの顔を思いだした。五番町へばかりいっていたあのN。そうして号外に報じられている犯人某は、Nの郷里と程近い与謝半島の寺の息子であったからである。

『五番町夕霧楼』の鳳閣放火僧・櫟田正順は、したがって林養賢一人へと収束するようなかたちでは造型されていない。そこには新田弘禅のイメージも濃厚に重ね合わされていれば、むろん作者自身の投影もあり、さらにいえば日本海辺の寒村から幼くして父母に生き別れ、苛酷な修行の待つ京の寺へとやってきた無数の小僧たちの怨の声を代弁する存在として櫟田は登場し、そして自滅の道を辿ることになるのである。

櫟田のなかの一部分を占めていた林養賢のイメージが肥大化し、ついには櫟田という作中人物の殻を食い破るまでに成長した時、おのずと『金閣炎上』へのコースがひらかれるのであって、前掲の自注類に見られたような、林養賢と金閣焼失をめぐる問題への追究が『五番町夕霧楼』では十分にはなされていないということは、ただちに作品そのものの価値を損なうことを意味するわけではないのだ。

要するに、作品発表時に近接した複数の証言から言えることは、この作品の中心はあくまでも与謝の暗さを一身に背負った娘・夕子の生と死の軌跡のほうにあったということなのである。他方では同時期に、作者自身は破戒僧問題に関心を深め、林養賢調査も進めており(次章参照)、それが櫟田という形をとって作品に現れることにはなったけれども、まだまだこの段階では破戒僧・櫟田をめぐる問題は、夕子の悲劇性をいっそう高めるための付随的なものにとどまっていたと考えられる。そうした主と従の関係が、林養賢のイメージが徐々に作者の内部でふくらみ、母子の墓探索の旅に代表される調査が進行するにつれて逆転し、夕子中心の捉え方は隅のほうへと押しやられることになったようだ。その結果として、林養賢と金閣焼失をめぐる問題を「かい撫でしたにとどまった」「大衆小説」、「一篇の悲恋物語」、といった歪んだ見方がほかならぬ作者自身の口から語られるようになった時から、この作品の受難の日々は始まることとなったのである。

加担する戯曲

林養賢への思い入れの深さが『五番町夕霧楼』という作品を歪曲化し矮小化するという、おそらくは作者自身も十分には予期していなかったであろう事態は、戯曲「五番町夕霧楼」(作者自身の脚色による。七五年二月文学座により初演)の完成によって、その極に達した感がある。戯曲「五番町夕霧楼」

の第一場と第一六場は「京都地方裁判所法廷」となっている。いうまでもなく、鳳閣放火僧・櫟田正順を裁く法廷の場面である。鳳閣炎上の序景と夕子の昇天をかなでる終景とによってさらに大きくくくられてはいるものの、実質的には『金閣炎上』(まだ発表前だが)が『五番町夕霧楼』をくくる、とでもいったような構成になっているのは見逃すことができない。

第四場と第六場、第一〇場は原作にはない鳳閣寺内の場面であり、反発し、孤立し、追い込まれてゆく櫟田を中心に展開し、その他の場面でも櫟田はしばしば登場してみずからの内面をさらけ出す。骨組みは『五番町夕霧楼』に求めながらも、実質は『金閣炎上』が『五番町夕霧楼』を食い破る、とさえいってよいほどの変容ぶりなのである。作者自身は「こっちのいいたいことを強引につめこんでみるのである。その方が、芝居にする意味が新しく出てくる」(「あとがき」、『水上勉全集26』七八年一一月刊)との信念のもとに原作を「大胆に料理」したつもりらしいが、それにしても結果として原作がこうむった被害について、作者はどのように申し開きするつもりなのだろうか。

『五番町夕霧楼』の完成度に対して懐疑的ないしは否定的な一連の作者の自注と、その象徴的表れともいうべき原作の戯曲化、そしてそうした流れの帰結点に位置する『金閣炎上』の完成によって、この作品に対する一つの見方が定着した気配があるのは否めない。すなわち、この作品はそれ自体ではとりたてていうほどの価値もない一編の悲恋物語に過ぎず、金閣焼失事件の取り込み方も中途半端なもので、『金閣炎上』等によって補われつつ読まれるにしくはない、といったような。

そういった見方が大勢を占めるに至った証しとして、たとえば中島丈博のシナリオ「五番町夕霧楼」（一九八〇年度松竹作品）を挙げることもできる。『五番町夕霧楼』と『金閣炎上』とをもとにしたことがハッキリとうたわれたこのシナリオでは、題名と骨組みだけは『五番町夕霧楼』に求めながらも、その実、『金閣炎上』にヒントを得た櫟田の登場場面の比重が大幅に増加している。原作者自身が戯曲において切り開いた方向を、さらに積極的に推し進めたかっこうになっているのである。

しかし、いずれにしても『五番町夕霧楼』は『金閣炎上』が書かれるための単なる踏み台ではないし、水上勉のいわゆるメロドラマ時代の初期に位置するカッコつきの「傑作」でもない。この作品を読み解くにあたって、与謝の暗さを一身に背負った少女の生と死、という作者自身の初期の証言は重い意味を持っているが、といってこの作品の全貌がその一言で尽くされるわけでもない。作者自身の自注によって歪められた『五番町夕霧楼』本来の姿とはどのようなものであったのだろうか。

三左衛門像

『五番町夕霧楼』という作品を読んでいて何よりも不可解なのは、主人公の夕子を京都の妓楼に売り飛ばす父・三左衛門に対する批判的なまなざしがほとんど見られない、ということだ。批判というのは、たとえば夕子を水揚げした竹末甚造が、三左衛門に肩入れする女将のかつ枝に向かって、

「純朴な木樵さんやてか、……あほらし、お前、貧乏してる親爺が、娘を女郎屋へ出して、それで何が純朴やな。考えちがいも甚だしいで」〈四〉

とまくしたてるくだりなどを指すのだが、こうした、作中人物の一人が三左衛門を批判的に見ることも稀なら、作者が三左衛門の言動を批判的に描くこともほとんどない。現に三左衛門を批判した竹末の科白さえも作者は「と甚造は、かつ枝の言葉尻をとっていった」と結び、竹末の批判に同調する素振りはつゆほども見せないのである。

　夕子自身の心の底のどこかには、京都の妓楼に売られてゆくことでしか櫟田に会えるすべはない、とでもいったような切羽詰まった思いもあったかもしれないが、それにしても、そうした一念だけが夕子を京都に行かせたとはとうてい考えられない。それよりもやはり京都行きの大きな要因となったのは、母の病いと父の無気力に象徴される家の貧困であり、口べらしのため、という現実的な事情であっただろう。そうであれば、夕子本人が自分を売り飛ばした実の父親をどう見ていたのか――憎むなり、やむをえないこととして諦めるなり――ということも当然書かれてよいはずなのだが、奇妙にも夕子の父親に対する思いは空白のままなのである。

　ごく常識的に考えて、娘を身売りする父親像といえば、無気力のうえにお人好しで、父権のかけらすら持ち合わせていないようなグウタラの父親か、さもなくば極悪非道の人非人、といったところが通り相場だろう。三左衛門の場合、どちらかといえば前者に近いが、他方では必ずしもその枠内にとどまってはいないことを示唆するいくつかの科白がある。たとえば夕子を連れてかつ枝を訪ねた折に漏らす「奥さん、ひとつ、この娘ォの軀をあんたはんに、おあずけいたしますよってに、好きなようにお使い下さりませんでしょうか」〈一〉（傍点藤井）という女衒《ぜげん》顔負けの科白であり、その他にも、かつ枝から戦後遊廓の民主化（?）の話を聞かされて「そら、なかなかようして下さりますのやな」と、口先だけかあるいは本心からか無神経で迎合的な言辞を弄したり、さらには結部で夕子の死骸と対面するくだりでは「つらいことがあったンか、夕、夕」と問うまでもない愚問を発する始末である。

もしも無力で善良な父親像で一貫させるつもりであれば、唐突な比較かもしれないが、一〇歳の水上勉を京の寺に修行に出すべく若狭本郷の駅まで送ってきた母のようにこそ、三左衛門は描かれるべきではなかったか。――「母」（『婦人生活』六二年一月）では母と子の別れはこんなふうに描かれている。

私は、母親と村の和尚とにはさまれて雪の中を出かけた。生涯のうちでこれほどかなしかったことはない。（中略）母は、改札口の柵のところに手をつき、雪まみれの蓑の下から、ひしゃげた顔を汽車の窓に向け、いつまでも、いつまでもぺこぺこと卑屈な頭を下げていた。

こうした母親像なり父親像に不可欠なのは、運命への呪いと不憫なわが子への哀惜の念とに裏打ちされた沈黙であり、さらにいえばそれと対をなす卑屈な低頭こそがふさわしいのであって、その意味からも、かつては確実に日本の貧しい農村地域の至る所に見られたであろう無力で善良な父親像からはハミ出す存在として、三左衛門は造型されている。したがって、「母」のなかの母親像が作者の批判のまなざしにさらされていないのは当然としても、先の三つの科白に象徴される三左衛門の一面が批判なり風刺の対象とならないのが解せないのだ。単なる辺境の貧しい父親像にとどまらず、女衒顔負けの口をきく一面を持ちながらも批判されることのない父親、という奇妙な存在。そこにはどのような事情が伏在していたのだろうか。

自伝的枠組み

水上勉は前掲の佐久間良子との対談において、『五番町夕霧楼』を脱稿し原稿を送る際に掲載誌の編集長宛に「この作品はきっといい作品だと思います。私は自分の青春の貧しさに涙ぐみました」と書き添えたことを明らかにしている。ともすれば素通りしてしまいがちな何気ない言葉だが、ここには作品の深層に読者を導く意外に重要な鍵が隠されていたのではないだろうか。

放火僧と作者との類縁性はつとに指摘されるところだが、といって櫟田の「青春の貧しさ」がこの作品に十分に表現されているとはお世辞にも言いがたい。とするなら、「青春の貧しさ」とは夕子のそれを指すと考えるしかなく、だとすれば、夕子への作者の自己仮託が予想以上に色濃くなされていることを、この証言は示唆していたのではないだろうか。

丹後と若狭、といった具合に在所が近接していることといい、京にのぼる事情といい、表面的な作者と夕子の相似性が一見して明らかなために、それ以上の検討がなおざりにされてきたのはやむをえないことだったかもしれない。しかし、「私は自分の青春の貧しさに涙ぐみました」という言葉は、単に作者と夕子の表面的な相似性だけを指していたのではなく、金閣焼失にヒントを得て作られた「一篇の悲恋物語」の底に、骨太の自伝的枠組みがひそんでいることを示唆した証言として受け止めることも可能ではないだろうか。

そのように考えてくれば、『五番町夕霧楼』において夕子を身売りする父・三左衛門の果たす役割が、水上勉が京の寺に修行に行くに際して父親の演じた役割にピタリと重なってくることに、気づかないわけにはいかないだろう。出家をめぐる事情について、たとえば「おえん」(『くも恋いの記』六七年一月刊)のなかで水上勉はこのように述べている。

私が京都の禅寺へ小僧にゆかねばならなくなったのは、私の父が京都の寺で勝手に話をきめてきたことで、私自身が寺へ行きたいと思ったのではなかった。(中略)私を小僧に出すことは、四人の子を抱えて、小作をしている母親の苦労が少しでも減りはしないかと、父は考えたらしい。自分が私という子を生んでおいて、養育の責任を母まかせにしておき、寺の小僧の話がもちあがると、すぐにとびついて、私を京都へやることに同意して帰ってきていたのである。

他のいくつかのエッセイや自伝的作品を見ても大同小異の経過が描かれているが、そうした父に対して、当然のことながら水上勉の抱いた憎悪はひととおりのものではなかった。前掲の「母」(六二年一月)には、「……母と別れねばならない私の運命を私は憎んで育った。それは長いあいだ、父親に対する憎しみとなって続いたのである」とあるし、同じく「ああ京の五番町」(六四年一月)にも、父への憎しみを記したこんな一節がある。

私は、その母の許から、まるでまびかれるようにして、京都へ小僧に出された。これも、養育の義務を怠った父が、どこから、そのようなはなしを聞いてきたものか、私を京都の相国寺という寺の小僧に出す約束をして帰ってきたのである。（中略）だから、私には父へのなつかしさなどはなかった。あったものといえば、憎しみ以外にはなかったのである。父は、生涯、母を苦しめた人、子供を五人もうませて養育を怠った人物として、私の脳裡からはなれていなかった。

ほとんど身売り同然に自分を京の寺に修行に出した父に対する執拗なまでの憎悪。——京に売られてゆく夕子に、口べらしのため一〇歳にして家を出なくてはならなかった水上勉自身の体験が重ねられていたとすれば、逆に水上勉の父に対する憎悪は、夕子の父に対する憎悪なり作者の三左衛門に対する批判・非難のかたちをとって作品上に投影されていなくてはならなかったはずだ。先に、女衒顔負けの科白を口にする三左衛門の人物造型からいっても批判が不可欠であることを指摘したが、ここでは「一篇の悲恋物語」の底に自伝的な枠組みを想定する読み方からいっても、やはり三左衛門批判が不可欠であることを言いたいのだ。にもかかわらず、なぜ三左衛門は批判されることがないのか。息子を京都の寺に出す、などといった程度のこととは比較にならないほどの苛酷な仕打ちを実の娘に対してしておきながら、なぜ三左衛門に対する批判がこれほどまでに生ぬるいのか。作者の筆鋒をにぶらせたものの正体は何か。

揺れる父親観

考えなくてはならないのは、水上勉の父に対する憎悪が作品執筆時までどの程度持続していたのか、ということだろう。たしかに、父への憎しみを記した前掲の「母」にしろ、「ああ京の五番町」にしろ、いずれも『五番町夕霧楼』と同時期の文章である。したがってこの二つの文章による限りでは、作品執筆時点での父への悪感情は依然としてあった、ということになるが、必ずしもそうとは言い切れないところに水上勉の父親観の複雑さがある。

水上勉の父親観の推移を作中の父親像の変遷とからめながら論じたものとしては、越智治雄の「都市文明と自然」（『国文学』七二年六月、のち『近代文学論集1』〔七八年六月刊〕に収録）と題する詳細な研究がすでにある。越智はそこで『凩』（『小説新潮』七〇年七月～七一年四月、七一年八月刊）を例に論じながら、水上勉の父親観が六八年頃から次第になごみ始め、父の死（七〇年九月）を契機として大きく変化してゆく過程を検証している。

たしかに「……ぼくは、この父をもっと大事にしてあげねばならなかったことに気づいて、眼頭がうるんだ。父のことで眼頭をうるませたのはこの日が最初だったかと思う」（「戌の七十九歳」、『文藝春秋』七七年二月）とまでいう父の死を契機として水上勉の父親観が一八〇度に近い転換をとげたのは事実のようだが、父の死に先立つ数年前からすでにその兆しが見られたこともまた確かなようである。旅の途次に「私の父が大工だったことを誇りに思うことがしばしばあった」（「あとがき」、『水上勉全集20』七七年一二月刊）と振り返る、辺境の老職人を訪ね歩いた『失われゆくものの記』（六九年一〇月刊）

の旅が、父が存命中の六七年から六八年にかけてのものであったことからも、それはうかがえよう。
しかし、以上の資料はいずれも六〇年代後半以降の水上勉の心境の変化を告げるもので、そうだとすればやはり『五番町夕霧楼』（六二年）執筆前後の水上勉の父親観は依然として頑ななものであったのだろうか。——ここで想起されなくてはならないのは、冬の炉辺で細工仕事に没頭する父の思い出をモチーフに書かれた『越前竹人形』の発表が、『五番町夕霧楼』発表直後といってもいい六三年であったという事実である。ほぼ同時期に発表された「母」や「ああ京の五番町」における憎悪の対象としての父親像を裏切るかたちで、父への思慕と畏敬の念とがここでは語られていたのである。
それらを総合的に考えると、水上勉の父親観は、六〇年代に入る頃から何度もの揺り返しをともないながら徐々に変化していったものと推察される。そのように考えてみた時、「親と子の対立」（『女心風景』七四年九月刊）のなかの次の一節は見逃すことのできない意味を持ってくるはずだ。

……正直なところ、父からながいあいだ勘当されていたので、少年期は何もしてくれない父を恨み、中学校時代から三十代までにも、父に抱いた反感を捨て切れずにいたが、五十余歳になって父の気持がよくわかって、ようやく、小説が書けたのである。

ちなみにこの一〇行ほどあとには、再度「三十歳代まで、私は父をある程度みくびっていた」との書き込みがあるが、五九年三月に水上勉は満四〇歳になっていたのだから、この頃を境として徐々に父に対する認識が変わっていったとしても不思議はない。

私が小僧に出た九歳の頃は父も生活に苦しくて、寺の小僧ばなしは、父にとってはありがたかったにちがいない。九歳の私を手放すことに父だって、哀れをもよおしたにちがいないのだが、そのことを父は一生云わなかったまでのことである（「竹の音」、『別冊文藝春秋』七〇年一二月）

という死去直後の追悼記や、

だからよほど貧乏のどん底だったんだろうし、（生家の改築を——藤井注）しようと思ってもできなかった。そういう、父には父のいらだたしさがあって、父流に必死に生きていたんでしょうがね（「問われて語る「わが絆」」、『骨肉の絆』八〇年三月刊）

という後年の感想に見られる父への懐かしさをこめた寛容なまなざしは、死の直後からでもなければ六〇年代後半に入ってからでもなく、六〇年代初め頃より徐々に獲得されていったものと考えたほうがよさそうである。

もはや単なる憎悪一辺倒ではなく、愛憎半ばしたこの頃の水上勉の父に対する複雑な思いは、かくして夕子の父・三左衛門の造型のうえにも微妙な影を投げかけていたはずだった。女衒顔負けの口をききながらもなぜか批判されることのほとんどない父親像、という奇妙な存在は、背後に作者の父に対する愛憎半ばした思いを想定してこそ納得されるべきもので、図式的にいうなら、娘を身売りするくだりに父への憎悪が託され、にもかかわらず批判されることのないというところに父への許しが託されていたとも言えようか。

久方ぶりの父子対面

ここで、水上勉に父親観の修正を促すキッカケとなりえたかもしれない一つの出来事を紹介しておこう。それは、『雁の寺』の直木賞授賞式の会場で久方ぶりの父子対面を果たしたことである。祖田浩一編の年譜（『水上勉全集26』七八年一一月刊）によれば、六一年八月一日新橋第一ホテルにて、とあるが、前掲の「竹の音」にはこんなふうに記されている。

三十年前に、駒込の勝林寺と、動坂の目赤不動を建立してから、めったに東京とは縁のなかった父だったが、私が小説家として世間にみとめられた日の、新橋第一ホテルの受賞式場へ、ひょっこり顔を見せた。私はびっくりした。父はひと言もしゃべらなかった。ごったがえす会場の隅の椅子に腰をおろして、作家や評論家やジャーナリストでにぎわう光景を眺めていた。その夜、豊島区の家にきて一泊したが、これといったこともいわずに弟につれられて帰った。

二度目の修行先である等持院脱走後父に勘当されたこともあって「三十年の絶縁に近い疎遠」（『冥府の月』、『文芸展望』七三年四月）状態にあったというから、この六一年八月の再会はずいぶん久し振りのことであったらしい。この再会が水上の内面に何を刻みつけたかに関して「竹の音」はほとんど何も語ってはくれないが、「人生の三人の師」（『文藝春秋』七一年一二月）には、この夜の出来事がくわしく回想されている。

授賞式のあと、新築まもない成城の家を訪れ、家の細部を丹念に点検してまわり、「縄を貸せといって、屋敷の方位と寸法をはかって、家の図面もチリ紙に書いて持ち帰った」というのである。そして「人生の三人の師」ではそれに続けて、「この父の貧乏三昧の生活から出た」二つの言葉を紹介し、つまるところは「自分の言葉で、自分の建て物を建ててみよ、と父は私にささやきかけ」ていたのではないかと思いをめぐらしている。

もっとも、成城の家訪問の時期をめぐっては若干の記憶の錯誤があるらしく、年譜によれば成城への転居は六三年九月のこととなっている。「父について」(『別冊文藝春秋』六四年一二月)に、「……今年の十一月になって、父がひょっこり東京をたずねてきた。四十歳になった弟につれられて、用もないのにぶらりとやってきたのだ」とあり、丹念に新居を見てまわったあげくに「人生の三人の師」同様、東京の大工の仕事振りを云々するくだりがある。つまり、「あとにも先にも、父が私の家へ来てくれたのはこの一日」(「人生の三人の師」)とあるその日は、どうやら六一年八月ではなく六四年一一月のある日であったようだ。

結局、六一年の直木賞授賞式の日の久方ぶりの再会が水上勉に父親観の修正を迫るだけの何ものかをもたらしたかどうかは、以上三つの文章によっても確かなことはわからない。しかし、逆に、その一年余りのちに書かれた『五番町夕霧楼』における父への愛憎半ばした思い、さらにはその翌年の『越前竹人形』における父への熱い共感を根拠に振り返ってみることで、六一年八月の再会は、否定しようもないほど重い意味を持っていたことに気づかされるのである。

七人の妓たち

『五番町夕霧楼』が金閣焼失という隠れ蓑の下に自伝的な枠組みを秘めているというのは、父との関係、出京をめぐる事情などだけを指してのことではない。――ここでは先に取り上げた戯曲と原作との些細な違いにこだわることから、そのことについて考えてみよう。

戯曲では、夕子を迎える夕霧楼の娼妓は、久子、雛菊、照千代、きよ子、松代、敬子、夏子の計七人である。いっぽう原作のほうはどうかといえば、〈二〉の紹介の場面に明らかなように、雛菊、照千代、紅葉、松代、団子、きよ子、敬子と、それに女将のかつ枝に同行していた久子の計八人である。紅葉と団子が戯曲では抹殺され、代わりに夏子が加わったものの、一人減となっている。いったいこうした改変には何らかの意味がこめられていたのか、どうか。

原作のほうの娼妓の人数は夕子のほかに確かに八人だが、それにしては「七人」というくくり方にこだわった書き込みが二、三見受けられる。一つは、初めて夕子が他の娼妓たちと顔合わせをする場面で、同行していた久子とはすでに顔馴染みなのだから当然といえば当然だが、「かつ枝は家に入ると、表の間に立ったり坐ったりしている七人の妓を」云々とあるし、「洋装や和服とりどりの七人の妓たち」・「夕子はだまって、七人の娼妓たちに頭を下げ」〈二〉、といったような記述もある。十数行ほどのあいだに三度も「七人の妓たち」といった把握が見られるのである。もう一度は、作品後半で夕子の喀血を発見した敬子が他の妓たちに助けを求めて「二階へかけ上ったが、七人の妓は誰もいなかった」〈八〉というくだりだ。ここでは夕子と敬子を除いて七人、ということだから人数的には矛盾はないものの、「七人の妓」というくくり方がされていることは、〈二〉の場合と同様である。

この〈七人〉というくくり方にこだわっていうなら、戯曲の七人という設定はそうした方向を徹底させたものとも考えられるが、第三場「夕霧楼」の冒頭では、どうしたことか名前を間違えて「松代、雛菊、照千代、紅葉、団子、きよ子、敬子が思い思いのポーズで、すわったり、しゃがんだり、寝そべったりしている」などとあるのは、原作の曖昧さをそのまま持ち越した感がある。

ここで「曖昧さ」などという言葉を使ったのは、戯曲においてハッキリとしたかたちで打ち出されたように、実は原作においても夕子以外の娼妓の人数は久子を含めて七人、としてこそ意味がある、と考えているからで、その根拠として、自伝的エッセイ『わが六道の闇夜』(『読売新聞』七二年四月一六日〜七三年二月四日、同年九月刊)のなかの次の一文を挙げておこう。——「等持院には七人の小僧がいた」。

承徳、数馬、勧学、洋三、保、勇司、修という七人の名前は作品によって異同があり、『冥府の月』では承学、承道、承徹、承円、承光、勇、信夫となっている。人数自体も作品によっては若干の食い違いがあるが、これは水上勉の入山後ほどなくして帰郷したり、逆に僧堂から戻ってきたり、というような出入りがあったためで、『山門至福』(七九年五月刊)や『私版京都図会』(八〇年五月刊)などの代表作を見ても、基本的には七人ということでよさそうである。

口べらしのため実の父親によって身売りされてゆく冒頭部分のみならず、夕霧楼の〈七人〉の娼妓たちに混じって異郷での不慣れな新生活を始めてゆかざるをえない夕子のうえにも、水上勉の寺での苛酷な修行生活が色濃く影を落としていたことは明らかだろう。ただ、身売りのくだりと、京都での新生活の部分とが決定的にちがうのは、後者では水上勉自身の嘗めた辛酸をあたう限り消去し、苛酷な修行生活を反転させることによって、夕子の新生活にせめてもの安らぎを与えようとしたことだろう。

水上勉が最初に修行に出た相国寺塔頭・瑞春院では小僧は一人だけだったようだが、二度目の等持院での集団生活を水上がどのように受け止めていたかは、次のような文章によって知ることができる。

……瑞春院の場合は、つらくても一人であったからよかったけれど、等持院の場合は集団生活の惨酷さを味わわされたといえる。禅寺の小僧は、年がいくら小さくても、早く入山しておれば、先輩風を吹かすことが出来た。(中略)それはあたかも、のちに、私が味わった軍隊の内務生活に似ていた。(中略)等持院には、私のように、父母に早くから生別したり、死別したりした子供がごろごろしていた。その中には、私より年したの者もいた。ところが、この小僧たちは、私が入山してゆくと、待ってたとばかりに、シゴキにシゴいたのであった。(中略)今日になっても、私が集団生活を嫌悪する向きがあるのは、この少年時代の恐怖があるからにほかならない。人間は集まると、個人の力よりも、またべつの力が起きて、一種の組織悪といったものが醸成されてくる。(「わたしの子供の頃」、『日本PTA』六六年八〜一〇月)

こんな文章からも、夕子をやさしくとりかこむ夕霧楼の〈七人〉の娼妓たちは、現実の等持院の七人の小僧たちのイメージを反転させたものであったことがわかる。敬子といい、照千代といい、彼女たち一人一人が、おそらく現実では考えられないほど優しく思いやりにあふれた人物として描かれているのは、作者自身が言うように「あの夕子は悲しい娘やったけれど、みんながああいうふうに暖く包んだぞ、という話にしたかった」(「わが五番町の悲しき青春」)からだが、それは同時に、「惨酷な野性むきだしの少年国」(「私の昭和史」)で水上勉が味わった屈辱からもっとも遠いところで、かくありえたかもしれぬ自身のもう一つの僧院生活を夢見たものとしても理解されなくてはならないのだった。

ここまでくれば、夕霧楼の女将・かつ枝の意味するところはもはや明瞭だろう。佐久間良子との対談で、「映画で小暮さんがやった女将さん、ものすごくいい人になってましたでしょう。当時はああいう人が……」との問いに、「いやへん。もっとふてぶてしくてこわいです。脂肪のかたまりみたいで、夕子にくれてやった通帳に千円はじめに納めて貯金なんかしてくれませんよ」と答えているのは当然だった。〈七人〉の娼妓たちの場合と同様、夢のような存在としてのかつ枝像の対極には、実像としての「めぐりあっていながら、私が捨てた正師たち」(「相国寺塔頭瑞春院」、『私版京都図絵』)がいたはずだった。

「人生の三人の師」のなかで水上勉は、父・水上覚治、等持院の長老・二階堂竺源、文学の師・宇野浩二の三人の名前を挙げ、人生の師とは生きている時は憎みもし恨みもするが、先立たれて初めてそのありがたさがわかる、そのようなものではないかという意味のことを述べている。そしてここにもう一人、のちの『私版京都図絵』などに見られる心境の変化を踏まえて言えば、瑞春院において苛酷な修行を課した山盛松庵もその師たちの仲間に入れてよいように思われる。

二階堂竺源に対しては、少年時代こそ「たぶんに非情で、監督のゆきとどかぬつめたい長老さまだ」(「衣笠三界」、『小説新潮』七二年一〇月)との印象を持っていたらしいが、後年には、「やさしいお方であった」(「嵯峨野慕情」、『旅』六五年一〇月)との回想も見える。これに対して、『雁の寺』の和尚殺しを説明して「私としては、どうしても和尚を殺したかった。子供心に和尚を殺すことばかりを空想していた」(大伴秀司によるインタビュー「水上勉の周囲」、『別冊宝石』六二年一二月)とまで言う山盛松庵に対する不信と憎悪の念は、ながいあいだ水上勉の内部に奥深く住み続けた。

和尚さまは、私に経を教え、作務を教え、子守りを教え、飯焚きを教え、掃除を教えたが、どれ一つとして、私は、心から喜んでしたものはなかった。(中略)小僧である私に、おむつ洗いや、飯焚きをさせて、自分は、毎日のように、若い奥さまと芝居をみたり、映画をみたりして暮らしていた。(中略)とても雲水になる卵の私が師と仰ぐ人ではなかったわけである。子供心にわたしは、和尚さまに反感をもち、日夜、故郷の母のことばかり思いながら泣いていた。(中略)今でも思うのだが、あの和尚さまが暖かくてもっとやさしい人であったら、私は、今日、僧籍に身を置いていたかもしれない。(「わたしの子供の頃」)

この文章が書かれたのは六六年、『五番町夕霧楼』発表後四年が経過している。管見に入った限りでは、「めぐりあっていながら、私が捨てた正師たち」の一人である山盛松庵へのまなざしがなごんでくるのは、母校・京都市立室町小学校での講演「このごろ思うこと」(『むろまち』六九年一〇月)あたりがもっとも早いものの一つといえそうである。そこには、かつて「こわいこわい和尚さん」と思えた山盛松庵が「今、目をつむりますと、全部ありがたいことばかし教えてもらったことが思い出されます」との感懐が見えるからである。

しかし、いずれにしても、そうした山盛松庵に対する寛容なまなざしは『五番町夕霧楼』発表後何年も経ってからのものである。放任主義を貫いた二階堂竺源への不信感が執筆時にどの程度解消されていたかは定かでないが、かりにわずかでも残っていたとして、松庵・竺源に代表される苛酷で冷淡かつ自己中心的な和尚のイメージの対極に、「ものすごくいい人」(佐久間良子)として造型されたのが女将のかつ枝だったのである。

『五番町夕霧楼』における自伝的な枠組みは、したがって、見てきたように、もっとも素朴なかたちで作品の底に沈んでいたわけではなかった。身売りされ上洛する冒頭部分が文字通り作者の実体験を下敷きとしていたのに対して、夕子の京都での新生活を描いた中心部分では作者自身の体験した苛酷な修行生活を反転させ、そうすることでかつての自己を「せめて小説の上でいたわろ」(「わが五番町の悲しき青春」)うとした、一編の〈夢〉がつむがれていたのである。

母の不在

東映映画「五番町夕霧楼」においてもっとも感動的な場面は、宮口精二演じる三左衛門が夕子の亡骸を背負って坂道をおりてゆくラストシーンだが、これは映像の特権を存分に生かしてつくりあげた映画独自のヤマバというよりは、もともと原作においてもきわめて印象深く完成度の高い一節であった。しかし、この場面における最大の欠点は、「夕、お前のおかげで、そくさいになったお母んが待っとる」〈一二〉と告げられる母親が、娘の死という一大事にもかかわらず姿を見せないことだ。瑣末なことにこだわるようだが、これは、冒頭の旅立ちの場面の、いくら「寝たり起きたり」の体とはいえ見送りにも現れない不自然さにも通じている。さすがに映画では、「あそこの丘の上で、お母さんが見送っているから」という即興の科白を田坂具隆監督が思いついたようだが(「わが五番町の悲しき青春」)、こうした、原作における〈母の不在〉とでも呼ぶべき事態の背後にあるものは何だったのか。そのことについて考えるために、再度「母」のなかの一節を見てみることにしよう。

私が、九歳の冬に、その母親に卑屈なお辞儀を一つさせて、村の駅を汽車にのって去った時の母のかなしみは私にはよくわかっていたのだが、母と別れねばならない私の運命を私は憎んで育った。それは長いあいだ、父親に対する憎しみとなって続いたのである。

母への愛着とそれと表裏する父への憎しみ。――そうした作者自身の気持が託されるためにも、夕子の母は決して夕子の身売りに関与してはならなかった。実の娘を売り飛ばす親、という悪イメージはあくまでも三左衛門ひとりのものでなくてはならない。母親の病気が身売りの一因となった、という程度の最低限の関わりにとどめ、その他いっさいの場面から夕子の母がかき消されたことの理由を捜し求めるとすれば、こんな具合にやはりこの作品の底にひそむ自伝的な枠組みに辿りつかざるをえないのである。女衒顔負けの口をききながらも批判されることのない父親という奇妙さと、〈母の不在〉とも呼ぶべき不自然さと。これら二つの綻びはいずれもこの作品の水面下に広がるもう一つの世界に読者を案内する秘密の抜け穴だったのである。

さて、結部の自殺した夕子を背負って坂道をおりる三左衛門のうしろ姿が、残された最後の問題である。身売りするところに作者自身の父への憎しみが、そして批判されることのほとんどないところに父への許しを読み取ることができるのではないかと先に図式化してみた。それを受けて言えば、結部の父と娘のうしろ姿に託されていたのは、父との一体化、つまりは父との和解への祈りであったのではないだろうか。そしてその先におもむろに姿を現そうとしていたのが、もう一つの傑作『越前竹人形』であったことは言うまでもない。

水上勉は吉行淳之介との対談「運命だと思う」(『風景』六四年四月)において、「一つ作品を書くと一つ次のことが出てくる」という作品の連鎖的創出原理にからめて、「鶏が卵をぽんと産むと、まだ腹の中にできかけの卵がつながってあるという感じ」（吉行）を手がかりとして、『雁の寺』『五番町夕霧楼』『越前竹人形』へと続く道を歩いていったという意味のことを述べている。そうだとしたらその背中を押していたのは、六〇年代に入る頃から徐々に作者内部でふくらみつつあった父親像の見直しと再評価への衝迫であり、それこそが、わずか二年余りのあいだに水上勉の初期を代表する三つの傑作を矢継ぎ早に書かせた原動力だったのである。

第二章　『雁の寺』から『雁の寺　全』へ

『雁の寺』改稿史

『雁の寺』の第一部のみを収めた新潮文庫版『雁の寺・越前竹人形』（一九六九年三月刊）ほど、『雁の寺』受容史に大きな災いを及ぼしたものはほかにないと言ってもいいかもしれない。

元来『雁の寺』は、第一部『雁の寺』（『別冊文藝春秋』六一年三月）のみならず、第二部『雁の村』（同、六一年六月）、第三部『雁の森』（同、六一年一二月）、第四部『雁の死』（同、六二年三月）までを合わせて読まれるべきものなのである。「村、森、死の四部作は、寺、を書く以前からあった構想を具体化したもの」、「四部とも、それぞれ理由があって書いている」、「雁の寺で殺人を犯した一人の小供、慈念を、たとえ失敗しようとどうしようと、死ぬまで見つめてゆきたかった。慈念に対して、作者としての責任をまっとうしたかったのです」、「とにかく一部から四部まで通しで読んで欲しいですよ」（大伴秀司によるインタビュー「水上勉の周囲」、『別冊宝石』六二年一二月）というくどいまでの懇請からもわかるように、「通しで読んで」にかける思いは相当なものなのである。

その意味で第一部のみで直木賞を受賞したことは、「小説家になりとうて、なりとうて、野良犬の如く陽かげを歩いてきた」水上勉にとって「鑑札と犬舎をもらっ」(受賞のことば)た意義は小さくなかったにしても、『雁の寺』という作品にとっては必ずしも歓迎すべきことではなかったかもしれない。おそらくは受賞作の早急な刊行を、という出版社の要請もあって、受賞翌月の六一年八月にはとりあえず第二部までを『雁の寺』と題して刊行、第三部・第四部がこれと対になるかたちで『雁の死』と題されて刊行されたのは六二年七月であった。第一部のみが受賞の対象となったことも少々異例なら、前編・後編、あるいは第一部・第二部と冠されることもなく、〝苦節〇〇年〟といった受賞のニュースバリューが新鮮なうちに出版を急いだとしか考えられない場当たりな発行形態も異例といえばいえたかもしれない。

「あれ、一冊にしなきゃ、ね」(吉田健一の発言。座談会「水上勉を語る」、前掲『別冊宝石』)といったような不満は当初からあったのだが、『雁の寺　全』というかたちでそれが実現されるのは、何と二年後の六四年四月まで待たねばならなかった。こうして『雁の寺』がようやくその本来の姿を読者の前に現したのもつかの間、冒頭に触れた新潮文庫版の出現(六九年)によって、この作品は再びそのまったき姿を隠すこととなってしまったのである。もっとも、新潮文庫版刊行からさらに五年を経た七四年一〇月に至って待望の文春文庫版『雁の寺㈮』が出版の運びとなり、注意深い読者が新潮文庫版のみをもって事足れりとする恐れはほとんどなくなったが、遺憾ながらその後も新潮文庫版の一般への浸透力はなお無視すべからざる力を保ち続けたというのが実情だ。

八〇年七月には、罪滅ぼし(?)の意味もあってか、全四部を収録した『雁の寺㊎・金閣炎上』も新潮社から「新潮現代文学」の一巻として刊行されたが、その後も文庫版のほうは絶版となることもなく刊行され続けた。中公文庫版『越前竹人形』も刊行(八〇年六月刊)された以上、新潮文庫版『雁の寺・越前竹人形』が存在し続ける意義はほとんど失われたように思うのだが。……

『雁の寺』という作品を考えるうえにおいて全四部をあわせて考察することの重要性を念押ししてみたが、もう一つこの作品を考えるうえにおいて留意しなくてはならないのは、たび重なる改稿の跡を丹念に検証する必要がある、ということである。

広く知られているように、『雁の寺』には『我が旅は暮れたり　序章　雁の寺』(小説季刊『文潮』四八年一〇月)という習作の存在があるだけでなく、先に紹介した『別冊文藝春秋』の初出文が一本にまとめられる際(『雁の寺　全』六四年四月)に相当量の改稿があり(第三部は『雁の死』ですでにかなり改稿されている)、さらにそれから一〇年を経て文春文庫に収められる際(七四年一〇月)にもあるいはそれ以上の改稿がある、といった具合である。文春文庫版刊行後も『新訂　雁の寺　全』(七五年九月刊)においていくつかの不備な個所を訂正しており、中央公論社版の全集(『水上勉全集1』七六年六月刊)はこの新訂版の本文を採用している。

以上のことを整理すれば、『我が旅は暮れたり　序章　雁の寺』(以下『我が旅』と略称)→『別冊文藝春秋』連載の初出文(初出と略称)→『雁の寺　全』(旧版と略称)→文春文庫版(文庫版と略称)→『新訂　雁の寺　全』(新訂版と略称)、といった順序で改稿されてきたことになる。そのなかでは、大した異同の見られない新訂版と、同一素材を扱っているというだけでほとんど別作品といってもいい『我が旅』とを除いた、あとの三種のテキストの比較校合が、この作品について考えるうえで不可欠な作業となってくるのである。

以下、本章では、作者自身が「精一杯に改作完了」(「あとがき」、『水上勉全集1』)したといい、またこれを機に「旧版『雁の寺』四部作は絶版することにしたい」(文庫版「あとがき」)とまでいう文庫版をテキストとして、適宜その他のテキストをも参照しつつ『雁の寺』全四部を読み進めながら、その意味するところを探ってゆきたいと思う。

和尚殺しの動機

従来の『雁の寺』評(第一部についてのものがほとんどだが)の多くは、いろんな場所で述べられた作者の自注をほとんど出ていないように思われる。たとえば自注の代表的なものの一つである「『雁の寺』――私が代表作を書いた時」(『マドモアゼル』六三年一二月)のポイントをまとめてみると、まず何よりも「社会派推理小説作家」と分類されることへの空しさと反抗があり、次いで「登場した人物と作者の私との切実な密着」を可能にするために「私の化身なり、分身を登場」させようと考え、推理小説＝人殺し小説という枠内でそれを果たすために「私をひどい目にあわせたひとりの禅坊主」を作中で殺そうと目論んだ、というのである。

こうした自注類に基づいた、分身投入による現実性の付与と社会派のレッテル返上という常套的な評語を除けば、これまで『雁の寺』について述べられたことは意外に多くはない。特に評が集中している第一部の場合、作品自体が未整理・不透明な部分を多く抱えていることもあって、常套評から一歩踏み込んでものを言うことはなかなか容易ではない。

たとえば最大の目玉である和尚殺しという行為の意味ひとつとってみても、その動機は、

……里子に犯された夜、慈念はいい知れぬ里子への憎悪と愛着の混濁した衝撃に打ちのめされたのである。甘美な陶酔のあとに慈念を襲ったのは慈海へのはげしい憎悪のほかには何もなかった。手のしびれるほど、麻縄でひっぱり起した和尚を憎んだのだ。〈第一部『雁の寺』の八。以下一の八と略記。引用は前述の理由により原則として文庫版〉

といちおうは説明されている。この殺意が修行時代の作者自身の実感に根ざすものであることは、「あの頃の私は、あのせまい棺の中に和尚を殺してぶち込んでやりたかったし、ぶち込めると確信していた。それは少年時代の私の夢であった」（インタビュー「水上勉の周囲」）という証言からも明らかだろう。しかし、現実の水上少年がそうした夢を抱くようになったのは、あくまでも、小僧には苛酷な修行を課しておきながら、みずからは一度として坐禅をすることもなく、贅を尽くし、「女性蔑視の荒淫生活」を恣にした、禅僧としてあるまじき和尚の姿勢に反発してのことであった。当時の生活をもっとも忠実に再現したといってもいい『山門至福』（七九年五月刊）を見ても、この殺意の形成に和尚夫人への特別な感情が関与した形跡はない。

ところが作中では、苛酷な修行を課した和尚への憎悪（「手のしびれるほど……憎んだのだ」という一節など）のほうは「従」で、自分を犯した里子への「憎悪と愛着の混濁」した感情のほうが「主」となって、慈海への憎悪＝殺意がよびおこされたことになっている。だが、なぜ、里子への屈折した思いが和尚殺しに結びつかなくてはならなかったのか。もしも作者が、三角関係のもつれ（！）による痴情殺人、とでもいったような卑俗な動機以上のものを意図していたとしたら、明らかに作者はそれを十分に書ききっているとはいえない。

みずからの少年時代の「夢」を無造作に投げ込みながら、他方ではそれに思わせぶりな「主」動機を付け加えつつ、では結局動機は何だったのかといえば、おそらくは作者自身も未整理のままに不透明な叙述を読者の前に置き去りにしてゆく。……いっそのこと、作者の実感通り、苛酷な修行を課した和尚への憎悪が次第に殺意へと転じていった、とすれば、矛盾もなくスッキリとしたものになったかもしれない。それを、作者自身の態度さえもが曖昧なままに里子への特別な感情とからめたために、寺内殺人という異色の趣向と棺桶への死体隠しのトリックとが斬新な印象を与えるのとは裏腹に、和尚殺しの理由自体はもうろうとせざるをえなかったのである。

襖絵破取の理由

この和尚殺しの動機を説明したくだりは初出以来大きな変化はないが、もう一つの思わせぶりな趣向ともいうべき母子雁の襖絵を破り取る部分をめぐっては、『我が旅』以来数度にわたる改変の跡が認められる。

「白いむく毛に胸ふくらませた母親雁」が「綿毛の羽毛につつまれて啼く子雁に餌をふくませている」〈一の八〉という構図は初出以来変わっていないが、それを破り取る慈念の描写は旧版以降、次のように改められている。

> 久間家の葬式がすんで十日たった日の朝、慈念は本堂にきて、内陣に入ったが、南嶽の雁をみたとき、慈念の眼は異様な光りをたたえていた。松の葉蔭の子供雁と、餌をふくませている母親雁の絵の前であった。慈念は力いっぱい母親雁の襖絵に指を突込んで破り取ったのである。〈一の八〉

用心深いことに慈念の心理描写はいっさいなされておらず、なぜ慈念がこうした行為に及んだのかは、いくつかの状況証拠を手がかりに読者自身が憶測を逞しくしていかなくてはならない。「慈念が、よく内陣へ入るたびに、この襖絵の一点をみつめていた姿」を思い出した里子が「母親雁をむしり取った慈念に哀れをおぼえた」〈一の八〉という一節からは、この行為と慈念の母を思う気持とが関連するようにも思われるが、そのすぐあとで里子が抱く「慈念が母親雁を破いたことと、慈海の失踪したこととが連関しているのではないかという奇妙な疑惑」のほうは、いったいどう理解すればよいのだろうか。

さらに気になるのは、慈海殺しの次の夜、死体を棺の中に首尾よく納めた慈念が経を唱じながら横眼で襖を見、蠟燭の炎のゆれるたびに啼きながら羽ばたく雁を見てキラッと眼を光らせたというくだりだ。もしも里子が直感したように「慈海の失踪したこと」、つまり慈念の犯行と襖絵の破取とが関連があるとすれば、あるいは「目撃者」を抹殺するという意味でもあったというのだろうか。

もっとも、母親雁だけを破り取ったとしてもあまり意味はないが、この見方を補強するものとして、破り取る前の慈念の眼が「異様な光りをたたえていた」、という書き込みがある。慈念が眼を光らせる用例はこれ以前にも四、五回あるが、それらの多くは犯行に関わり、〝犯罪者の眼〟を象徴していたのだとすれば、この「異様な光り」が母を恋うる気持の表れであったととるのはむずかしくなってくる。

餌をもらう子雁への嫉妬なのか、あるいは母をみずからの手に奪い返すことを意味するのか、さらには犯行の「目撃者」を抹殺する意味を持っていたのか、どの立場に立つにしても説明のつかない部分が残されるわけである。母性希求の立場をとる代表的な論者である磯田光一は新潮文庫版の「解説」で、襖絵破取の場面から「母の愛への希求」を読み取るだけでは不十分で、慈念が生まれながらに拒まれている何か――餌をふくませている母親雁の心――を奪い返そうとしたのだと論断している。

たしかに明晰な絵解きにはなっているが、見てきたように作中の記述をていねいに追っていく限りでは、必ずしもこの答えが唯一絶対のものとは言いきれないのである。磯田解説においては、作中に慈念の内面に分け入って破取の理由を述べた心理描写が見られないことさえもが「逆にこの作品のモチーフが作者にとってどれほど深く切実なものであったかを示」す証左となってしまうのだが、母性希求説をとる論者の多くが無意識のうちに同じ作者の他作品やエッセイを通じて知られる、水上勉における母恋いのモチーフを襖絵破取の場面に重ねて理解してはいないか。無意識のうちにそれらを援用することで作中の混沌を明晰に整理し過ぎてはいないか。

もっとも、だからといって母性奪還説がまったく成り立たないというわけではない。むしろ「目撃者」抹殺説などよりははるかに有力な考え方であるといわざるをえないのだが、力説しておきたいのは、作中のさまざまな記述が母性奪還説に収束するようには首尾一貫した姿勢でつらぬかれていないということなのである。それよりはむしろ、襖絵破取という趣向の目新しさによっかかってその動機や意味するところが未整理のままで読者の前に投げ出されている、といった趣なのである。

ところで初出では、旧版以降は削除された表現が破取の場面に挿入されていた。――「慈念は力いっぱい母親雁の襖絵に指を突込んだ。雁が憎くて破り取ったのである」（傍点藤井）。慈念の内面をうかがわせる貴重な書き込みだが、これを読む限りでは、母性への憎悪（おそらくは愛情と背中合わせの）が慈念をして破取という行為に向かわせたことになる。

そうであれば、むしろこうした心理描写を拡大する方向で破取の意味を明確にするみちもあったはずなのだが、作者が選んだのは、それとは逆に心理描写を削ることによってその動機を暗示し示唆する方法だったのである。しかし、言うまでもないことだが、心理描写なしでも動機を明確に示唆しうるということと、心理描写がなくしかも動機を推測する根拠となるべき記述にも一貫性がなくて読者を途方に暮れさせる、ということとは別であって、襖絵破取の場面の初出から旧版への移行が後者の例にあたることはもはや言うまでもないだろう。

襖絵破取のモチーフはさらに遠く『我が旅』にまで遡ることができる。「私は……した」というスタイルと小僧の「私」と肉親たちとの往復書簡とを織り交ぜるかたちで、一一歳の「私」が村を出るところから京都の寺を脱走するまでを辿ったこの作品のもっとも大きな特徴は、雁の襖絵の構図に母子雁がなく、ただ単に「十二三羽の雁が、順々にならんで、遠い雲の上へ消えていく絵がかいてある」〈その一〉に過ぎないことと、単純な「悪戯心」から一羽の雁をむしりとって脱走した〈その三〉という点だろう。破り取られたこの紙切れは逃亡途中の保津峡の渓谷にほとんど何の意味もなく無造作に投げ捨てられるのだが、かりに一三年を経て書かれた初出において襖絵破取が母性奪還という重い意味を担わされていたとすれば、決して短くはない歳月がそうしたモチーフをはぐくんでいったということなのだろうか。

ただ、襖絵を破り取るという同一の趣向が、いっぽうは単なる「悪戯心」の現れに過ぎないのに対して、一三年後には母性への愛憎の表現手段として使われるということに不審の念を抱かないでもないが、案外、初出以降においても、「悪戯心」をどれほども出ない地点で新奇な趣向が弄ばれたに過ぎない可能性もなくはない。

こんな具合に、『我が旅』から初出、そして旧版以降へと辿ってみても、必ずしも破取の理由は鮮明ではなく、水上勉における母恋いのモチーフに関する予備知識の助けを借りずに、書かれてあることのみを忠実に辿っていく限りにおいては、もう一つの目玉である和尚殺しの場合と同様、趣向の斬新なわりにはその意味するところは曖昧であると言わざるをえないのだ。

里子と慈念

母恋いがらみで気になる里子との関係はどのように描かれていただろうか。まず里子と慈念が互いに相手をどう見ていたかだが、「よくも、まあ、小さい子をこのような寺へ出したものだ……自分なら、子供を外には出すまい」〈一の二〉といったような、里子が慈念を憐れみかばう描写は再三見られるにもかかわらず、慈念が里子をどう見ていたかをうかがわせる記述は慎重に避けられていることに気づく。というよりも、前出の一の八で、和尚殺しを完遂させた慈念が来し方を振り返り、思わせぶりな動機らしきものをほのめかす個所以外は、完璧といっていいほどに慈念の内面は明かされることがないのである。

まだ見ぬ母に重ねて慕っていたのか、あるいは唯一の味方・庇護者として頼っていたのか、さらにはめざめつつあった性の欲望の対象として見ていたのか、答えはまたしても読者の想像に委ねられることになる。しかし、多くの評家が一致して里子＝母性説をとっているわりには、それと断定ないしは推定しうる根拠となるほどの書き込みは見られないようである。

もちろんこの場合も、だからといって慈念が里子のなかの母性に惹かれていなかったとは限らない。逆に、おそらく作者自身はそうした方向を志向していたにもかかわらず、先の襖絵破取の場面と同様に、それを十分に整理しきったかたちで読者の前に提示しえていないことのほうを問題にしたいのだ。作品内部に限定して読み進めていく限りにおいて、慈念が里子をどのように感じていたのかは結局曖昧なままに放置されているのである。

『我が旅』では里子は綾子という名前で登場しているが、その綾子と小僧の承英とのあいだにも、布団のなかで抱き寄せられながら耳元で「かわいさうな子、あてといつしよや、あても、つらいえ」とか「しんぼしてな、しんぼしてな」〈その二〉とささやかれるような体験が一度ならずあったことになっている。ここでは二人は肉体関係を持つまでには至らないが、承英の綾子に対するすがりつかんばかりの信頼感はあつく、脱走した承英がめざすのは、一足先に里帰りした綾子の住む町、亀岡なのである。しかし初出以降と『我が旅』とが決定的にちがうのは、承英には「母親はれつきとして若狭にゐる」〈その一〉（傍点原文）点であって、

さて、この女のひとが、お母さんになるんだといはれてみれば、私は、お母さんといふ言葉のひびきにぞッとする悪感のやうなものをおぼえたのである〈その一〉

という一節からも明らかなように、綾子は承英の母性希求の対象とはなりえない存在だったのである。

これとは対照的に、戯曲「雁の寺」（作者自身の脚色による。七一年五月松竹現代劇により初演）においては、ようやく里子が母性を象徴する存在であることが鮮明に打ち出されてくる。たとえば里子は

慈念の「実母の聾女のお菊に似ている」〈第二場ト書き〉ことになっているし、里子と慈念が交わる場面のト書きには、

里子の顔は、いつしか、阿弥陀堂の聾女にかわってゆく。（中略）お里かお菊か、お菊かお里か、わからない。美しい母性の像がそこに現出する〈第七場〉

と明示されるに至る。

『我が旅』における擁護者としての綾子像から出発して、慈念が里子をどう見ていたかについては曖昧な記述に終始した初出・旧版の不透明さをくぐり抜け、ようやくここに思惑通りの女性像を描き出すことに成功したと言えようか。もっとも本章での考察対象は戯曲ではなく小説のほうだが、かりに、擁護者（『我が旅』）から母性の象徴（戯曲）へ、という補助線を一本引いて、その途中の線上に初出なり旧版なりを置くことができるとすれば、それらにおける慈念の里子観が過渡的様相を呈していたとしてもやむをえないことだったかもしれない。

こんな具合に、第一部は一編の独立した作品としてはあまりに不透明で混沌とした部分を多く抱え込み過ぎている。和尚殺しに関しては作者自身の実感や夢に多く頼り過ぎ、襖絵破取の意味はその趣向の奇抜さの陰に隠れ、さらには慈念が里子をどう見ていたかよりも大黒との密通という三面記事的興味ばかりが先走る、といったように。そうであれば、「第一部を書いただけでは尻切れトンボ」（「あとがき」、『水上勉全集1』）という反省をバネとして、作者がそれらの混沌に立ち向かおうとしたとして

も不思議はない。

作者自身は「和尚を殺した小僧の行為に、私なりの責任をもって、それからの小僧の行方を追跡してみたいという気持も生じていた」（同前）という説明の仕方をしているが、戯曲において、より鮮明な里子像を打ち出すのに成功したような、不透明部分の鮮明化、混沌の解消といった課題も、当然第二部以降に持ち越されることになろう。「一部から四部まで通しで読んで欲しい」（インタビュー「水上勉の周囲」）という作者の希望もそのあたりに関係してのことと思われるのである。

第二部以降がこれまでとかく黙殺されがちであったのは、出版社事情の優先した刊行ペースや、第一部のみで事足れりとした読者の怠慢ばかりに責任があるわけではない。むしろ作者自身が認めるように、第一部と比べて「あと三部の荒書きが目立った」こと、「折角のいい材料を、作家自身で、バラ銭に化けさせてしまっ」（「あとがき」、『水上勉全集1』）たことのほうにより大きな原因がある。「最初ゴァーンと盛り上げといて、第二楽章は淡々として演奏し、終りのほうにいってまたゴァーンと盛り上げる」（インタビュー「水上勉の周囲」）というのは単なる比喩に過ぎないのかもしれないが、実際、第二部・第三部の落ち込みはひどく、そのため「終りのほうにいってまたゴァーンと盛り上」がったはずの第四部までもが顧みられる機会を失う、とでもいったような事態を招いてしまっている。

先走って言うなら、第一部の意義が社会派のレッテル返上と分身投入による作家自身の鉱脈発見とにあったとすれば、おそらくは橋渡し程度の役割を多く出ない第二部・第三部を経て、第四部こそはみずから掘り当てた世界を自由に闊歩する、かっこうの舞台となるはずだった。つまり第四部こそはある意味で『雁の寺』の眼目でもあれば、のちの水上文学の豊饒を約束する重要な一編でもあったのである。

体験の取り込み

第四部について考える前に、第二部・第三部の意味するところを簡単に見ておこう。――『雁の村』『雁の森』に共通して言えることは、自伝性の影を色濃くひきずっているということであり、また構想・執筆時の作者の見聞の直接的な反映が見られるということだ。

和尚殺害後、「悪事露見の恐怖におびえてばかりいた」〈三の五〉慈念の行動原理となっていたのは、いかにして「身を潜める」か、どこに「かくれてしま」うか、そうして「どんな目にあっても耐えていかなければならない」という思いであった。そうであれば、ごく単純に考えてみても、第三部にあるように自分の在所に戻ったり、犯行現場に近い寺に再度修行に出たりするのは決して賢明な策とはいえない。いっぽうで、孤峯庵のある「衣笠山と地つづきにある白砂山の奇崇院に、まさかそのような大罪を犯した子がかくれていようとは」(同前)といった正当化も見られないではないが、やはり第二部・第三部の慈念の足跡の背後にのぞかれるのは、作者自身の伝記的事実にほかなるまい。

三二(昭和七)年二月、瑞春院を脱走した一二歳の水上勉はひとまず同じ山内の玉龍院なる寺に引き取られ、しばらくは平穏な日々を過ごすことになる。そうして水上少年が久し振りの里帰りを果たしたのは、『わが六道の闇夜』(七三年九月刊)によれば、その年の八月一四日のことであった。帰郷した水上勉は菩提寺の西安寺和尚を助けて村の約半数の家々の棚経にまわることになるが、自分を〝坊さん〟として遇する家族をも含めた村の人々の対応から、「自分が、確かに、生家を出ている人間であること」を思い知らされた彼が、周囲の人々の力添えで等持院に復帰することができたのは同じ年の一一月であった。

これに対して作中の慈念の村滞在は一年数ヵ月にも及んでおり、期間までもが一致するわけではないが、突然寺を訪ねてきた宇田竺道なる僧（「もうじき老師になられる手前のお人や」――西安寺和尚）があの事件がらみで訪ねてきたのではないかとの疑いは晴れたにもかかわらず、せっかく慣れた暮しを捨てて慈念が再び村を出なくてはならない理由は作品内部には見当たらないのだ。

等持院に移った水上勉はまもなく花園中学校に編入学、二階堂竺源老師の死去（三三年夏）を経て還俗するのは三六年五月のことで、このあたりも『雁の森』とほぼ符節を合わせている。作中の奇崇院入りから住職・堂森越雲の死までは、作品内部の論理に促されてというよりは、伝記的事実を作品が追っかけているといったかっこうである。

構想・執筆時の作者の見聞が作中に反映したもっとも端的な例は、前出の宇田竺道の場合だろう。竺道のモデルが天龍寺派管長を務めた関牧翁であることは作者自身が明らかにするところだが（「あとがき」、『水上勉全集1』）、そうだとすると『雁の村』発表のひと月ほど前に水上勉が関牧翁と再会していたという事実は見逃すことができない。

「衣笠山等持院――それは心のふるさと」（『京都新聞』六一年六月二五日）によれば、等持院での二階堂竺源の二七周忌法要に出席するため水上が東京を発ったのは五月二七日夜のこととなっており、その招待状の差出人が関牧翁だったのである。宇田竺道が登場する『雁の村』を掲載した『別冊文藝春秋』の発売は六月下旬だから、第一部も三、四日で仕上げたほどの実績のある（「あとがき」、『水上勉全集1』）水上であれば、帰京後稿を起こしたとしても時間的余裕は十分にあったにちがいない。

破戒僧の登場

もう一つ、それと似たような例で、初出には登場せず、単行本『雁の死』（六二年七月刊）に収められた際に『雁の森』に初めて登場する結核僧・刈谷宗喜のケースがある。虎溪僧堂（岐阜県）から病気のため奇崇院に戻る途中、田舎道で村娘を強姦し、八ヵ月後に警部補の来訪を受け、縊れて死んだこの青年僧の話と似た話が、『破衣の群れ』（『別冊小説新潮』七三年一〇月）という短編のなかにも出てくる。

この作品は語り手の「私」を京都の某私立学園の教頭と設定するなど、虚構もかなり含んでいるようだが、昔の徒弟仲間の会に出席した「私」が、久し振りでかつての兄弟子江森大宗と顔をあわせるところなどは作者の実体験を彷彿とさせる。『山門至福』と重ね合わせてみると、この徒弟仲間の会というのが実は竺源老師の二七周忌のことであり、江森大宗＝西尾承勇（『山門至福』）のこととわかるからだ。

『破衣の群れ』では再会の半年後、大宗が赴任した寺を捨てて失踪したとの知らせが届けられる。

そしてそれと前後して、大宗の僧堂時代の醜聞——多治見山中での強姦事件——が「私」の耳に入る。『山門至福』のほうではこの醜聞には触れていないが、やはり法要の一年後に、承勇が晋山したばかりの寺を捨てて失踪した知らせが届くことになっている。もはや等持院の兄弟弟子の一人が法要の半年ないし一年あとに寺を捨てて失踪した事実は動くまいが、このことを水上が知ったのは、したがって六一年末から翌年半ば頃までのあいだであったと考えられる。

強姦事件のうわさを耳にしたことの真偽は定かではないが、かりにその部分は虚構であったとしても、寺を失踪した直接的な原因がゆきずりの女との情事——つまりは女性問題——にあったらしいことは確実なようである（『破衣の群れ』、『山門至福』）。そして作者はそれを下敷きとして、『雁の森』の初出発表（六一年一二月）から『雁の死』刊行（六二年七月）までのあいだに、等持院で身近に接した兄弟子の結核僧のイメージ（『山門至福』）を重ね合わせ、同時に逃亡僧慈念の行く末を暗示する役目もかねて、刈谷宗喜という破戒僧を登場させたのではないだろうか。

しかし、同じく執筆前後の作者の見聞を反映しているとはいっても、作品内部の論理よりも再会という事実により多く左右されたフシのある竺道の登場の場合と比べて、この刈谷宗喜という破戒僧の登場には重い意味があったとみなくてはならない。

まずそれは第一部以来の、禅寺における歪められた性の問題の追究であり、「戒律が人間の自然な営為を、どうがんじがらめに縛っても、澄んだ性を歪めこそすれ、絶ち切ることなどできない」（「あとがき」、『水上勉全集12』七六年一一月刊）と考える作者にとって、隠し妻を持たずにはいられない老僧の性の問題（第一部）は、そのまま、厳しい持戒生活のなかで性を禁じられた小僧たちの隠微で歪んだ性の問題へと直結するからである。その意味で、初出にはなかった宗喜・宗温・宗光らの倒錯した性をめぐる書き込み〈三の五〉と宗喜の性的罪過をめぐる叙述〈三の六〉とは、第一部で取り上げた課題への再挑戦であり、そこでの混沌・不透明の鮮明化への試みであったといっても言い過ぎではない。

さらに、この破戒僧の意味を性の問題だけに限定せず、犯罪の官憲による探索、自殺、などといったことにもこだわりつつ捉えなおしてみると、そこには水上勉が生涯をかけて取り組んだ金閣放火事件の主人公・林養賢への思いも投影されているように思われる。『金閣炎上』（七九年七月刊）によれば、放火僧の生誕地・福井県の成生への「私」の三度目の訪問が六一年夏末〈六〉〈四二〉のことであり、この夏の訪問で作者の分身である「私」は初めて村人の一人から養賢について種々の情報を得るとともに、生家で今は無住となっている寺にも足を踏み入れるなど、多くの収穫を得たのだった。

この六一年の夏から翌年九月の『五番町夕霧楼』の発表までは一筋道であり、いってみればこの一年間は水上勉が林養賢に、さらにいえば破戒僧なるものに思いをひそめた一年でもあったのである。そうであれば、強姦と放火、自殺と未遂といった違いはあるにしても、刈谷宗喜の背後には林養賢の影がちらついていたとも考えられる。このように考えてくれば、意外とも思える宗喜擁護の言葉（「あの子ォはわしにはやさしい子ォやった。……つい、ふらふらっとしてしもたんやろ」〈三の六〉）を洩らす越雲は、金閣事件の際に一面識もない人の子を徒弟にして養育してきたと発言して（『金閣炎上』三）みずからの弟子を突き放した金閣寺住職の正確な陰画でもあったのではないだろうか。

大黒の末路

第一部で取り上げた問題への再挑戦、混沌の解明ということでは、禅寺における大黒の末路をめぐる問題は第二部・第三部においても繰り返し取り上げられている。

「慈念はん、うちら、もうこの寺出んならん。和尚さんが帰らはらへなんだら、うちらもうお払い箱や」〈一の七〉という里子の嘆きは、慈念の故郷底倉の西安寺の大黒たつ枝の心のなかにも、そしてたぶん慈念を奇崇院に紹介した海音寺住職竜村宗海の妻の心の隅のどこかにも潜んでいたはずだった。

第一部に引き続いて『雁の森』においてまたしても、和尚の死後寺を追われる大黒とその娘たちを登場させたのは、作者自身の見聞の裏打ちはあるにしても、この時期、作者内部で急速にこの問題がふくらんでいったことを物語っている。

先に六一年夏の成生訪問に触れておいたが、林養賢の母の場合もやはり夫の死の七年後に寺を追われていたわけで、炎天下に母子の墓をたずねあるく「私」のひたむきな姿が、水上にとってのこの問題の切実さを証明している。「たてまえと本音の間を苦しみ、ごまかし生きる僧侶の、伴侶となった女の生の哀れと、おろかさ」(「あとがき」、『水上勉全集1』)への共感と、表面は厳格な持戒生活をよそおいながらもその陰で隠し妻や男色などの淫靡な花を咲かせる伽藍生活への批判とは、表裏一体となって、第一部から第二部、第三部を経て第四部へとなだれこんでゆくことになるのである。

第一部と第四部との橋渡しとはいっても第二部・第三部にもこの程度の意義はあり、破戒僧の登場と大黒の末路への粘り強い追究とが重要なポイントである。他方では、すでに述べたように、伝記的事実にひきずられ、またその時々の作者の見聞を反映させつつ、要所要所に「あのことを調べにきたのではないか」〈二の二〉（傍点原文）、「自分さえ口を割らなければ、露見するものではない」〈三の五〉といったような、推理小説的興味をさそう叙述を織り込みながら、ストーリーはもう一つの山である第四部に向けてひた走るのである。

ここで第二部・第三部における主な改稿の跡を確認しておくと、既述のように旧版の刊行に先立つ単行本『雁の死』（六二年七月）においてすでに、初出にはなかった破戒僧刈谷宗喜の登場がある（『雁の森』）。これとは逆に初出にあって『雁の死』で削除されたのは、越雲の病床に馳せさんじた弟子たちの幾人かが大黒の喜代子と情を交わすくだりで（『雁の森』）、初出では禅僧たちの堕落ぶりと次の後妻の口を探さなくてはならない大黒の悲哀とを強調しようとしたようだが、決定稿では削除されている。

もう一つの大きな改変個所は、第二部『雁の村』で、底倉の村を発つ前に阿弥陀堂を訪れた慈念が、旧版までとは違って文庫版では瞽女のお菊と交わることなく、「これが母だろうか。母であるものか」〈二の六〉との嫌悪感を洩らして村を去ることになっているところだ。興味本位への反省、里子との体験の二番煎じとなりかねないこと、「実母」との交合へのためらい、などが理由として挙げられようか。

最後の一つは、旧版まではお菊は目明きであったと思われることで、「お菊は細い眼をした瓜ざね顔で」〈二の五〉とあり、「媚をふくんだ細眼を糸のようにしてこっちを凝視していた」〈二の六〉とあったのに対して、文庫版では「この盲目の女たち」〈二の五〉と呼ばれ、「つぶれた眼の白い顔」・「盲目のわりには力はつよかった」〈二の六〉と明記されるに至っている。この改変の意味については第四部のお菊が再登場する場面で考えてみることにしよう。

慈念の母は誰か

慈念自身が自分の母親は誰であると考えていたかを知ることは、この作品を理解するうえで重要な鍵となる。西安寺の和尚や父の角蔵らは、慈念が育ての親のおかんを実母だと信じていると考えていたようだが（一の五、四の二）、すでに第二部の慈念は「阿弥陀堂にきたお菊にいどんだ男は誰だろう。そいつがわしの親爺やもしれん」〈二の二〉と考えている。宇田竺道に向かって「わしらはお母あもお父うも知りまへん。この世に生きているものやら死んでいるものやら知りまへん。（中略）けども、わしは、そのお母はんに会いたい思います」〈二の三〉と訴えていることからみても、もはやおかんが実母であるとは考えていないし、お菊については、実母と思っているようでもあれば、いまだ十分に確信するまでには至っていないようでもある。

お菊が実母かもしれぬことを悪童らからほのめかされたのは、阿弥陀の舞の夜のこととなっており〈二の四〉、そうであればそれは、初めてこの行事に参加した五歳から村を出る一〇歳までのあいだであったことになる。もっとも、初めてそれを聞かされた幼な子の捨吉（慈念の俗名）にことの重大さが理解できたとは思えないが、少なくとも孤峯庵時代の慈念はすでにおかんは実母などではなく、お菊なる女性が母かもしれぬと考え始めていたと思われる。

しかし、慈念のそうした予想は、男と女として対したお菊との初対面のすさまじい印象によってアッサリとくつがえされる。


慈念はいま、自分の母だといわれる盲目の女の顔をみていた。これが母だろうか。母であるものか。眼の前で蒸れるように匂う軀を仰向けて、男を誘う顔は異様であった。〈二の六〉

つまり、この時点で慈念はもう一人の、母であったかもしれぬ女性を見失ったことになり、第三部で大黒の喜代子の連れ子である文子に「宗念はん（慈念の奇崇院での僧名——藤井注）には、おかはんないのん」〈三の五〉と問われた慈念が「ない」と答えているのは、慈念の母親探しが振り出しに戻ったことを意味していたと考えてよいだろう。

ところが第三部の終わりに至って慈念の気持はこれといった説明もないままに急展開をとげる。

——角蔵の消息をもたらした若狭三方《みかた》の竜宝庵の和尚に向かって、

「和尚《おっ》さん、わしには底倉におかんおります。わいを育ててくれたお母んがおります」〈三の八〉

と言い切っているのである。これ以前に、底倉のおかんに対して「お母ん」という呼び方が慎重に避けられていたことを思い合わせると、この表記には重い意味があって、慈念はここでおかん以外に自分の母はいないことを確信したと読めるのである。

この表記が気紛れのものではないことは、その少しあとに「寺大工の角蔵が、もし、自分の父だったとしたら、やはり、母はおかんなのだろう。お菊のような女が母であるはずはない」とあることからも確認できるし、だとしたら真相を質しに角蔵を比良の普請場に訪ねるのも、結局はお菊が母などではありえないこと（言い換えればおかんが母であること）を角蔵本人の口から聞き出したかったからなのだろう。

慈念がおかんを実母と確信するに至るまでの過程が欠如しているのは致命的ともいえる欠陥だが、ひとまずそれには眼をつぶるとすれば、第三部終了の時点で慈念はおかんこそが実母にほかならないと確信し、いっぽうお菊に対しては、第二部結部の「これが母だろうか。母であるものか」という忌まわしく汚らわしいイメージを持ち続けていることになる。そしてこのお菊に対する悪イメージは少なくとも慈念においては第四部でも訂正されることはないのだった。

聖女お菊

慈念の抱く悪イメージとは裏腹に、第四部に登場するお菊は作者の手厚い庇護を受けているかに見える。角蔵がお菊を比良の観智院の普請場まで連れてきたのは、その年の春に三方郡の別の普請場で偶然再会したお菊が角蔵に好意を寄せ、いっぽう角蔵のほうもお菊の白痴が軽快しているのに力を得て洗濯や飯炊きを教えたところ「はた目にも自然な炊事婦にみえるほど働」〈四の二〉き、結局はそこでのふた月ほどの生活が二人の仲を離れがたいものにしたことによる。

「お菊に対する憐愍」を捨て去ることのできなかった角蔵は、比良では普請場の近くに粗末な小舎を借りてお菊との同棲生活を始めることになる。その二人の暮しぶりを描く作者の筆致は第二部とは対照的にお菊に対して好意的で、こぎれいに身づくろいして陽当たりのいい縁側に出て比良の山々を眺めたり、生まれくる赤ん坊のために縫い物をし、子のできたことを角蔵に知られて恥じらうお菊の姿は可憐でさえある。「造作がととのって、普通なら美貌であるとしか思えぬ整いすぎたほどの高鼻の顔」・「何ともいえない色気」・「涼しげな眼」〈四の四〉といった褒め言葉も、第二部には見られなかったものである。

こうした作者のお菊に対する見方は、正確に角蔵のそれに一致する。お菊に対する哀れみが「いまでは離れがたい愛情のようなものになっている」〈四の四〉ことを自覚する角蔵は、正妻のおかんに同情的な周囲の人々の非難に抗して「お菊はわるい女やない。お菊は、亀さん（角蔵の永年の友人の大工――藤井注）、仏みたいな女や。きれいな心をしとる。欲のない、美しい心をしとる」〈四の五〉と擁護してみせるのである。

「仏みたいな女」という褒め言葉はもう一ヵ所（「仏のような女子《おなご》や」〈四の六〉）出てくるが、これは水上文学においては女性に対する最大級の賛辞といってもよく、第二部で「けもののよう」（初出）なお菊が男を誘う姿を、慈念の側から毒々しく描き出した作者は、ここでは一転してお菊を愛しむ角蔵のそば近く寄り添い、角蔵とお菊の新生活への旅立ちを温かく見守る側にまわることになるのだ。慈念の抱く悪イメージに塗りつぶされたお菊像との分裂であり、お菊の〈聖女〉への昇華、と言ってもいい。

第二部のお菊との落差、そのあまりの変貌ぶりを端的に示すのは、文庫版において第二部では盲目となっていたのが、第四部では目明きとなっている点だろう。すでに述べたように、旧版まではお菊は最初から目明きとなっており、その意味では第四部とのあいだに矛盾はなかったのだが、おそらくは瞽女なるものへの認識の深まりがお菊を盲目にし、といって第四部でも盲目では角蔵との新生活を営むにも何かと差しさわりが多く、やむをえず放置されたほころびとみる。さすがに新訂版では第四部のお菊のほうに、「半盲目の」・「不自由な目」・「ヤニの出た白眼」〈四の二〉〈四の四〉といった限定が加えられたが、第二部のほうには依然として「つぶれた白眼」などとあって、矛盾は完全には解消されていない。もっとも、ここはそうした矛盾にこだわるよりも、むしろ怪我の功名といってもよいほど、結果的に、盲女から目明きへという矛盾が、見てきたようなお菊の劇的なまでの変貌を象徴していたととったほうがいいかもしれない。

もう一つ、些細な矛盾、ほころびに注目しておきたい。——それは角蔵が慈念の誕生前に一度だけお菊を犯した頃の記述で、「子を七人も生んで、しなびた梅干のような顔をしているおかん」〈四の二〉に比べて「若いお菊の軀ははちきれるように大きかったし、すべすべしていた。……餅のように白かった」とある点である。一見何の変哲もない描写に思えるが、これを慈念が五つか六つの頃のおかんの描写に対置させてみるとその矛盾は歴然としてくる。第二部で幼い慈念を連れたおかんが山に分け入っていくくだりはこのように描かれていた。

　おかんはまだ乳の匂いがした。白髪もなかった。木綿の汗くさい立縞の野良着に、おかんはかるさんをはいていたが、色の白い太股と腰巻がわきからのぞいていた。（中略）おかんはまるいお尻をせわしなくふって遠ざかり、急傾斜の山を腹ばいに上った。〈二の二〉

これらを文字通り受け取れば、「しなびた梅干のような顔」（慈念の誕生前）をしていたおかんが、その六、七年後にまぶしいほどの白い太股をのぞかせ、乳の匂いをぷんぷんさせながら丸いお尻をふって山に上っていったことになる。ここにはどこか不自然なところがありはしないだろうか。

　水上勉が母の思い出を語る時にしばしば口にするのは、幼くして家を出なくてはならなかった自分には、村に残って老いてゆく母と身近に接し続けた他の兄弟たちとはちがって、三〇前後のピチピチした女盛りの母の記憶しかないということであった。

　たとえば「寒い家」（『くも恋いの記』六七年一月刊）では、田植仕事を終えた母が真裸になって小川で体を洗い、おりからの西日に映えてその裸体が「黄金色に輝いて」見えた記憶が鮮明に語られている。また後年の小説『母一夜』（『新潮』八一年一月）では、「あの白いふくらはぎの肉づきや、かるさんのわき口から湯文字をはみださせて、股にたまったきものの裾をせりあげて水につかっていた」（傍点原文）「精気にみちた、ふてぶてしい女盛り」の母親像が描かれる。

　水上勉はそれを「私だけの母」と呼んでいるが、そうだとすれば、第二部で「まるいお尻をせわしなく」ふりながら山に分け入っていくおかんのうえにも、この水上勉の想い描く「私だけの母」の像は重ねられていたはずだった。しかもそれが第四部では、この「私だけの母」の像は、すべすべとしてはちきれんばかりで餅のように白かったと角蔵の語るお菊のうえへ転移されているかに見えるのは見逃すことができない。

第二部では慈念のそばに身を寄せておかんのうえに「美しい母性の像」（戯曲「雁の寺」第七場ト書）を描き出した作者は、第四部では一転して角蔵のそば近く寄り添い、「仏のような女子」へと昇華したお菊のうえにその母性の像を描いてみせたわけで、こんなところからも作者の位置の変化とお菊の変貌とは容易に見てとれるだろう。

角蔵とお菊

お菊の変貌は当然のことながらその保護者であり夫でもある角蔵の変貌をも促さずにはおかなかった。「『雁の死』に出てくる宮大工は、父の面影を材料にしている」（「父について(1)」、『私の幸福論』六八年九月刊）という作者自身の証言もあるが、第四部において角蔵の宮大工姿を前面に押し出してくる背景には水上勉の父に対する認識の深まりがあった。そのキッカケとなったのが、六一年八月の直木賞授賞式における久方振りの再会だったのではないかということは前章でも触れておいた。この再会を機に、養育の義務を怠ったまま自分を口べらし同然に京の寺へやった父への憎悪が、その心底を思いやることによって、六〇年代に入る頃から徐々に和らいでいったのではないかと考えてみた。

たしかに第四部の角蔵は、おかんや子供たちを「放ったらかし」にしたことを依然として周囲の人々から非難されてはいるけれども、第二部に見られた「どことなく狡そうにみえる角蔵の脂ぎった寸づまりの顔」〈二の六〉といったような否定的な表現は影をひそめるようになるし、時には、お菊の可憐さと見合った一途な純情すら見せるようになる。

「お菊もかわいそうな乞食女や。わしが助けてやらなんだら、村の男のなぐさみ者になって、親の知らん捨吉のような子ォを何人も産んで……餅もらいの旅しとったやろ。その女を、わしは、亀さん、わしの力で、正気にもどしてやった。わしはあの子と一しょに暮らすようになって、不思議なことに、仕事するにもハリが出たわな。」〈四の五〉

〈お菊とは別れられん。お菊はきれいな心の女子や。仏のような女子や。……おかんもかわいそうやけど、おかんはもう六十や。舞鶴の助治と咲治の仕送りでラクに暮らしとる。もう行末は安心や。それにくらべたら、お菊はこれから闇や。わしが放したらまた乞食して歩かんならん。……お菊を捨てるわけにはいかん。〉〈四の六〉

「仏のような女子」の意味についてはすでに述べたが、周囲の反対と非難を押し切ってまでも愛しいお菊との生活を守り抜こうとする角蔵の一徹はなまなかのものではない。

ここで注意しなくてはならないのは、角蔵とお菊が再会して同棲関係に入り、水入らずの新生活を営むくだりに、いくつかの特徴的な設定が見られるということである。まず当たり前のことだが、お菊が瞽女であり、一度関係を持った以外にも何度か角蔵と出会ったことがあったのが、この春の再会の折に「向うから媚びてきた」〈四の二〉こと。そしてその時はお菊を普請場に住まわせて洗濯や飯炊きを教えた角蔵は、今度の比良の仕事場にもお菊を同道し、鶏飼いの伊助の家の離れ（小舎）を借りたということ。しかも角蔵が六〇歳、お菊が四〇過ぎという高齢であるにもかかわらずやがてお菊が受胎している点。そして角蔵自身の気持はすでに見たように、お菊を仏とも思い、自分が見捨てればお菊はふたたび路頭に迷うであろうから絶対に別れるわけにはいかないと考えている等々。

煩をいとわず抜き出してみたのは、ここにもう一組の似たような境遇の男女の生の軌跡を重ね合わせることができるのではないかと考えるからである。

『雁の寺』から『一休』（七五年四月刊）へ、とは作者がしばしば口にするところだが、その見方からすれば、角蔵のこのお菊との生活を断固守り抜こうとするキッパリとした姿勢には、慈海や越雲たちのように性をめぐって「たてまえと本音の間を苦しみ、ごまかし生きる僧侶」（「あとがき」、『水上勉全集1』）たちへの強烈な批判がこめられていたのではなかったか。あたかも「女犯礼賛」・「自受法楽、自然法爾の悦楽境」（『一休』二一）を生きた一休が、そのことによって偽善に満ちた伽藍生活の痛烈な告発者たりえたのと同じように。

実際、一休最晩年の森侍者との愛欲生活と角蔵お菊の暮しぶりとを比較してみると、符合する点のあまりに多いことに気づかされるが、それらの詳細は第六章の「『一休』における水上勉の〈わたくし〉」に譲って、ここでは、老境にさしかかった角蔵の奔放で自由闊達な生き方が、持戒をよそおって隠し妻を持つ老僧たちへの痛烈な批判たりえていたことだけを押さえておきたい。

そのように考えてくれれば、里子や喜代子ら寺を追われた大黒たちの無念と心残りは、角蔵によって〈聖女〉へと再生させられたお菊像に吸収・浄化され、彼女たちも生ある限り角蔵の手厚い庇護を受けられることになったと見立てることもできるのではないだろうか。第一部において取り上げられ、第二部・第三部と継承されてきた禅寺における大黒の末路をめぐる問題は、第四部に至ってこんなかたちで決着させられていたと考えることもできる。

言ってみれば、宮大工という偽装体をつかっての虚偽に満ちた伽藍生活への告発だが、そうであれば当然のことながら、いつかはそうしたカムフラージュの枠を取り外して、ほんものの僧侶でありながら「自由なる性の美しさ」(「あとがき」、『水上勉全集12』七六年一一月刊)を実践した人物を造型することで同じテーマに正面から立ち向かうという課題は依然として残されたわけで、それこそが『雁の寺』から『一休』へと続く道であったと考えられるのである。

慈念のゆくえ

さて、慈念の母をたずねる旅のほうはどうなっただろうか。すでに述べたように、お菊に対する悪イメージを持つ慈念は第三部の結部でおかん以外に自分の母はいないことを確信し、比良へ向かったのも、お菊が母などではありえないことを角蔵の口からハッキリ聞き出したいためであった。その意味で、最後の最後まで角蔵が「お前のお母は底倉のおかんや」〈四の六〉と言い張ったことは、慈念にとってはせめてものはなむけであった。それにしても、自分の母はおかんであるとの確信を持って慈念はいったいどこに消えたのだろうか。

そのことに関連してひとつ不思議に思えるのは、三方の竜宝院の和尚から角蔵の居所を聞かされて真相をたずねるべく六月に奇崇院を出た慈念が、なんと一〇月三日にもなってようやく比良の観智院に姿を現していることだ。この四ヵ月の空白の意味するものは何か。

考えられるのは、雁の渡来と秋という季節との密接な関係である。水上勉は「雁の話」(『雁帰る』六七年三月刊)というエッセイにおいて、北近江では年中雁を見たようにも思うが、百科事典によれば雁は秋の鳥で、秋の彼岸のころ渡来し、春の彼岸のころ去る習性がある、と記している。そうだとすれば観智院のある北近江が雁の名所であるのは当然としても、結部の雁の群れの飛翔を描くためにも季節は秋でなくてはならず、それが四ヵ月の空白を生んだ一因だったとも考えられる。

同じエッセイのなかで水上勉はさらにこんなふうにも述べている。

そういえば、私の育った若狭の村は、よく雁が通った。

山の奥は近江の琵琶湖になっていた。むかしから、北近江には、雁が年じゅう棲んでいて、時たま、若狭の山をこえて、私たちの村をわたったのかとも思う。母は山の奥の汁田で働いた。私たち子供は、夕暮れになると、よく山の田の畦へ出て、母が泥田からあがってくるのを待っていたものであった。そんな時、せまい谷の空を雁がわたった。

角蔵の「お前のお母は底倉のおかんや」という声を聞くと同時に普請場の高い足場の上から転落した慈念はそのまま姿を消すが、代わりにそこから飛び立っていったのが「十数羽の親子雁」であったという記述の意味することは何か。「池畔の葦から急にとび立った十数羽の親子雁は、比良の山に消えるまで、かすかな炭切れのような形になって人びとの眼に残っていた」〈四の六〉。もはや慈念をも加えた「十数羽の親子雁」の行く先は明らかだろう。雁の群れが「比良の山に消え」たその向こうには、いうまでもなく若狭が、そして底倉の部落がある。おかん以外に自分の母はいないことを確信した慈念は、長い彷徨の果てにようやく「お母ん」のもとに帰り着こうとしているのである。

第三章　『越前竹人形』のその後

変種の私小説

『越前竹人形』（『文芸朝日』一九六三年一、四、五月、同年七月刊）が、表面的には物語性豊かなフィクションの体裁をとりながらも、その実、巧みに計算し尽くされた変種の〈私小説〉にほかならないことは、すでによく知られている。

たとえば作品発表後まもない時期に書かれた「ああ京の五番町」（『オール読物』六四年一月）では、青年時代の作者が小浜の三丁町なる遊廓で「父の妓」と思われる娼妓と偶然でくわしたことが回想されている。のちに「この時の経験を織りこ」むことで「父の愛した妓に慕情をよせる息子の物語」＝『越前竹人形』が生まれたというのである。

ここにはほかにも、実体験と作品とをつなぐもう一つの絆といってもいい冬の炉辺での父の細工姿にまつわる思い出も語られている。

私は冬の夜を、囲炉裡のはたで父が、いっしんに、細工物に凝る後ろ姿を眺めていると、不思議と睡気がささなかった。父は、仕事に夢中になって、私のいることも忘れてノミをつかった。（中略）尺八をつくる場合のフシ抜きや、トクサでみがく仕上げや、歌口のねり込みや、いろんな精密な作業を、私はそばでじっとみていた。そんな父の姿をみている時、私は、父に圧倒されたようであった。私が父の姿を想起する中で、なつかしいと思う姿は、この細工姿以外にはない。

さらにここに、「竹の精霊」（『竹の精霊』八二年一〇月刊）と題されたエッセイを重ねてみると、水上勉はみずから「父のこの尺八づくりをまねて、一、二本の尺八をつくったこと」があることがわかる。その際、「仕事から帰ってきて、私のつくるのを、もどかしげに眺めていた」父が、「やがて、サメの皮やトクサの束をどこかから工面してきてくれて、私が手が出せず困りぬいていた歌口や、四つ穴の作業」を手伝ってくれたというのだ。つまり、「完成した時は、完全な合作となった」というわけである。

あるいは、これは小説だが、

私は父が作業中に、たとえば、炉の火をもっとくべろ、とか、向うの道具をとれ、とか、あっちの材料をもってこい、とか、坐ったままで私に用事をいいつけてくれるのが嬉しく、いつまでも待機していた。（『冥府の月』、『文芸展望』七三年四月）

などというくだりからも、父子の緊密な〝共同作業〟ぶりの一端をうかがうことができる。少年期の水上勉が、父の炉辺での細工仕事の単なる観客にとどまっていたのではなく、端役ではあるにしても一面では共演者の位置にあったことが確認できるわけで、こんなところにも、『越前竹人形』で父喜左衛門の芸を継承する氏家喜助の造型へと発展する端緒を見出すことができよう。

父への思い

ところで、「ああ京の五番町」の引用部分の末尾に「私が父の姿を想起する中で、なつかしいと思う姿は、この細工姿以外にはない」（傍点藤井）とあるその背景に触れておかなくてはならない。

第一章「『五番町夕霧楼』の復権」でも触れたように、この前後の水上勉は父への愛憎半ばした思いに引き裂かれていた。――水上勉がまびかれるようにして京の寺へ修行に出されたのは一〇歳の時だが、それ以前の父子の関わり方を見ると、細工姿にまつわる思い出などはむしろ例外に属するもので、たいていは遠方の町の普請仕事で家をあけることが多く、生活費も入れずに養育は母任せであったという。にもかかわらず、「寺の小僧の話がもちあがると、すぐにとびついて、私を京都へやることに同意して帰って」（「おえん」、『くも恋いの記』六七年一月刊）きた父に対する憎悪の念は、長いあいだ彼の内部でくすぶり続けた。

私が、九歳の冬に、その母親に卑屈なお辞儀を一つさせて、村の駅を汽車にのって去った時の母のかなしみは私にはよくわかっていたのだが、母と別れねばならない私の運命を私は憎んで育った。それは長いあいだ、父親に対する憎しみとなって続いたのである。(「母」、『婦人生活』六二年一月)

ここからもわかるように、母への愛着・擁護と、それと表裏する父への憎悪とは、ながきにわたって水上勉を苦しめ続けることになった。しかし水上勉自身がかつての父の年齢に近づき、その心の奥底をのぞきみることができるようになるにつれて、かつての単純な憎悪一辺倒から、徐々に、父親像の見直しへと動いていくことになった。

その端的な表れを、私たちはたとえば、女衒顔負けの科白を口にした夕子の父三左衛門がなぜか批判されることもなく、終章では、死骸となりはてた娘と一つになって坂道をおりてゆく後ろ姿に見出すことができる。身売りの場面に父への憎しみが託されていたとすれば、にもかかわらず批判されることのほとんどないというところに父への許しを、そして娘を背負った後ろ姿には父との和解への祈りを読み取ることが可能なのである(第一章「『五番町夕霧楼』の復権」参照)。

このように両極に引き裂かれた父への屈折した思いは、一つの作品の内部において見られるばかりではなく、同時期の作品と作品とのあいだにまたがっても存在する。たとえば『雁の寺』第四部『雁の死』(『別冊文藝春秋』六二年三月)における宮大工・堀之内角蔵(作者自身の父をモデルとしている)に対する肯定的表現があるいっぽうでは、前出の「母」(六二年一月)などにおける憎悪の対象としての父親像が並立する、といった具合に。

作者一〇歳の折の出郷に端を発し、二度目の修行先である等持院脱走（還俗）後、勘当されたこともあって「三十年の絶縁に近い疎遠」（『冥府の月』）が続いていた父子ではあったけれども、おそらく六〇年代に入る頃を境として、水上勉の内部で執拗な揺り返しをともないながらも父親像の見直しと再評価とが進められていったのだった。その模索の軌跡が六〇年代前半の作品群にほかならなかったわけで、『雁の死』における堀之内角蔵の肯定的表現を出発点として、『五番町夕霧楼』結部の父との和解への祈りを経由して、さらに積極的に父への思慕と畏敬の念とを前面に押し出していったところに成立したのが『越前竹人形』だったのである。

作中の喜左衛門が「日ごろから、坐りづめの作業」〈二〉に精を出すいっぽうでは、諸国の竹藪をめぐる旅には必ず喜助をともない、「まるでクロチクを育てるようにかわいがって育てた」とあるのは、たまに帰宅しても妻や子供たちとのあいだでいさかいが絶えなかったという作者自身の父との関係を正確に反転させたものだったにちがいない。そうすることで、ありえたかもしれない父子関係を追体験するとともに、作品自体は、積年の確執の清算、和解への祈りを込めたメッセージとしての性格を浮かび上がらせることになったのである。

二つの家

見てきたような変種の私小説的側面は父との関係のみならず、作品の舞台となる家をめぐっても指摘できる。場所自体は作者の出身地である若狭から越前へと移転させられているが、これは執筆の一年ほど前に別の作品の取材で訪れた「越前河野村六呂師の山奥」で「魚籠を編んでいた七十すぎた竹職人」(「竹の精霊」)と出会っていたことがもとになっている。

それよりもここで注目したいのは、藪に囲まれた氏家喜助の家そのものが「若狭の生家の印象から書いたのだった」(「竹の章」、『片しぐれの記』七八年四月刊)とされる点である。『一匹のひつじ』(七〇年一〇月刊)にはさらに具体的に、竹藪に囲まれた家というのは、「私の故郷の生家ですね。乞食谷の。あのままです」(「社会派と人間派」)との証言も見える。藪に囲まれていたという程度のことならともかく、本当に家までもがそっくり利用されていたのだろうか。

まず作中の氏家家の間取りその他を確認してみよう。竹神部落の家々はみなそうらしいが、「入母屋造り」の「藁ぶき屋根の母屋と杉皮ぶきの石置き屋根の小舎」〈一〉から成り、母屋に入るとまず土間があって、囲炉裏のある居間は「板の間に筵を敷いただけ」〈九〉のもので、そこから「仕切りの戸」をあけると「納戸とよばれるその細長い五畳くらいの部屋」〈七〉に通じている。

この納戸は「お母んのいやはった部屋」で、のちに喜助が玉枝のために床を張り替え、白い壁紙に張り替えたところである。もっとも、しょせんは「筵を敷いたきりの板の間」〈一八〉に過ぎず、玉枝の発病後往診に来た医者からは「陽当りのええ部屋へうつしてあげなさい。ここは寒い。えろうしめっとる」と注意されるような部屋であった。

喜左衛門が息を引きとったのは「母屋の奥」の、「枯つつじの築山」のある「せまい庭」〈一〉に面した座敷で、ここには「仏壇」〈五〉があった。「お父つぁんの寝てた寝所」〈七〉というのは息を引きとった座敷とは別のようで、「わいは、どこにでも寝ますがな。お父つぁんの寝てた寝所がありますさかい」という口ぶりからは、納戸よりもさらに粗末な寝所が別にもう一つあるように思われる。

結局、居間と座敷のほかには小さな納戸（寝所）が一ないし二部屋あるに過ぎず、「来年の春になったら、わいはあんたのために陽当りのええ部屋を一つ建てましせんならんおもてンのや」〈一二〉という喜助の約束は、玉枝の死によって果たされずに終わった。

これに対して水上勉の生家はといえば「地主の持ち物だった木小舎を、祖父が改造して家にしていたものを、父がうけついで住ん」（「親子の絆についての断想」、『朝日ジャーナル』七九年九月二五日）だというわくつきのもので、「家というようなものではなくて、藁ぶき屋根の小舎」（一章、『わが六道の闇夜』七三年九月刊）のようなものであったらしい。

同じ文章によれば、間取りは「一坪の土間、六畳くらいの板の間、そこに炉。奥に四畳半の座敷、そのよこに三畳の納戸。土間のよこに三畳の寝間」とあるが、若干の異同のある「落葉帰根」（『小説現代』七九年一〇月）によって、もう少し詳しく紹介してみる。

藁ぶき入母屋の軒に表口だけ錆トタンが一枚のびていた。間ぐち三間、奥行きはさて、五間ぐらいあったかどうか。大戸をあけると土間があり、上りはなのひくい板間に竈が二つならび、薪置き場から一段高くなった居間《おま》へあがると、そこに囲炉裡があった。炉端から板の間がのびて奥の障子に至り、その左に六畳の部屋が一つある。畳を敷いた部屋はそれしかなく、あとは納戸とよばれた三畳の板間と土間のわきの四畳ぐらいあった変型板の間に筵を敷いた寝所である。

「壁には穴があき、朝早くから、無数の光りの矢が、雨のように顔の上へふりそそ」（「親子の絆についての断想」）ぐありさまで、台所（流し）も井戸もなく、六十余軒の村の家々のうちでただ一軒、電灯のないランプ暮しを余儀なくされていたという。

そんななかでわずかな救いといえば、もともとが「他人の破れ家」（同前）であり、めぼしい家財もなく「煤けて困るものはない」ので、囲炉裏の火を大きく焚いて家族がそのまわりに集まり、細工仕事を見守ったり本を読んだりしながら「一家の集中度の濃さ」を満喫できたことであった。あるいは、三方から生家を取り囲んでいた藪（他家のものだが）が陽をうけて「橙いろにあたりが輝」（『孟宗の藪』、『海』八一年一〇月）くといったような幻想的な光景を独り占めできたことであった。この二つの光景がのちに『越前竹人形』をはじめとする多くの作品を生み出す母胎となったことは言うまでもない。

このように、作中の氏家家と作者の生家とを比べてみると、土間と居間があってそれに座敷と納戸が加わり、あとは納戸よりもさらに一ランク落ちる寝間があるかないかといった具合で、確かに作者の証言通り、ほとんど「あのまま」（『一匹のひつじ』）であったことがわかる。

元来、日本の農家の伝統的な間取りとしては、田の字型とも四つ間型とも呼ばれ、土間の他には四

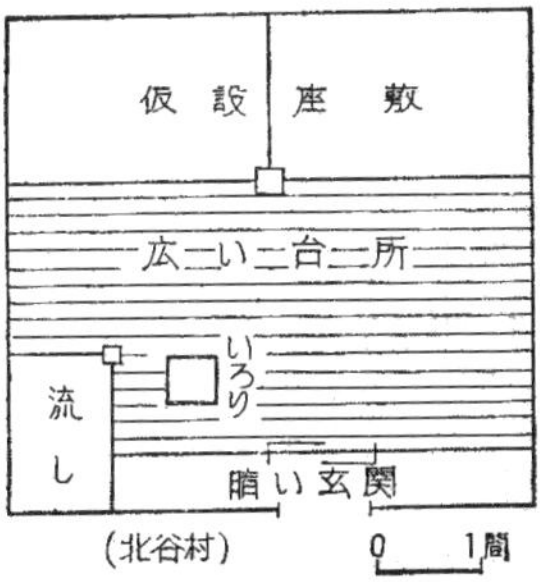

図1　「出作小屋の固定した四阿草葺傘建平入」（吉田森『福井県新誌』より）

室から成る間取りが標準とされているが、両家の場合はおそらくその水準にも達しない、原初的な形態をとどめた住まいであったようである。

越前・若狭地域の住居の特色を詳述した吉田森の『福井県新誌』（五一年一二月刊）を参照しても、「四間取が原形で、六間取が進歩した形」となっている。村役人や地主層に後者が多く見られ、逆に四間取りが後退すると、囲炉裏のある居間のほかには二室しかない形式に辿りつくことが、「出作小屋の固定した四阿草葺傘建平入」の家を例として図示されている。

社会的地位の差

さて、氏家・水上両家の住まいが標準型にも達しない、農家の原初型をとどめたものであったとして、次に考えなくてはならないのは、両家の社会的地位の違いであり、経済状態の差であろう。

「私の家だけは所有藪はな」（「竹の音」、『別冊文藝春秋』七〇年一二月）く、「持ち田一反、持ち山一坪とてなかった」（「若狭幻想　その一　おんどろどん」、『水上勉全集21』七八年七月刊）水上家が、富家の木小舎を借り受けて住むしかなかったのはうなずけるとしても、かつては竹神部落の区長まで務め〈一〉、村の「竹細工師の始祖」として「石塔」まで建てられるほどの人物が住む家としては、作中のそれはいかにも不釣り合いのそしりをまぬかれないだろう。

水上勉は「貧困について」（『人生というもの　人間の世紀7』七三年一二月刊）という文章のなかで、故郷の六三戸の家々を地主・自作・小作の三種に分類し、小作農は「地主の持田を小作するか、山持ちの炭焼き人夫にゆくか、年じゅう何かの労働提供によって生きる」しかなく、子供たちは尋常六年の義務教育を終えると奉公に出るか、悪くして家に病人でもいたりすると、義務教育すら受けられずに地主の女中、子守りなどをするほかなかったと述べている。つまり河上肇の『貧乏物語』（一七年刊）にいう「辛うじて健康を維持しながら生きる「貧乏線」」はこの小作農の家々に引かれるべきだと言っている。そして義務教育すら受けられないような境遇の家々を「線下」に位置づけ、「私の家は、「線下」の部に入った」と述べている。

これに対して氏家家の場合は、「守りもしなければならな」い「渓下の水田」〈六〉もあれば、「藪の向うに」「菜畑」〈七〉もあり、喜左衛門は「丹精した竹藪と、母屋と仕事場のある百坪ばかりの屋敷を残して逝った」〈六〉のだった。だから喜左衛門父子はむしろ六間取りくらいの規模の住まいに住んでも不思議はなく、「小さな貧しい家」（「舞台の『越前竹人形』――菊田さんがひき出してくれたもの」、『毎日新聞』六四年一月一八日夕刊）では釣り合いがとれないのである。

「貧困について」の分類を借りていえば、上の三分の一に属する家が「線下」の家と同じ規模の住まいに住んでいたことになるが、ここではむしろそうした不自然さよりも、生家と氏家家とをあえて重ね合わさずにはおられなかった作者の側の必然性のほうにこそ目が向けられなくてはならない。二つの家が強引に重ね合わされることで熱い血が作品世界を流れ始め、作者の血をわかち与えられて生気を帯びた作中人物たちは、しっかりとした足取りで作品世界を歩き始めるのである。

作業小舎の意味

二つの家の一致点の確認は、当然の結果として、今度は逆にその相違点をも浮き彫りにせずにはおかない。実は氏家家には細工仕事をするための作業小舎が別にあったのである。水上家の場合は父親は居間の囲炉裏端で作業をしていたのだから、住まいの強引な重ね合わせに見られたように実体験をできる限り生かそうとすれば、作中でも当然別棟ではなく囲炉裏端で、となるはずであった。にもかかわらず、母屋とは別にわざわざ作業小舎を設け、細工仕事の場を移転させたのはなぜだったのか。細工仕事をするのがなぜ母屋であってはいけなかったのか。

母屋と小舎とがどのように使い分けられていたかをまず確認する必要がある。たとえば喜左衛門亡き後、父の馴染みの玉枝が喜助のもとに嫁いできた初めての夜の描写をみてみよう。

喜助とふたりきりの食事をすませたが、喜助は、すぐ仕事場へ入っていった。

夜になった。(中略)喜助はいつまでも作業場から出てこなかった。轆轤を廻す音がきこえた。

玉枝は九時すぎに下駄をはいて別棟になっている作業場を覗きにきた。(中略)

「さ、仕事はそれぐらいにして、母屋へいって寝まひょ」(中略)

「玉枝はん、先にいって寝とくれやす。わいはしかけた仕事がおすさかいに、これがひとしきりすんだら、すぐあとからいって寝ます」

玉枝は（中略）ひとりで母屋へ帰っていった。

納戸に入って、もってきた菊の模様のついた紅い銘仙の蒲団を敷いて寝たが、寝つかれないのであった。喜助の足音はせず、轆轤のまわる音だけが、いつまでもきこえたからである。〈七〉

母屋と小舎のあいだを往き来する玉枝の横顔からは、不自然なかたちの結婚に踏み切ったことへの一抹の悔いも見られないではないが、それよりも、二人の間の溝を一日も早く埋めようとする健気ともいうべき真剣さがより強く見てとれる。

そして同じようなことが何日も続いたある夜、玉枝はついに「辛抱しきれなくなって、相かわらず夕食をすませると作業場へ入ってゆく喜助のわきへ、小走りに寄ってきいた」。——「喜助はん、あんた、うちが押しかけてきたさかい、心の中では困ってはるのとちがいますか」。「あんた、うちがきらいやのとちがうか」。

それに対する喜助の答えほど、この作品における母屋と小舎の関係を鮮やかに説き明かしてみせたものはないだろう。喜助は「あんたの顔をみてると、お母んに会うてるような気ィがします」と言ったあとで、こう続けるのである。——「どうぞ、わいのことに気がねせんと、母屋を好きなように使《つこ》うて、暮しててくれやす」（傍点藤井）。

喜助の場所と玉枝の居るべき場所とは画然と隔てられ、それが母屋とは別に小舎が設けられなくてはならなかった理由だったのだ。これをもう少し敷衍すれば、芸術（竹細工芸のことを仮にこう呼ぶこととする）の世界と日常的世界との分離・並立であり、同時にこの距離は二人のあいだの心理的距離の具体化と考えることもできる。妻ではなく母としてしか玉枝を見ることができない喜助の気持の現れであり、いわば交わらぬ性の象徴だったのである。

不可避の姦通劇

嫁いできたその夜、紅い銘仙の蒲団のなかで悶々とする玉枝の耳に聞こえてきた「轆轤のまわる音」ほど、近くて遠い二人の距離を見事に暗示していたものはない。

二人のあいだを隔てるこの距離が、「毎夜の拒否を食った」〈一〇〉玉枝の欲求不満を募らせていったであろうことは想像するにかたくない。そしてそうした間隙に乗じるようにして玉枝のかつての馴染み客・崎山忠平が登場してくることから思えば、この距離そのものが実はのちの姦通劇の周到な伏線でもあったことになる。

しかも、この距離は、喜助の拒否が玉枝の不満を募らせていったという意味において姦通劇の伏線であったばかりでなく、芸術と日常的世界とを隔てていたという意味においても姦通劇の不可欠な前提だったのである。

というのも、玉枝とあやまちをおかした忠平が再度竹神部落を訪れ、今度は玉枝には会えずに、喜助にだけ竹人形増産の要望を伝えて村を去るあたりの心理描写のなかにこのような見逃せない一節があるからである。

好色なこの男にしてみれば、玉枝の軀は、あの場合一瞬の火あそびにすぎなかった。竹神へきたからには、会ってみたいとは思ったが、ぜひとも会わねばならぬ女でもなかったのである。みにくい小男に似あわず、名人肌の喜助に忠平は一目置いてもいた。その妻玉枝を犯したことへのかすかな後悔もおぼえていたのだ。〈二二〉(傍点藤井)

かりに作業小舎が存在せず、喜助の仕事場が母屋の居間の囲炉裏端でもあったとしたら、「名人肌の喜助に」「一目置いてもいた」はずの忠平が、たとえ喜助の目を盗めたとしても、父親譲りの道具類も置いてあるであろう、いわば神聖な芸術の場で、その妻に挑みかかるというようなことがありえただろうか。

その意味で、喜助が孤独な芸術世界に立てこもるいっぽうで、生活や性の場所でもある母屋を「好きなように使うて、暮しておくれやす」といって玉枝に明け渡した時、すでに悲劇の幕は切って落とされていたのかもしれなかったのだ。

このように作業小舎の存在は、かつては区長なども務めた名家にふさわしいものとして発想されたのではなく、むしろ作品への自己移入という点からいえば削除されてしかるべきものであったにもかかわらず、見てきたようなさまざまな重要な役目を果たすためにきわめて意図的に建てられたものだったのである。ただ、芸術と日常世界、喜助と玉枝とのあいだをあまりにも画然と切り離しすぎたために、その分ストーリー展開が紋切り型となり、平板な印象を与えてしまったのはいかんともしがたいことであった。

たしかに、母屋と作業小舎という二元的世界の設定は、芸術を生活・性の場から遠ざけ、喜助と玉枝とを隔てて不満を内攻させることでのちの姦通劇を準備した、という意味においては絶妙の仕掛けにちがいなかった。しかしそれは同時に、玉枝を母としてのみ遇しようとする喜助の身勝手ともいえる態度が、女として平凡な幸せをつかもうとする玉枝のひたむきな生き方とぶつかり、試され、修正を強いられるような方向へは決して向かうことはないような装置だったのである。言葉をかえていえば、喜助の独りよがりな生き方を保護する装置だったのである。

似たようなことは、芸術の世界と日常的世界とを画然と分離させたことに関してもいえるかもしれない。日常生活の論理によって試されることのない芸術などというものに、はたして時の流れを乗り越えていくだけの力があるのかどうか。のちに述べるように、喜助の作品が短命に終わった理由を求めるとすれば、それが日常や実人生の論理の挑戦を受けることのない密室の孤独な作業のなかから生まれたものであったためかもしれなかったのだ。

戯曲による「改稿」

こうした二元的世界の設定が必然的に招きよせるいくつかの欠陥については、作者自身も決して無自覚ではなかったようである。そうした自己批判意識の表れを、私たちは一〇年後の戯曲「越前竹人形」〈作者自身の脚色による。七三年一月五月舎により初演〉のなかに見出すことができる。

すなわち、ここでは作業小舎が撤去され、喜助は母屋の炉端で細工仕事に励むことになるのである。その結果、小説においてそうであったようには、喜助はもはや作業小舎に逃げ込んだり立てこもったりはできなくなる。独りよがりな喜助の生き方は、「軀も心も淋しいあたりまえの女」〈第七景〉として生きようとする玉枝のそれとの葛藤を通して、試され、傷つき、修正を強いられるのである。

一例として、玉枝が嫁いで一年ほど経ったある日の夕刻の、二人のいさかいの場面を見てみることにしよう。――「喜助はんはうちがここへ押しかけてきたんで、そろそろ後悔してはんのとちがいますか」〈第七景〉と切り出す玉枝の前から逃れるように、喜助は「裏の藪へ行ってうずくまる」。それに続くト書きには「玉枝、追いかけてゆく。竹の根をつかんでふるえる喜助」とあり、「な、今日はうちのいうことをきいて下さい」とさらに詰め寄る玉枝に対して、喜助は「藪ン中に玉枝はんが立ってはると……お母はんに会うてるような気がするんどすわ」と力なく繰り返すばかりだった。

したがって「藪の中にいる時は、そら、お母さんでもよろし……けど、うちへ入って、夜さりになったら喜助はんの嫁さんどっしゃろ。なんで、うちを抱いてくれはらしませんの」と切り返す玉枝を前にして喜助には、「また逃げて、下手の竹の根に〈作業小舎が無いので――藤井注〉うずくまる」ことしかできないのだった。

小説の場合とは主客逆転したこうした関係は、夜になってからも続けられることになる。――「喜助は仕事場にきて、作業をはじめる。時間が経つ。玉枝、奥からやってくる」。作業小舎に逃げ込むことができないばかりに、喜助は玉枝の攻撃を正面から受け止めざるをえないのだ。

「喜助はん。(中略)あてが、いうたことがわがままどしたやろか」と切り出した玉枝は、「ほなら、うちは……」、「ほんならうちが……」、「ほなら喜助はんが……」と畳み掛けるようにして喜助を追い詰めてゆく。そして「お願いどす。このままお母はんのようにしていて下さい」と身勝手な懇願を繰り返すしか能の無い喜助に向かって、玉枝は絶望の声をぶつけるのである。

喜助さんは、あてより、竹人形が嫁はんどすねやなァ。殺生な……喜助はんや。女の淋しさを、ちっともわかってくれはらへん……つめたい男はんや。

この直後のト書きにある「ふくろうが啼いている。喜助は、気が狂ったように人形をつくり出す。玉枝、奥の間へ行って孤独にひれ伏す。上手か奥の室に幻想的な蜘蛛の巣が現出し、一匹の女郎蜘蛛が中央にいる。それは灰色に無気味に光ってみえる」という荒涼とした光景ほど、戯曲化されることによって達しえたこの作品の深奥部をのぞき見せてくれるものはほかにあるまい。

芸術世界と日常世界とを一元化させた戯曲においては、芸術家であるとともに一人の平凡な男でもある喜助と生身の人間としての玉枝の対立・葛藤が戯曲を引っ張る原動力となって、動的で立体的な世界をつくりあげていたのである。

竹のいのち

戯曲「越前竹人形」の達成は、作者自身の認識はかつていた地点からずいぶん先まで進み出てしまったにもかかわらず、原作となった小説そのものははるか後方に取り残されているという、『越前竹人形』を取り巻く不幸な状況をはしなくも露顕させる結果となった。こうした、作者の認識が作品内部の論理とは相容れないところにまで進み出てしまった例は、ある意味では作品のかなめと言ってもいい竹や竹人形に対する考え方をめぐっても指摘できるかもしれない。

水上勉は前掲の「竹の精霊」において、どうすれば竹のいのちを永らえることができるか、ということを再三問題にしている。そして、そうした問いを抱くようになったキッカケは、故郷のさんまい谷（墓地）で「伐られた竹」が「花筒に化けたり、飾り花に化け」たりして「雨露でくさるまで、土にささって長く生きていた」（傍点原文）生家を取り巻く原風景にあったと告白している。伐られたはずの竹が「生きていた」というのは、生物体としての生命は絶たれながらも「細工品になって、第二の生を生きる」という考え方にもとづいている。そうだとしたら、どうすれば竹のいのちを永らえることができるかという問いは、生物体としての竹の寿命の意味ではなく、どうすれば細工品に化身した竹に「実在感」を与え、「精霊」を宿らせることができるか、ということを意味していたはずであった。

民芸研究家の柳宗悦の説く竹細工の三分類（一「どこまでも竹の性格を活かして作ったもの」、二「一見竹だと思へないまでに工作を加へて作ったもの」、三「竹に趣味を感じて作ったもの」）を援用した水上勉は、竹細工は「どこまでも、竹の性格を活かして作ったもの」でなくてはならないとする。作り手が趣味や技巧を弄するのではなく、どこまでも竹の心にそうことを要求するのだ。「この竹のいのちを、うるしや、染料や、エナメル絵具でぬりつぶしてころして」はならないというのである。

尺八作りを例にしていえば、竹の内部の繊維の流れにそって息が流れるのと同じ方向から節をくり抜き、磨きをかけなくてはならないわけで、内部に漆を塗って息をすべらせたりするがごときは「邪道」とされるのである。したがって同じように「伐られた竹」を使って細工品に化身させるにしても、竹本来の性格をどこまで活かすかによって、細工品としての「第二の生」の寿命が決まってくるというわけである。

水上のこうした、竹や竹細工（竹人形）に対する真摯な考え方は、おそらく『越前竹人形』執筆以降に獲得されていったものと考えられる。というのも、小説執筆時には「人間劇の方はどうやら辻褄はあわせられたが、竹人形の方は自信がなかった」（「竹の精霊」）と告白しているからである。「主人公のつくる竹人形に生彩をあたえねばならなかった」にもかかわらず、結局そこは「商工大臣賞や県知事賞になる逸品」とすることで代わりとしたと言っている。作中には展覧会場で県知事が喜助の竹人形（夫婦の像）の出来に瞠目するシーンはあるが、受賞のことは出てこない。そのかわり専門業者たちまでもが口々に称賛し、全国から注文が殺到したことになっている。要するに、注目されたり称賛されたとすることで描写では生彩を与えられなかったことの代わりとした、というわけである。

「竹の精霊」によれば、転機は『越前竹人形』発表後何年か経ってから訪れた。菊田一夫による劇化の際（六四年一〜三月）、以前作者不明のままに竹製の「翁、媼の能装束をした人形」をもらった相手である尾崎欽一氏が劇の竹細工技術指導を担当し、上演に合わせて初めて試作した太夫人形とめぐりあうことになったのである。

先に引用した「細工品になって、第二の生を生きる」とか、「細工品に化身した竹に実在感を与え、精霊を宿らせる」とかいった評語は、いずれも尾崎氏製作の太夫人形とめぐりあった際の水上の感想である。

私が尾崎さんの竹人形を見ていて感じるのは、尾崎さんが、この道ひと筋を生きて、竹の性質をよく見ぬいておられ、材料によっては、丈も、太さも、色もちがう、一品物に精魂をかたむけられる、その工程の不思議な時間についてである。死んだはずの竹が生きてくる。人形に化身してくるその時間を、尾崎さんの眼がどのようにとらえておられるか、を想像すると、私が喜助にあたえた苦心の時間と同様のものであろうかとも思われ、竹にとらえられた細工師だけがもつよろこびとも、はなやかさともいったものである。そしてそのことは、死んだ竹が生きかえって、細工人形に化身し、精霊が宿る気分だろう。

ここで、もう一つ、飛躍を承知でいえば、作中で「竹の精」〈九〉と呼ばれる玉枝こそは、実は喜助によって製作された「竹人形」であったのではないだろうか。いっけん突拍子もない見方にみえるかもしれないが、実は作中には玉枝をそのようにみなしてもいい根拠が少なからず見出されるのである。

まず、玉枝が初めて竹神部落を訪れたのが一二月〈一〉だったという点である。「十一月に伐れ」という教えからは少しずれるけれども、「細工用の竹は冬伐り物にかぎる」というのも喜左衛門の教えであった。この初めての訪問が、伐られてつし（屋根裏）に保存されることに相当すると考えれば、玉枝がその直後から風邪をこじらせ「すっかり面影がないほどやせて」〈三〉しまったというあたりは、伐られた竹が生物的な意味での生命力を失ってしまったことにたとえられる。

そして忠平による忌まわしい事件の結果としての妊娠と流産は、人形師の手によって切断され、削られ、磨かれるといった作業工程をくぐり抜ける際の痛苦を暗示し、すべてを終えて竹神部落に戻ってきた玉枝が「健康をとりもどした」〈一八〉かに見え、「いちだんと美しくなった」のは、人形師の理想を体現した人形の完成を意味していたと考えることもできる。

玉枝が結核のために短い生涯を閉じたのは、嫁いで二年近く経った大正一四年四月のある夜であった〈一八〉。冬のあいだ孤立した部落の人々が雪解けをまちかねるようにして、負い籠にいっぱいの竹製品をもって村をおりる時節である。同じ頃、玉枝も喜助に見送られて村を去っていったのである。

もちろん、玉枝にとって伐られて人形になることだけが唯一の選択肢というわけではなかった。「竹はいつ死ぬのか。葉をのせて風にそよいでいる藪での生活が、そのもっともいのちの生々とした時間であろうが、伐られて、のち、第二の生を生きる」（「竹の精霊」）という水上勉の言い回しに従えば、玉枝にとって藪での生活とは娼妓時代にほかならず、竹神部落を訪れ、喜助のもとに嫁いでくるあたりが「伐られる」に相当し、不幸な出来事を経てようやく心安らかに喜助のそばで暮した「いちばん幸福な日ィ」〈一八〉が「第二の生」にあたる、ということになるだろう。

ここで思い出されなくてはならないのは、喜左衛門と喜助の玉枝に対する接し方には根本的な違いがあったということである。喜左衛門が玉枝を家に迎えなかったのは、「葉をのせて風にそよいでいる藪での生活」こそが玉枝にとってもっとも生き生きとした日々であることを熟知していたからであり、だからこそ彼は「お前も島原の太夫さんみたいにえらい娼妓《おやま》になれェ」〈三〉といって太夫人形を玉枝に贈ったのだ。

これに対して喜助の場合は、よかれと思ってしたことが、結局は自分の独りよがりなやり方を相手に押しつける結果になってしまったわけで、そのようにして作り上げられた「玉枝人形」が二ヵ月足らず（一二月一七日に帰村、翌年二月に倒れる）の「第二の生」しか享受できなかったのは、むしろ当然であったかもしれないのだ。

よかれと思ってしたことが、肝心なところで相手の本来の性格を殺してしまう結果を招くという喜助の玉枝に対する悲劇的な関係は、もともとの竹人形作りの場合でも似たようなことはあった。たしかに喜助の作った翁・媼人形は「竹自体の肌の斑様を光らせて、あたかも、その人形が生きているかのような静かさをたたえていた」〈八〉と記されてはいる。しかし、はたしてそれが「竹の精霊」にいう「どこまでも、竹の性格を活かして作ったもの」と重なるのかどうか。九分九厘竹の性格を活かしながら、最後の最後で作り手の「趣味」を出して竹の心を殺してはいなかったか。

そんなふうに考えるのは、『越前竹人形』と同じ頃に書かれ、そのデッサンともいわれる『鴉の穴』(『旅』六三年一〜三月)という中編のなかに、尺八作りの名人が尺八の内部に「うるしを流す」(傍点原文)場面が出てくるからである。そしてこれは批判の対象としてではなく、名工にふさわしい念入りな作業工程の一こまとして描かれているのだ。いっぽう、すでに見たように、「竹の精霊」においては漆を塗ることは竹のいのちを殺すことであるとされていた。

つまり、『鴉の穴』に見られる竹細工観は、いっけん竹の性格を完璧に活かそうとするもののように見えながらも、のちの「竹の精霊」に見られるそれと比べればまだまだ不完全なもので、竹のいのちを殺すことも往々にしてあったということになる。そしてそうした竹細工観を同時期に書かれた『越前竹人形』にも及ぼすことができるとすれば、喜助の作った翁・媼人形も、肝心なところで竹のいのちを殺す愚をおかしていたと考えることもできるのではないだろうか。

ただ、『越前竹人形』執筆時の作者はむろんまだみずからの竹細工観(喜助の竹細工観でもあるわけだが)の至らなさに気づいてはいないし、それはちょうど、自分としてはよかれと思ってしたことが結果的には玉枝の心を殺すことになってしまったという喜助のふるまいが十分な批判のまなざしにさらされていないという事実とも符合している。

おそらくは、竹細工なるもののあり方を問いつめるというその後の模索が、必然的に、喜助の身勝手な生き方や竹人形作りに対する批判を育てていくことになったと考えられる。「竹の精霊」における「どこまでも、竹の性格を活かして作」らなくてはならないという定義を我がものとした時、水上勉は、確固とした意志を持った他者を独りよがりな枠組みのなかに押し込めようとする喜助的な生き方を全否定せざるをえないようなところにまで押し出されてしまったのである。

水上勉と物語

他者を自分の思い通りに動かすことができると過信していた『越前竹人形』の喜助は、ある意味では、フィクションの可能性を信じて疑わなかった若き日の水上勉その人であったということもできるかもしれない。

「あるいは、その当時は、私にはいま無くなりつつあるところの物語性への熱情といったものが、もっとも燃焼していたのかもしれない」（「あとがき」、『水上勉全集6』七六年一〇月刊）とは、直接には『飢餓海峡』（六三年九月刊）をめぐっての回想だが、時期的には『越前竹人形』にピタリと重なっているわけだし、やはり同じ頃を回想した文章に「自己体験を物語化することの、ある空しさと苦しさ」（「あとがき」、『水上勉全集4』七六年八月刊）とあるのもこれと関連があるだろう。後者の文章で水上勉は続けて、体験の作品化には二通りの方法があって、一つは「体験を正直に、抑制された文体で伝達する」ことで主題が「もっとも深まり、満足すべきところとな」る書き方、もう一つは逆にそれを「物語化することにおいて、それぞれの人物が、体験のイメージの垣をはずれて、勝手に生きはじめる」ような書き方であると述べている。

六〇年代に入る頃から「ざっと十年近く、私は自己体験の物語化に苦しんだ」とあるように、「おもしろい小説をといわれて」この時期の水上勉が取り組んだのが後者の方法であったことは明らかだが、そうした物語作者としての水上勉の一面と、他者を自由にあやつれると過信していた喜助の一面とが重なってくるのである。

　物語作者としてのかつての自己への批判の意味も込めて、「私という人間を徹底的に、洗いざらい見つめ直す」（「あとがき」、『水上勉全集24』七八年五月刊）作業、前掲の文章の言い方に従えば「体験を正直に、抑制された文体で伝達する」作業に水上勉がとりかかったのは、七〇年代後半に入る頃からであった。そうした作家としての自己批判・軌道修正が、竹のいのちをどこまでも活かすことによって精霊を宿らせようとする本来の竹細工師の技法への高い評価につながっていったことはもはや言うまでもないだろう。

　『越前竹人形』のその後、というようなことを考えた時、芸術と日常的世界との二元化によって喜助の独りよがりな生き方を描き、同時に、他者を思い通りに動かそうとした人形師喜助の短い一生を物語作者としての自己像と重ね合わせることで切なく謳いあげた時代も、それほど長くは続かなかった。「竹の精霊」などに見られるようにその後の水上勉はそうした場所からははるかに隔たったところにまで進み出てしまったわけで、その意味では、いわばむくろとしての作品がひとり取り残される、とでもいったような状況が『越前竹人形』をめぐって生まれてしまったのである。

　そのいっぽうでは、こうした作者の作品離れという事態と並行して、『越前竹人形』イコール玉枝像――すなわち京の美術商鮫島市次郎が見出す「竹の精」玉枝が「黄金色の光の糸を背にして」〈九〉

藪の中に佇む姿であったり、さらには墓参りに訪れた際のケットをかぶった「和服にもんぺ姿」〈二〉の像であったり——という矮小的な受け止め方がある時期を境に広まってしまった。玉枝像の鮮烈なイメージが作品全体を覆い隠す結果となってしまったわけで、それにあずかって力があったのが、「竹藪の中で玉枝に出遇ふところは圧巻である。(中略) 私もこゝで思はず息を飲んだ」という谷崎潤一郎の評(「『越前竹人形』を読む」、『毎日新聞』六三年九月一二〜一四日)であったことは言うまでもない。

いわばこの「大きな勲章」(「あとがき」、『水上勉全集3』七六年七月刊)を手に入れることとひきかえに、肥大化した玉枝像による作品世界の隠蔽、という事態は決定的なものとなってしまったのである。そして、こうした一面的な受け止め方を極限にまで推し進めたのが、土産品として量産されるようになった竹人形であったというわけである。すなわち、もっとも通俗的かつ安易な受け止め方としては、土産品の竹人形イコール『越前竹人形』、なのである。作者自身の認識の深まりからははるか後方に取り残されてしまったむくろとしての作品と、それと表裏する肥大化した玉枝像による作品世界の隠蔽と、それが『越前竹人形』のその後を取り巻く状況なのである。

第四章　『金閣炎上』と〈熊野〉

若狭と熊野

「『金閣炎上』を書き続けている頃、水上さんは若狭と熊野とよく言われた」、と中上健次は「水上さんの物語群《サーガ》」（『新潮』一九七九年一〇月）と題するエッセイのなかで述べている。聞き手が中上健次という熊野出身の作家であったという事情は多少斟酌しなくてはならないにしても、若狭と熊野、という構図が『金閣炎上』（『新潮』七七年一月〜七八年一二月、七九年七月刊）をつらぬく太い柱ないしは隠されたモチーフであったことを、この証言は示唆していたのではないだろうか。

若狭は厳密に言えば作者である水上勉の出身地だが、おそらくは作中に登場する金閣放火僧・林養賢の出身地＝丹後をも含めての呼称であったと考えていい。

［補注］旧国名はちがっても、二人の〈在所〉は山一つ隔てた至近距離にあったし、水上勉自身、林養賢を「私の在所の人」（中上健次との対談「風土と出自の歌」、『日本読書新聞』七九年一月一日）と呼んで憚らなかった。したがって「若狭と熊野」といった場合の「若狭」には二人にとっての共通の〈在所〉といったような意識がはたらい

ていたと考えられる。また、一面ではそうした養賢との一体感が「私と同じ若狭出身の二十二歳の学生僧」(「金閣寺」、『京の寺・下』七八年一月刊)といったような不正確な記述を生むことになるし、作者自身の脚色による戯曲「金閣炎上」(八二年三月、劇団青年座により初演)でも、若狭出身かと問われて「ああ、そうや」と青年僧に答えさせている。

他方、熊野のほうは、中上も指摘しているように、作中でこの地に関わりを持つのは、林養賢が五番町遊廓に登楼するくだりに登場する接客婦・部屋輝子ただ一人である。——「相方になったのは、和歌山県東牟婁郡敷屋村出身で部屋輝子といい、二十一歳であった」〈三一〉という一文で書き出される輝子をめぐる記述は、おそらく「「金閣寺一件」なる分厚い回顧録と資料」(「あとがき」、『金閣炎上』)や事件当時の報道記事をもとに再現されたものであろう。しかし、輝子の登場場面は全四三章から成るこの作品でも第三一章のみであり、それも同章の三分の一強、初刊本のページ数でいえばわずかに四ページ(全体では三〇九ページ)ほどに過ぎないのである。

作品全体に占める部屋輝子=熊野の割合はそれほどわずかなものであり、通読する限りでは、輝子の役割は一点景人物以上のものではなかったと考えたほうが自然だ。にもかかわらず、冒頭で紹介した中上証言がそれなりの真実を伝えていたとするなら、いったいこの作品のなかで、部屋輝子=熊野はどんな意味を背負わされていたのだろうか。

五番町某楼の娼妓

ところで水上勉は、金閣放火事件に取材したもう一つの作品『五番町夕霧楼』を収めた『水上勉全集2』(七七年二月刊)の「あとがき」で、こんなことを言っている。

私は、金閣寺を鳳閣寺とし、成生の部落を与謝にうつし、仮空の村落「樽泊」なる所に生誕した菩提寺の長男と、部落の貧農の娘との愛を語る手つきで話をすすめた。娘が五番町に売られて、そこで軀をひさぎ、幼友達の鳳閣寺小僧と邂逅する話のはこびもみな空想である。

しかし、このことについては、新聞でみた五行ぐらいの文章がヒントになっていた。すなわち、林君は、放火した年まわりに、二度ほど五番町にゆき、某楼の娼妓と同衾していた。娼妓が警察によばれて証言していることも、わずかな文章だが記されていた。記憶にまちがいがなければ、女性は和歌山県東牟婁郡の出身だったと思う。

当時、浦和在住の水上勉がこの事件に衝撃を受けて、連日、駅の新聞売店に通っていたらしいことは、『金閣炎上』の「私」の行動〈三〉からも類推できるのだが、こころみに事件当時の主な新聞の東京版を繰ってみると、『読売新聞』と『朝日新聞』には、部屋輝子の名前はもちろん、養賢が五番町遊廓に登楼した事実の報道も見られなかった。

それでは、「私」が号外をむさぼるように読んだ〈三〉『毎日新聞』はどうか。たしかにこちらには、昭和二五(一九五〇)年七月四日付朝刊に「遊廓いずみこと泉愛子さん方部屋輝子さん(二一)」が参考人として西陣署捜査本部から事情聴取された旨の報道が見られるが、それにしても「あとがき」で述べられていたような出身地の記載まではない。

範囲をかりに関西版にまで広げてみるとどうなるか。『毎日新聞』の大阪版には東京版の記述に加えて、養賢が輝子に「近く自分の名が新聞に出るかもしれない」と語ったことが紹介されているが、ここにもやはり輝子の出身地の記載はない。

事件の展開を比較的詳しく追跡・報道した『京都新聞』にしてからが、新聞に名前が出るかもしれぬと言ったことに関連して、「それはよいことか悪いことか」・「そんなことはいえぬ」といった程度の二人のやりとりを紹介しているに過ぎず（七月四日付け）、同じ新聞社から発行されていた『夕刊京都新聞』にしても、「色街にナジみの女」という小見出しのもとに、二度ほど登楼したという輝子の証言を紹介しているに過ぎない（七月四日付け。発売は三日夕）。管見の及んだ限りでは、輝子の出身地に言及した紙誌はなく、だとすると、水上勉はいったいどこから輝子＝熊野出身という情報をつかんできたのだろうか。

情報源としてまず第一に考えられるのは、前述の「金閣寺一件」である。「あとがき」によれば、その分厚い資料は、事件の西陣署側の担当者である若木松一氏の保存にかかるものだが、ではこのなかに、輝子の出身地の記載があったのだろうか。

筆者は調査の過程で若木氏保存の「金閣寺一件」にはめぐりあえなかったが、その代わり、内容的にはそれに匹敵すると思われる原資料（拘留状、公判調書、検証調書、関係者の供述調書ならびに検事調書、鑑定書等を一括したもの）を、京都地方検察庁の許可を得て閲覧することができた（八一年五月六日閲覧）。

そしてそこにはたしかに輝子の出身地の記載があるにはあったが、それは熊野とは何の関わりもない、奈良県下の著名な門前町（七月三日西陣署での輝子本人の供述）であったのである。かりにここをI町と呼んでおく。

〔補注〕供述調書にはI町在住の父親の名前も記されているが、調書の別の個所には泉楼に住み込む前に某家の養女となっていた旨の記述もあり、その点からもI町在住の父親までもが養父であったとは考えにくく、I町が実際の出身地であった可能性は高いと思われる。ちなみに八一年の調査時にI町改めI市の市役所に照会したところ、この父親が近年まで健在であった旨の回答を得た。念のため、熊野の敷屋村（現・熊野川町）のほうもあたってみたが、五三年の大水害によりそれ以前の住民記録関係の一切は失われたとのことである。ただ、さいわい敷屋小学校に往時の学籍簿が保存されており、閲覧させていただいたが、五〇年に二一歳ということから二八年以降三〇年までに生まれた卒業生の名簿（高山・篠尾両分校を加えても卒業生は毎年三〇～五〇名ほど）を見たものの該当者はなく、何よりも部屋姓自体がこの地域では皆無なのである。

水上勉がこの供述調書の記載に眼を通していたかどうかは『金閣炎上』からはわからないが、のちに『新編　水上勉全集6』（九五年一〇月）の「あとがき」では「閲覧を許された」ことを明かしている。だとしたら輝子がI町出身であることを承知のうえで熊野出身としたのか、あるいは出身地不明（資料の前半に綴じられている七月一一日付けの検事調書には出身地の記載がない）のままに熊野出身としたのか。いずれにしても、いっけん、事実にきわめて忠実に書かれていると信じられてきた「ノンフィクションともいえる調査記録」（「作者の感想」、劇団青年座公演「金閣炎上」プログラム、八二年三月）中に、このような虚構をすべり込ませたことの意味は決して小さくはない。

しかもそれが、中上が言うように、若狭と熊野、というかたちで作品の根幹を形作るほどのものであったとしたら、そのことの意味はいっそう重くなってくる。輝子を熊野出身としなくてはならない理由とは何なのか。熊野出身とすることによって、何が、どう、変わってくるのだろうか。

水上勉には、元来、ひとりの人間が「出自の地からひっさげてきている球根のようなもの」（『渓の声』、『新潮』八二年一月）に頑ななまでに拘泥する癖がある。「人間の生まれ在所が鮮明にうつる時、私は、その人間をだいたい摑みとることができるようである」（「わが小説の背景」、『読売新聞』六四年六月二〇日夕刊）との自解もあるが、都会の女性を見ても「どこか在所がありそうだ」と考えてしまうという（野口武彦との対談「文学における冥界と女性」、『別冊新評　水上勉の世界』七八年七月）。

こんな顔をしているけれども、父親似か母親似かとまず思っちゃうし、標準語をしゃべってるけどなまりがある。容貌も耳のへんとか、化粧の片手落ちになった場所とかをジーッと見るくせがあるんです。結局それをいいなおせば、お前のひきずっている球根みたいなもの。お前どこでとれたんだということですね。それをさかのぼっていくとようやく理解できるといったものがありましてね。

こうした作者固有の癖、独特の人物把握の型を考慮に入れるなら、作中での登場場面はわずかではあっても、養賢と心を通わす数少ない登場人物の一人である輝子に対して、水上勉が、「金閣寺一件」や報道記事といった〈資料のヤマ〉の向こうに、輝子のひきずる根のようなものを見定めようとしたとしても不思議はない。「お前どこでとれたんだ」と問い詰める水上勉は、結局、熊野の地に輝子の根を求めたわけだが、それがなぜ熊野でなくてはならなかったのか。かりに作者が西陣署での供述調書に眼を通していたとするなら、なぜＩ町ではいけなくて、熊野でなくてはならなかったのか。

中上健次は前掲のエッセイで、若狭と熊野の共通点として「共に海に面していて明るいところだが、その実、昏い、となんとなしに似ているという直感」を抱いたと述べている。そしてさらにすんで、養賢が登楼するくだりを読んで「水上さんが若狭と熊野が似ているという言い廻しで言わんとすることがよくわかった」と言いながらも、それ以上のことは言っていない。中上はその九ヵ月ほど前におこなわれた水上との対談（前掲「風土と出自の歌」）でも、「やはり承賢（養賢の僧名――藤井注）が心を通わせた女が熊野出だというあの部分が、すごく救われる感じですね」と意味深長な発言をしているが、両者の間でこの問題がそれ以上に深められることはなく、若狭と熊野が経度が同じであるとか、京都から等距離であるとかいったような指摘でお茶を濁しているといった趣である。

中上の指摘――二人の〈在所〉の共通性と、それゆえの救い――は基本的にはその通りだと思うが、それにしても依然として熊野が輝子の〈在所〉として特定された理由は曖昧なままである。このことについて考えようとする時、熊野という土地が、実は水上文学にしばしば登場する、読者には馴染み深い場所であったことを想い起こさなくてはなるまい。

今かりに思いつくままにザッと作品名を列挙してみると、『黒壁』(『新週刊』六一年五月一一日～一一月三〇日、六一年一二月刊)、『雁の寺』第三部『雁の森』(『別冊文藝春秋』六一年一二月)、『那智滝情死考』(『小説現代』六三年二、六、一〇月、六四年三月刊)、『破衣の群れ』(『別冊小説新潮』七三年一〇月)といった作品群に敷屋村が、そして『その橋まで』(『週刊新潮』七〇年一〇月三日～七二年一〇月一四日、七四年一一月刊。原題『あの橋まで』)には熊野市が登場する。熊野への偏執的なまでの関心、といってもさしつかえないと思うが、これほどまでに水上勉をひきつける熊野とは、いったいどんなところなのか。——そのことを端的に明かしてくれるのが『黒壁』という作品であり、さらにいえば『那智滝情死考』という作品だったのである。

水上勉と熊野との出会いは六一年五月のことらしく、祖田浩一編の「年譜」(『水上勉全集26』七八年一一月刊)には、「『黒壁』執筆のため、南紀・熊野地方に取材旅行する」とあり、『棺の花・那智滝情死考』(角川文庫、六九年三月刊)に収められた奥野健男の「解説」には、

この作品(『那智滝情死考』——藤井注)の構想は昭和三十六年五月『黒壁』の取材のため角川書店の山本容朗氏と勝浦、新宮、瀞八丁など補陀落寺を中心に南紀、熊野を旅行したときに得られたものと考える。

との指摘がある。この取材旅行の途次に、水上が新宮から熊野川を遡ったところにある敷屋をも訪れたであろうことは、『黒壁』の内容(後述)からみてもまずまちがいない。『黒壁』に加筆して改題し

た『修験峡殺人事件』（八二年一一月刊）の「後記」に、取材旅行の折に木之本・七色・瀞八丁と並んで、敷屋から数キロメートル足らずのところにある宮井を訪ねた旨の記述があることもこれを補強している。

それはともかくとして、ここではいったん『金閣炎上』から離れて、その『黒壁』の世界を俎上に載せることで、水上の思い描く熊野のイメージ、熊野に託されたものの正体を探ってみることにしよう。

『黒壁』のユートピア

この作品はひとくちでいえば、ダム開発というかたちをとって押し寄せる文明の波に、山間の孤村の人々がのみこまれ、滅ぼされていく物語である。

ダム建設によって下流の村々の水資源が奪われ、他方では補償問題や工事の受注をめぐって醜い私闘や暗躍があり、町へ都会へと追われていった人々には苛酷な運命が待ち受けている。……発端となる殺人事件——近畿地方××局公易事業部土木課長出水虎三殺し——の片棒をかついだバー・シドニーの女給小夜はその典型ともいうべき女性だ。十津川沿いの修験者の部落＝八つ峰に生まれながら、電源開発の補償金に眼がくらんで離村した父由造に連れられ熊野川沿いの東敷屋村鬼捨部落に転じ、やがて町（新宮）で会社勤めをするうちに妻子ある男性＝斎藤鉄二郎と深い仲となり、駆け落ちをしたあげくに大阪でバー勤めをするようになる。

小夜と出水が懇ろとなったのはその頃のことで、かつては土建会社樫原組の要職にあった斎藤がやがて出水を殺すところまで追い詰められていったのは、過去の贈収賄事件の発覚をおそれた出水の圧力で会社を辞めさせせられたのも一因だが、もう一つには、小夜を奪われたことへの私怨もあったとされている。

出水殺しの犯人を追って行動を開始した和歌山県警の刑事梅津は、出水の愛人である小夜という女性の発見を突破口に、その夫鉄二郎、父由造、母たねといった犯人グループに迫っていく。その過程で、一年前に出水のもとに届けられた山柿を手がかりに、今は由造ひとりが留守をあずかる東敷屋村鬼捨部落の草壁家をたずねあてるくだりは、作中でも屈指の印象深い一節だ。

宮井の巡査と梅津が、いくつもの山襞をぬい、あるいは小さな峠をこえ、あるいは岩石のしめった苔の中を、天然石の穴をくぐったりして、一時間ほど歩いていったとき、突然、山が割れて、広い眺望の盆地があった。

「ここですよ」

と巡査は山のはなに立っていった。

梅津は汗をふいて、眼下の盆地をみた。四方から山はせばまってきているが、不思議なことにここは円型に水田ができている。いまその十三軒の家々は、山裾の段々になった地の中に、瓦屋根や、藁ぶき屋根をまじえて点々とみえた。

と、梅津はぎょっとした。山裾という山裾に何やら黄金色の粒のようなものが、無数といってもいいほど、西陽をうけて光っているのであった。

〈柿だ……〉梅津は叫んだ。〈九章「山柿」〉


自己完結的な桃源郷、文明や近代に背を向けた一種のユートピア、とでも言ったらいいだろうか。黄金色に光る山柿はまさしくそうした平和と豊かさの象徴であり、そこで小夜は「山柿の木にのぼって、果実をもぎとってあそんだ」り、「山裾をかけめぐっ」たりして、何ものにも代えがたい少女時代を送ったというのだ〈十二章「暗い影」〉。しかし、もはやこうしたかつてのユートピアも、電源開発という文明の諸矛盾の集中的に現れた場所へと堕しており、水枯れのために耕作地は全滅し、補償金に眼がくらんで人々の心は荒むばかりだったのである。

かつての理想郷が文明の侵入によって崩壊へと追い詰められてゆくという苦い認識に裏打ちされた、水上勉独特のこうした辺境への熱い思いは、山奥にひそむ無数の未知の村落のうえにも同様のバラ色のユートピア像の残影をつむぎださずにはおかなかった。

たとえば作品の結末近く、内輪揉めから小夜を殺害し、山に火を放って十津川沿いの山奥深く逃げ込んだ鉄二郎を追って、梅津らが、由造とたねが生まれた村ではないかと想像する猿寺の部落に分け入っていくくだりを、さらに見てみることにしよう。

深い渓を、二人は四十分ほどのぼりつめた。

と、今まで、鬱蒼としていた山が、次第に疎林にかわって、道がいくらか平坦になった。（中略）

と、やがて、視界が急に割れて、小高い峠のようなところにきた。風が、二人の頬を音たててすぎたとき、眼前に広大な盆地がひらけた。（中略）

そこはちょうど、今までのぼりつめてきた渓の裏側になる地点だった。竹薮の黄金色の山柿のみのった林が、細長くつづいていて、薮の合間合間に、藁ぶき屋根の黒い点々がみえた。〈十五章「黒壁」〉

前出の敷屋の鬼捨部落の描写に酷似することは見やすいところだが、こんな具合に、無数の「山間の村」「未知の村落」は作者の熱いまなざしに射抜かれることによって、たちどころに一種の理想郷（すでに崩壊の兆しは見えているが）へと姿を変える。

都会の側から見た辺境は、そちらの側に身を置き、視点を転換させることによって、超絶的なユートピアへと変貌する。おそらくこうしたユートピアに〈根〉を持つことによってのみ、辛うじて人は都会での苛酷な日々に耐えることができるのではないだろうか。大阪でバー勤めに明け暮れる『黒壁』の斎藤小夜にしても、そしておそらくは五番町泉楼の接客婦・部屋輝子にしても。……

かくして若狭と熊野の構図の意味するものは、反文明的ユートピアの提示であったととりあえずは言うことができる。さまざまな共通項で結ばれた二つの〈在所〉は、禅寺と妓楼という、いっけん縁遠いようでありながらその実きわめて近似した二つの修羅場に放り込まれた養賢と輝子にただひとつ残された心の拠りどころであったわけで、そうした〈球根〉を共有することで二人の心の交流は決定的な深みに達しえたにちがいない。かりに輝子が現実にそうであったように、俗界の象徴ともいうべきI町の出身であったりしては、養賢はさらにもう一人の理解者を失い、いっそうの孤立を強いられるようになっただろうから。

ところで、『黒壁』には『金閣炎上』との関連で見逃すことのできないもう一つの大きな特徴がある。それは、贈賄、補償金詐欺、恐喝、殺人、放火とさまざまな悪事を重ねた鉄二郎に対して、作者が放火動機を斟酌して、一刑事の口を借りて次のような弁護を試みている点である。

「皮肉といえば、いえないこともありませんね。鉄二郎は、よく八つ峰の人たちに、いっそのこと、この山を焼いてしまえ、焼いてしまえば、水が流れて、ダムより下方の川底の出た十津川、熊野川にも、年じゅう水は流れるだろう。と冗談のようにいっていたということです。まったく、往年の十津川、熊野川の水量は、ダムのために激減して、耕作地は死地となりつつあることは、村々を回ればわかることです。悪人の鉄二郎にも、一つだけ、このような村の衰微を思う心があったということは、やはり、鬼捨のようなさびしい村から出た小夜という女を愛した一日があったためではないでしょうか。」〈一五章「黒壁」〉

しかし、にもかかわらず、鉄二郎の「胸中にあった「山を焼く」に至る心の深部」が誰からも理解されることがなかったのもまた当然であったと言うべきだろう。いずれにしても、こうした、動機を斟酌しての擁護や、さらには放火による清算、といった設定自体にも、のちの『金閣炎上』を思わせるところが少なくない。したがって、『黒壁』はある意味では『金閣炎上』の原型とさえ言ってもよいほどの作品であり、輝子＝熊野出身構想は早ければこの時期に胚胎した可能性もある。

そういえば、『黒壁』が連載された六一年は、水上勉の分身の「私」が林養賢の生誕地成生への三度目の訪問を果たした年でもあった（『金閣炎上』六、四二）。この夏の訪問で「私」は初めて村人の一人から養賢について種々の情報を得るとともに、生家で今は無住となっている寺にも足を踏み入れるなど、多くの収穫を得たのだった。『黒壁』という作品がこれほどまでに『金閣炎上』と深い縁で結ばれていたのもゆえなきことではなかったのである。

『那智滝情死考』の情死者たち

さまざまな共通項で結ばれた二つの〈在所〉に根を持つことが、都会でめぐりあった二人の若者に本当の意味での心のふれあいをもたらしたとしても、現実には鬼捨や猿寺の部落に比すべき理想郷＝僻地僻村は全国いたるところに点在していたはずであり、そうであれば、そのなかでも熊野がことさらに選ばれたのはなぜなのか。六一年五月の取材旅行において、たまたま熊野の山間部に点在する村々の「景勝に魅了され」、瀞八丁の「幽邃には魂消た」（「後記」、『修験峡殺人事件』）という、偶然に左右されたに過ぎなかったのか、どうか。——このもう一つの疑問に答えてくれるのが、熊野を舞台にしたもう一つの重要な作品『那智滝情死考』である。

この作品は、取材源を明示した「まえがき」と、那智滝に投身する四組の薄幸な男女を主人公にした四話連作のオムニバス形式の作品だが、なかでも重要なのは、敷屋を登場させた第一話「伏見の馬卒」だろう。

この話の主人公は、丹後の僻村＝間人《たいざ》出身の馬卒・龍之口政市と、熊野の西敷屋村字山手の出である娼妓・瀬木まきのふたりである。二人が出会うのは京都・七条新地の遊廓で、昭和一〇（一九三五）年、まきが身売りされて半年足らずのちのことであった。床屋奉公をしていた政市は仕事中の耳の怪我が原因でその後帰郷し、二人が再会するのは一〇年後のことで、政市は召集をうけて馬卒にと姿を変えていた。

二人が心中を決意するのは、みずからの将来を悲観し、また互いに相手の境遇に同情したためらしいが、たとえば政市は、一〇年以上も遊廓づとめをしたあげくに結核に侵されたまきを憐れんで「こんな陽当りのわるい部屋で、十一年も暮しとるんやろ。いくら息災な人間でも、躯をいためてくるのが当然やな」〈五〉と慰める。

もっともその政市にしてからが、耳の怪我が災いして陽の当らぬ場所を歩き続けてきた人間であり、今は伏見の輜重隊で馬以下の待遇を受ける身であった。「かわいそうなんやな、あんた」〈四〉、「うちは何やしらんけど、あんたの顔みてると、かわいそうで仕方がないんや」〈五〉とまきは政市への憐憫を隠さない。

さらに注目すべきことは、二人の〈在所〉がほとんど重なるように描かれていることで、「海のきわの村でな……村は山にそうて段々になってますねン」〈二〉という政市の説明を聞いたまきは、「京都府の北の方の海岸にも、自分のうまれた熊野川の山奥のように、傾斜地に家の建った村があるのかと驚」き、貧乏で子沢山であることも「熊野の西敷屋の村と似ているとまきは思った」。

二人の投身後、まきと政市の生家を訪れた那智神社の神官・鳥飼又三郎は、一七戸しかない西敷屋山手部落の「もっとも山奥の方」の「何ともいえぬ暗い家」と、西敷屋とは違った意味で丹後の「一種の孤島のような村」にある「とても家といえるようなものじゃなくて小舎のような貧しい家」との暗合に驚かされる。

「わたくし、龍之口さんの村をたずねた時に思ったのでござりますが、日本というところは、どうして、こう貧しい村の家々に子供がたくさん生れるんでござりましょうね。そういえば、西敷屋の瀬木さんの家もそうでした。大勢の子を生んだがために、働きに出さねばならない。育てる甲斐性もないくせに生んだのでござります。そのために、子に苦労をさせるのです。そうして、子は哀しい情死を私どもの滝まできてしたのだといえぬこともありますまい……どうお考えでしょうか。」〈七〉

丹後と熊野という構図は、若狭と熊野にピタリとかさなってくるわけだし、この話はある意味では『黒壁』以上に『金閣炎上』の見事な絵解きになっていると言ってもいい。『金閣炎上』では、現実の養賢と輝子の関わりが淡いものであったために、そうした事実に制約を受けて、大胆な虚構を構えて二人の交渉を肉付けし、深めるところにまでは踏み込んでいない。しかし、作者の放恣な空想の世界では政市とまきの交渉に匹敵するほどの関係を、養賢と輝子は結んでいたのではなかったか。

輝子＝熊野出身虚構は、事実の制約によって書きえなかった部分への作者の未練の象徴でもあれば、読者のために作者がひそかに設けておいた、放恣な空想の世界への通路でもあったのではないだろうか。

いずれにしても、ともに敷屋出身の女性をヒロインとした『黒壁』と「伏見の馬卒」をわきに置いてみることによって、輝子＝熊野出身虚構の意図はかなり明らかとなってきたように思う。しかし、繰り返せば、以上の意図を実現することだけが目的であったなら、輝子や小夜やまきは、熊野以外の僻地僻村の出身であってもよかったはずである。

最終的に残されたこの問いに答えるためには、なぜ『那智滝情死考』の恋人たちはみずからの死に場所として那智滝を選んだのか、作者の側から言い直せば、なぜ那智滝へ赴かせたのか、という問題が解かれなくてはならないのである。

「伏見の馬卒」の場合は、まきが那智滝に至近の敷屋出身で、西敷屋の分教場の卒業旅行で参拝したことがあり、また女衒に連れられて京に向かう車中からも滝を遠望したことがあることが政市との会話中に見えている〈二〉。その限りでは、二人が死に場所として那智滝を選んだことにはそれなりの必然性があったと言えよう。しかし、他の三組の情死者たちの場合は、わずかに第二話「加茂のおさ音」のヒロイン劔石さだ子が職場の旅行で訪れた那智滝の思い出を語る〈四〉ほかは、他の情死者たちが那智滝に赴く理由はこれといって見当たらないのだ。

むろん、これらの話が「まえがき」で述べられている「那智滝投身人別帳」なるものの記載に基づいた実話であったなら、彼らがなぜ那智滝に赴いたのか（あるいは行かせたのか）、などという問い自体が無意味なことになる。しかし、私の調査と推定による限りでは、これら四話はいずれも、馬卒や代用教員など作者好みの設定が多用されたフィクションと考えられる。

［補注］「紀州文学散歩〈14〉『那智滝情死考』」（『毎日新聞』和歌山ブロック版、七五年四月一一日）には、「『投身者人別台帳』は那智大社に保存してあったが、焼却処分にして、いまはない。黒い表紙の和紙綴で、投身の日時、氏名、性別、住所、理由などメモ程度に書きとめていたといわれ、作者の言うような『投身者のおいたち、境遇など詳細にわたっての丹念な記録……』とは異なる」とある。この文章は無署名だが、執筆者である毎日新聞社の宇恵義人氏からの筆者宛の回答（八一年一二月一八日付け）によれば、実在の台帳についての記述は権宮司の菅居正也氏（故人）からの取材に基づいているとのことである。水上勉も起稿前に東京で菅居氏と接触を持ち、そうした経緯が作中の鳥飼なる神官と「私」との交渉に反映されているものと思われる。『那智叢書　第一八巻――那智大滝――』（七二年三月刊）に「投身者の初」と題して明治一七（一八八四）年の投身事件が紹介され、近年までの投身者の総計が「凡そ三十余」にのぼるとあるが、これが実在した台帳に基づいた記述であろうとは宇恵氏の推測である。しかし、いずれにしても宇恵氏が言うように、実在の台帳は作中の「那智滝投身人別帳」とは比較にならないほど簡略であったようで、作中の四つの事件をめぐる記述はことごとく作者の想像の産物であったと考えられる。ただ、作者が構想を練るにあたって参考にしたと思われる文献として、大道和一著『情死の研究』（一九一一年一〇月刊）は挙げておかなくてはならない。この書が水上の「珍重本」であることは「私と本」と題された短期連載コラム（『サンケイ新聞』六五年一一月二二日朝刊）で作者自身が明らかにしている。同書は「心中なる現象

の研究は又其の現象を発生する社会全体に対する研究の一方法なりとす」という一文からもわかるように、心中を社会状況とからめて位置づけようとするところや、心中を分析するにあたって、境遇（月、地方）、主体（体質及気質、年齢、職業及身分、対手間身分関係）、現象（原因、発意者、場処、時刻、方法、結果）という「三種の観察すべき方面」を設けているところなどに『那智滝情死考』との共通性がうかがわれる。また一九〇八年一月から三年間にわたっての新聞記事等から抽出したと思われる五〇一件の心中事件を一覧表にした付録からも、水上はヒントを得ていたかもしれない（たとえば第三話と同じ虎姫という地名が一覧表の最初のほうに出てくる）。

このように『那智滝情死考』中の四つの話がいずれも「作者好みの設定が多用されたフィクション」だとしたら、死に場所としてなぜ那智滝が選ばれたのか、という疑問は依然として残ることになる。

熊野曼荼羅の生と死

六三年の『那智滝情死考』執筆時に水上勉がどの程度まで〈那智滝での死〉の意味に自覚的であったかはわからないが、どんなに遅くとも、『金閣炎上』の連載開始直前に「水の幻想――熊野曼茶羅私考――」なるエッセイを『芸術新潮』（七六年一一月）に寄せた頃までには、〈那智滝での死〉の意味に十分に自覚的になっていたと考えられる。

このエッセイは、多数の参詣人でにぎわう那智神社、滝、青岸渡寺、補陀落山寺等の景観と縁起由来とを絵解き比丘尼の説明用に描いた数種の熊野曼荼羅図（熊野那智曼荼羅とも熊野那智山宮曼荼羅とも那智参詣曼荼羅とも呼ばれる）に触発されて書かれたものだが、この曼荼羅図に水上が魅かれるのは、そこに「生誕と死を一つの流れの中にとらえて、果てしなく流れる水」を見出したからにほかならな

図2　那智参詣曼荼羅（熊野那智大社本）

かった。

有名な熊野曼荼羅図絵に出てくる那智滝瀑下に、赤子の誕生を抱きとる男女の姿が描かれてあるのに眼をとめ、さらにその下方、熊野灘の海岸に、渡海上人の乗る箱舟と、送り人の舟とが、波上に浮んでいるのとかさねて、ここに人の生と死をつなぐ輪廻の水のめぐりを思いあわせる人は数多いかもしれぬ。

と、水上は説き起こすのだが、観音菩薩の住む浄土での往生を願って船出した補陀落渡海の図と那智滝瀑下の三人の男女の図とを重ねるのもやや強引だが、さらに進んで、その那智滝瀑下の三人の男女の図を赤子生誕の図ととるに至っては、かなり無理があるのではないだろうか。

『那智叢書　第三巻——那智権現曼荼羅の絵解——』（六三年五月刊）に収められた元宮司の篠原四郎氏の「那智権現曼荼羅の絵解」によれば、水上勉が赤子とみた真ん中の男性は実は荒行中の文覚上人であり、若い男女＝父母とみた左右の二人は、不動明王が遣わした矜迦羅《こんがら》童子と制咜迦《せいたか》童子ということになっている。二人の童子が一人は半身裸の女性の姿となり、もう一人が鬼のような姿に描かれているのは、不動明王が誘惑と威嚇という二つの手段で文覚を試していることを意味しており（仏教文学の関山和夫氏のご教示による）、この解釈は、篠原氏の説く、不動明王が二人の童子を遣わして文覚を「甦がえらしたといふ伝えを、描いている」という解釈と最終的には矛盾するものではなさそうだ。

しかし、ここでは、曼荼羅の客観的かつ正確な読解よりも、むしろ水上がこの曼荼羅から何を読み取り、どう意味づけようとしていたかを、そして那智滝や熊野をどう捉えていたかこそを、探らなくてはならない。その意味からも、瀑下の三人の男女をめぐる水上独自の解釈——赤子の誕生——が、図下方の補陀落渡海図と結び付けられて「人の生と死をつなぐ輪廻の水のめぐり」がクローズアップされてくる脈絡こそが注目されなくてはならないのだ。

［補注］「水の幻想」で水上が紹介しているが、文覚上人を赤子の誕生とみる説として水谷勇夫の『神殺し・縄文』（七四年一二月刊）がある。ただし、ここにはこれを補陀落渡海＝死と結び付ける発想は見られず、正確にはこの二つを結び付けたところに水上の独自性がある。

水上は続けてこのように述べている。

幽谷に湧いた四十八の水が、摩訶不思議な一本の巨大な滝になる。この水は原初の時代からあってさらに、悠遠の海へながれているのだ。さらに水は空を走って戻ってくる。生れて去り、去ってまた来りして、日々生れる水のいのちの、きびしくて、清浄な営為を包む大自然の森と岩、それに人間の生死までがからんで深いというのだ。

そうした循環する悠久の水の流れの円環上に、赤子の誕生と、浄土での往生の願いを込めた死への旅路（補陀落渡海）とが共存するわけで、生は死に、そして死は生に還り、永遠の循環を続けるというのである。

『那智滝情死考』執筆時に、水上勉がはたしてこの解釈——熊野曼荼羅の示唆する生と死の循環

――をどの程度みずからのものとしていたかはわからない。「水の幻想」には、道元いうところの無我を「人は循環する水だと了解してぼくは、熊野曼荼羅の飛瀑下の赤子の誕生にみてから久しい」（傍点藤井）との回想もあるが、次の二例を参照する限りでは、死と生とを結び付ける観点が水上のなかに生まれるのはもう少しのちのことであったと考えたほうがいいかもしれない。

一つは、『那智滝情死考』と同じ年に発表された『越前竹人形』で、主人公喜助の「妻」玉枝が宇治川の渡船に乗り込むところなどは、老船頭の形象といい、どことなく補陀落渡海を連想させるところがあるが、といってここにはそれが生へと循環していくような気配は見られないのである。「金閣を焼いた青年僧」と「山陰線から身を投げて死んだ母親」に言及した「与謝」（『別冊文藝春秋』六七年六月）も同様で、ここには死者が行く海の底の「根の国」なるものが重い意味を担って登場するが、ここでもやはりそれが生へと結び付くというような観点は見られない。

これらを見ても、『那智滝情死考』執筆時に生と死の循環図が意識されていた可能性は少ないと言わなくてはならないが、しかし、どんなに遅くみても、「水の幻想――熊野曼荼羅私考――」が書かれた七六年の秋までには、『那智滝情死考』が、そしてそこにおける〈那智滝での死〉が、その意味を大きく変えていたことは確実だ。

すなわち、当初は、那智滝に身を投げることは、浄土での往生という補陀落渡海的意味に過ぎなかったものが、「人の生と死をつなぐ輪廻の水のめぐり」に身を投じることを意味するようになり、つまりは「死ぬことは、生きること」にほかならないという意味となる。どんなに遅くみても「水の幻想」が書かれた頃までには、『那智滝情死考』における〈那智滝での死〉の意味はそのような変容をとげていたにちがいないのである。

すでに述べたように、このエッセイは、わずか二ヵ月後に『金閣炎上』の連載開始をひかえた、いわば起稿前夜ともいうべき時期に発表されていた。しかも、このエッセイの掲載された『芸術新潮』の七六年一一月号は、想像されるような曼荼羅特集号などではなく「ゴッホの衝撃」と題された特集号で、水上文は「特別読物」として特集とは何の関係もなく唐突に（？）挿入されたものであった。

その唐突な印象は、この時期の水上のこのテーマへの格別な関心を裏付けるもので、そうであるからには、熊野曼荼羅をめぐる生と死の循環図への独特な注目の仕方が、その直後に連載が開始された『金閣炎上』のうえにまで影を投げかけていたとしても何ら不思議はない。『那智滝情死考』が、那智滝には何のゆかりもない男女までもを那智滝に導くことで彼らを生と死の循環図の世界に送り出し、そこに一種の救いを見出そうとした、という方向に意味を変容させていたとするなら、同じようなことが、『金閣炎上』の熊野虚構についても言えるのではないだろうか。

もちろん、『金閣炎上』の林養賢と部屋輝子の場合は二人揃って那智滝に投身したというような事実はない。はっきりしているのは、懲役七年の刑に処された養賢がその後肺結核の症状を亢進させ、医療刑務所に収容されたのちも病状は悪化するいっぽうで、五五年一〇月、刑期満了で釈放されてからも入院生活を続け、翌五六年三月、「血はきつゝ廃人の短い一生」（『京都新聞』五六年三月一六日朝刊）を終えたということだけである。

そしてもう一人の輝子についてはその生死すらも明らかにされていない。しかし、輝子のその後についての記述がないということは実はそれ自体が意味のあることであり、作中の「私」が貪欲とも執拗ともいうべきほどの粘り強さとエネルギーを費やしてありとあらゆる関係者を追跡し、インタビューを試みていたことと比較する時、輝子に関してだけはそうした努力がいっさい放棄されていたことは注目に値する。——ここから、少なくとも、次のような結論を導き出すことは許されるのではないだろうか。すなわち、輝子には〈作中での死〉が与えられていたのだと。

そんなふうに考えてみた時、養賢と輝子は、那智滝までは行かなかったけれども、また二人一緒に死ぬというようなこともなかったけれども、五番町の妓楼の一室で互いの〈球根〉を確かめ合い、心を通わせた後に、めいめいが死出の旅に出発した、と受け取ることもできるのではないだろうか。

輝子＝熊野出身虚構が意味を持ち出すのはまさしくここからであり、『金閣炎上』は熊野曼荼羅が指し示す生と死の循環図に縁取られ、その結果として、二人の死出の旅は〈生〉への回帰を保証されることになったのである。『五番町夕霧楼』の櫟田正順と片桐夕子の死がいずれも単なる死に終わるほかなかったのにひきかえ、水上勉は『金閣炎上』では、二人の死から〈生〉への祈りを、熊野虚構の陰にソッと忍び込ませたのである。

太地喜和子の南紀

輝子を熊野出身としたことの意味については以上でほぼ尽くされたかと思う。ここで蛇足を承知で一つの憶測を付け加えるなら、『金閣炎上』起稿に先立つ数年間に、「飢餓海峡」(七二年一二月、文学座により初演)、「越後つついし親不知」(七四年七月、五月舎により初演)、「五番町夕霧楼」(七五年二月、文学座により初演)という三つの水上戯曲のヒロインを立て続けに演じてめざましい成果をあげた太地喜和子(一九四三〜九二年)という女優の存在が、部屋輝子の造型になにがしかの影響を与えていないだろうか、ということを考えてみるのも無駄ではないかもしれない。

「新人国記'83」(「和歌山県4」、『朝日新聞』八三年四月五日夕刊)によれば、太地自身は東京生まれだが、「父が新宮市出身。幼時は新宮近辺で育ち、船で上った瀞八丁の眺めの美しさが記憶に焼きつく」とある。すなわち熊野の女性だったのである。

水上勉が当時どこまでそれらのことを知っていたかは不明だが、水上が一貫して彼女の中に見出していたのがその土着性だった。「土から出てきて、若くして身をさいなまれて生きる女」(「南紀の黒鴉──太地喜和子という女優」、『ポエカ』七五年三月)を見事に演じきる、その演技を支えていたのが太地独特の土着性であったとみているのである。

私は、とりわけて、彼女の鼻腔の小さな鼻翼に在所を嗅いでいる。在所は故郷という意味だけれど、精神の意味がある。心根のありようがその部分に出ている。

都会の女を見てもその〈在所〉を想像してしまうという水上らしい目のつけ方だが、同じ頃に書かれた別の文章でも、やはり太地の「ハイカラ」を退け、その土着性に注目してこんなふうに言っている。

太地姓は南紀の島に多いときいた。私は南紀が好きで、熊野灘の海岸の夕暮れを愛している。黄昏の補陀落寺の土塀、広い河口、海はいつも暗くて鴉がむれている。あの風光から、彼女の祖先の血を嗅ぐと、太地喜和子という女優がわかりかける。(「太地喜和子さんのこと」、『婦人画報』七五年四月)

太地喜和子という存在が熊野にしっかりと根づいてみえたという事実。水上の意識の中ではこの二つはわかちがたく結びついており、こうした「めぐりあい」(同前)を体験した水上勉が、その一、二年後に熊野に根を持つ女人像を作中に刻もうとした時、太地喜和子のイメージから自由であったと考えるほうがむしろ不自然だろう。むろん、熊野出身虚構と、太地演ずるところの「土から出てきて、若くして身をさいなまれて生きる女」のイメージと、どちらが先かを詮索する必要はないので、ここでは、確かめてきたいくつかの理由からも、部屋輝子の〈在所〉が熊野以外にはありえないことだけを確認すればそれで十分なのである。

第五章　『金閣炎上』の構成意識

〈事実〉の堅固な鎧

水上勉の『金閣炎上』（『新潮』一九七七年一月〜七八年一二月、七九年七月刊）ほど〈事実〉の堅固な鎧におおわれた作品は、稀とまでは言えないにしても、ともかくこれがこの作品の最大の特徴であることは衆目の一致するところだろう。

作品前半では作者の分身である「私」が聞いてまわった関係者の証言類が、そして後半では供述調書、検事調書、公判での証言、起訴状、鑑定書、判決文といった、いわば硬（公？）資料類からのなまの引用が、そうした特徴を際立たせている。特に後半部での硬資料類からのなまの引用がこの作品に一種独特のこわもての印象を与えているのは認めざるをえないところだ。

そうした〈事実〉による武装が、水上勉をして「ノンフィクション風に仕立てた」作品（「金閣が焼亡した話」、松竹映画「五番町夕霧楼」プログラム、八〇年四月）、「ノンフィクションともいえる調査記録」（「作者の感想」、劇団青年座公演「金閣炎上」プログラム、八二年三月）、といったような言い方をさせることになる。他方では、物語色の強い三島由紀夫の『金閣寺』（五六年一〇月刊）や水上自身の『五番町夕霧楼』（六三年二月刊）との読者内部における無意識裡の比較対照がそうした特徴をいっそう際立たせる、といったような事情も伏在していたかもしれないけれども。

ともかく、あらゆる記述の典拠を明示せずにはおかない姿勢は執拗かつ徹底したもので、硬資料類のなまの引用部分は例示するまでもないとして、それ以外で〈事実〉性が強調された例をいくつか紹介してみよう。

たとえば、林養賢の父道源が入門の仲介の労をとった金閣寺徒弟浜田弘が道源を訪ねて成生の西徳寺を訪れる場面は、隣家の「酒巻広太郎からの調査結果」〈一一〉に基づくとしたり、その弘が戦死して村葬が営まれた際に金閣寺住職・村上慈海が来村する由を聞いて、死期近い道源が養賢の金閣寺入りを懇望するくだりは、村葬に出席した隣村田井の海臨寺和尚の「思い出話」によるとしたり、といった具合である。これは作者の履歴とも重なるが、「青葉山の分教場にいた私の日記」〈一四〉に基づいて敗戦直後の舞鶴近郊農村の混乱ぶりを再現したりもしている。

ほかにも、挿話末尾に「（牧翁師談）」〈一六〉と付け加えたり、「江上泰山の述懐メモから私は抜書きしているのである」〈一八〉とか、「以上は検事調書の、参考人の証言から、私が再構成してみせた養賢の行動である」〈三一〉とか、「小原氏が思い出し思い出しして私に語ったことばである」〈三八〉とかいったように、無数のアドバルーンの綱は煩わしいまでに地上にしっかりとつなぎとめられているのだ。

そのあげくに、養賢が得度式のために隣村野原の松源寺和尚と母にともなわれて初めて金閣寺を訪れた際の慈海との会見について「この時、どんな会話がかわされたか、松源寺和尚の記憶はすでにおぼろげなので、私はここで見たようなことはいえない」〈一五〉とまで言われてしまっては、読者はこの作品のノンフィクション性をいやでも信じこむほかないのである。

織り込まれた〈虚構〉

したがって、いっぽうにこうした盛りだくさんの〈事実〉性の強調があるために、その背後で作者がさまざまな小説的技巧や工夫に基づいて〈虚構〉をすべりこませていたとしても、それらは簡単には見抜けなくなってしまう。しかし、だからといって手を拱いているわけにはいかない。作者や「私」の調査行には及ばないにしても、いくつかの〈事実〉の跡を追うことで、その背後にあるものの意味を探ることは作品理解にとってやはり不可欠な手続きにちがいない。

［補注］作者自身の調査行の足跡は、「きのうきょう」（『水上勉による水上勉』八二年一月刊）における当時の検事見習小原氏や金閣寺料理人への取材とか、「孤村の冬」（『足もとと提灯』七六年四月刊）における海臨寺訪問などがその一例である。それらはおおむね作中の「私」の調査行と重なるものの、たとえば七五年一月の海臨寺訪問が作中では七六年〈一〇〉となっており、微妙なズレがないわけではない。

いくつかの〈事実〉の跡を追うにあたっては、前章でもお世話になった、作中の「「金閣寺一件」なる分厚い回顧録と資料」（「あとがき」、『金閣炎上』）に匹敵する原資料（拘留状、公判調書、検証調書、関係者の供述調書ならびに検事調書、鑑定書等を一括したもの。京都地方検察庁の許可を受け、八一年五月六日閲覧）と、筆者自身による現地調査メモとを参照した。

まず一番単純な例としては、原則的には実名をふんだんに使いながら、そのいっぽうでは仮名をさりげなくすべりこませてもいたことで、たとえば音海《おとみ》の「海泉寺」〈二〉は実際には洞昌寺である。養賢の母志満子の弟「勝之助」〈三〉は弥一郎（敬称は略させていただく。以下同様）、海臨寺和尚「岡野睦悠」〈一三〉は沖文昌である。プライバシーがらみの配慮に基づくものだろうか。

［補注］「志満子」は供述調書や判決文では「志磨子」となっているが、新聞記事では「しま子」「志満子」「しま」などが混用されており、作中で「志満子」を採用したこと自体に仮名意識があったとは思えない。これに対して「弥一郎」（供述調書ほか）と「勝之助」との差はやはり無視できないほどのものであろう。なお初出の段階では人名は流動的であって、ここでは初版本に基づいてみていく。

さらには、養賢がオーバー類を処分する古物商田村政次は実名で、自殺用のカルモチンを購入する薬局店主「本田多吉」〈三一〉が実は友田多吉であるのは、後者の店だけが八一年の調査時点でも営業を続けていたことをおもんばかってのことであろうか。

［補注］ただし、供述調書では「友田」だが、判決文では本田となっており、作中の記述が後者に基づいていたとすれば仮名意識はなかったことになる（実在するのは友田薬局）。

まことしやかに引用される書簡類にも胡散臭いものは少なくない。たとえば死期近い道源が慈海に息子の入山を懇願する手紙だが〈一一〉、慈海の供述調書（五〇年七月一〇日）から、四二年一〇月の受信の事実だけは確認できるものの、それが果たして三〇年ものあいだ保存されていたのかどうか。またかりに保存されていたとしても、「私」と慈海との関係は訪問を拒絶〈四二〉されるほどに険悪なものであったのだから、借覧転記などできたとはとうてい考えられないのだ。

そんな先入観をもって見るせいかもしれないが、書簡中にはいかにも当時の手紙らしい格式ばった紋切り型の表現が見られるいっぽうでは、一見それとは不釣り合いな、口語調の内容本位の表現（「人みな修行に出る時は、大人物になろう、床柱になろうとの決心であるが（中略）小寺に住する者でもまた一役だから、仏恩に付して布施なき経を多く読めと云われたのを忘れません」とか）が混在しているように見える。三九章以下に多出する獄中の養賢からの慈海宛書簡も、確かなことはいえないが、同様の理由から「私」の手に入ったとは考えにくいものばかりだ。

［補注］養賢の主治医小林淳鏡氏の「金閣放火僧の病誌」（『犯罪学雑誌』六〇年一〇月）中には、養賢が慈海にあてたものとして、動員中のメモ、判決直前の五〇年一二月二二日付けの手紙、そして五一年一月の拘置所からの手紙の三つが引用されており、これらに関しては慈海による保存と小林氏による借覧とが確認されるものの、作中の書簡類はこれらとは別物であり、いずれもフィクションの可能性が高い。

〈事実〉改変に関わる例をもう一つ二つ挙げてみよう。前記田村政次の店にオーバー類を持った養賢が足を運んだのは、供述調書によれば、五〇年六月一七、一九、二〇日の三日だが、作中では一七日から三日続けて〈三二〉となっている。「事件当日、西陣署から犯人逮捕に向われて、林を署に同行し、拘置所までおくられた若木松一氏（のち西陣署長）の保存されていた「金閣寺一件」なる分厚い回顧録と資料」（「あとがき」）からの単純な転記ミスかもしれないが、そこから「私」が引き出したのが「あせった資金づくり」という結論だったことを思えば、意図的な改変であった可能性も十分にある。

もう少し本質的な改変例としては、道源没後の志満子の寺放逐と実家への寄寓をめぐる経緯の取り扱い方を挙げることができる。志満子及び弟弥一郎の供述調書によれば、志満子が寺を追われたのは四九年一二月、そして弥一郎方に身を寄せたのは翌年四月であり、それに先立って一一月には養賢自身が弥一郎宅を訪れている。

これを小林淳鏡氏の「金閣放火僧の病誌」によって補足すると、一〇月に志満子が村に対して留守番手当の増額を要求したことから村民たちとの反目が決定的となり、暮れまでに退寺せざるをえなくなったとある。一一月に養賢が叔父宅を訪ねたのは母の住居建築依頼のためであり、結局それは実現せず、志満子は一二月下旬に退寺、東舞鶴でしばらく和裁で暮しを立てようとしたらしい。その際、慈海が引越しの手伝いに行くことを勧めたにもかかわらず、養賢はそれを拒み、五〇年四月に叔父方への転居を母が通知した際にも、簡単な内容の返事をよこしただけだったという。

以上が〈事実〉関係だが、これが作中では、五〇年の春に慈海から突然、昨秋母が退寺を余儀なくされ叔父方に身を寄せたことを知らされ、大きなショックをうけたことになっている。——「林道源が死んで七年目である。養賢は金閣に居ながら生誕の故郷を失った」〈三一〉。作中ではこのことが、養賢が犯行に向かって歩き出す重要な契機の一つとして位置づけられているのだから、うわべのノンフィクション性とは裏腹に、小説ならではの劇的効果を高めるために、〈事実〉が犠牲に供されていたことがわかる。

硬資料の羅列に眩惑されてこわもての印象の背後にひそむ細やかな小説的構成への配慮を見逃しては、作品そのものの過不足なき享受すら覚束ないことがこれでわかるが、ノンフィクション仕立てという建前に内側から揺さぶりをかけるものとして、少なくとも二本の虚構軸の存在をここで指摘しておかなくてはならない。

一つは、前章で明らかにしたように、養賢が犯行直前に登楼した五番町遊廓の女性輝子を熊野出身と設定したことだ。そこでは、若狭（正確には丹後だが）と熊野という瓜二つといっていい〈在所〉を共有するがゆえに二人の交わりが決定的な深みにまで達しえたこと、さらには二人の死出の旅（養賢は病死、輝子については「私」の追跡行がいっさい放棄されていたことから「作中での死」が与えられていたと考えた）が熊野曼荼羅の指し示す生と死の循環図の世界に包摂され、結果として熊野出身虚構に二人の死から生への祈りが託されることになったと考えてみた。

杉山峠の出会い

そして、先走って言えば、これに匹敵するもう一つの太い虚構軸が、作品冒頭の「私」と養賢との青葉山麓杉山峠での一度きりの出会いだったのである。「私」が水上勉のきわめて濃厚な分身であることは明らかだが、だとしたら、この出会いも〈事実〉に基づいたものだったのかどうか。

斉藤勝「『金閣炎上』と『金閣寺』をめぐる試論」（『発掘』八四年三月）は出会いの信憑性に疑義を呈しているが、水上自身は、「私は会っていなかったが」（「金閣と水俣」、『世界』七四年四月）、「養賢君は私より年少で、私が還俗して東京にきてから、鹿苑寺に入ったので、会うこともなかったが」（「与謝の細道」、『わが山河巡礼』七一年七月刊）と言う反面、「養賢君とは面識もあったし」（「保津峡曲り淵」、『私版京都図絵』八〇年五月刊）ともあって、作者の証言はあまりあてにはならない。何しろ、出獄後病死した養賢のことを警察で自殺した（「怨」＝『週刊新潮』七四年一月三日、「与謝」＝『別冊文藝春秋』六七年六月、など少なくない）などとさえ書いてしまうくらいだから。

むしろ、出会いの真偽を判定する鍵は、作中の描写のなかにこそ探られなくてはならないのではないだろうか。――作品冒頭の杉山峠での出会いはこんなふうに書き出されている。

青葉山の中腹にあった私の分教場から岬へゆくのに、尾根づたいの杣道しかなかった。私はよく児童をつれて岬の端が見える杉山峠まで散歩した。（中略）子供らはこの峠で足どめを喰うと、岬の端までゆきたいとせがんだ。低学年でもあったし、本校長からの指示もあって、峠から北へゆくことは禁じられていた。（中略）

私は今日まで何どこの岬を訪ねたろう。春秋はもちろんだが、夏も冬も、表情をかえる入江のけしきを見にいった。一つは私の生家が、岬とむきあった内陸側の海岸にあったためで、在校時代、授業を終えて帰ってゆく道も、杉山峠から岬を背に南へ降りるのだった。気が向いたら少しでも北へゆき、岬の端まではゆかなくとも、途中の宮尾、日引などの磯にへばりついた部落へ降りて、そこからやや近くなった成生を望見して帰った。〈二〉

岬とはもちろん、養賢の成生部落の先の成生岬のことだが、青葉山、(高野)分教場、宮尾・日引といった部落名から「私の生家」云々に至るまで、ノンフィクション仕立てという特徴は、当然こうした地理説明にまで及んでいる。

そしてここからイメージされるのは、青葉山中腹にある分教場から尾根伝いの杣道を小一時間(?)ほども登ると(あるいは水平に辿ると)眺望のきく杉山峠なる地点に到達し、そこはさらにもう小一時間ほどで岬の先端にまで行けるくらいの地点であるかのような地理イメージである。

むろん、そこには峠と岬とをさえぎる山嶺などは存在せず、尾根伝いのなだらかな下り道が岬の先端まで続いており、途中、尾根道と直角に磯を目指して降りてゆけば、宮尾とか日引といった部落に辿りつくこともできる、とでもいったような長閑な光景が想い浮かべられる。

作中の描写から想像される光景は以上のようなものだが、これを現実の地図とつきあわせてみると、いろいろと不都合なことが多くみつかる。

ここで地図を参照していただきたいのだが、※点が高野分教場、標高は一三〇メートルほどの地点にある。そして※点から成生岬に至る線上には、青葉山(標高六九二メートル)や通称空山と呼ばれる峰(四八九メートル)を含む連峰がある。青葉山と空山連峰にさえぎられて※点から成生岬を眺望

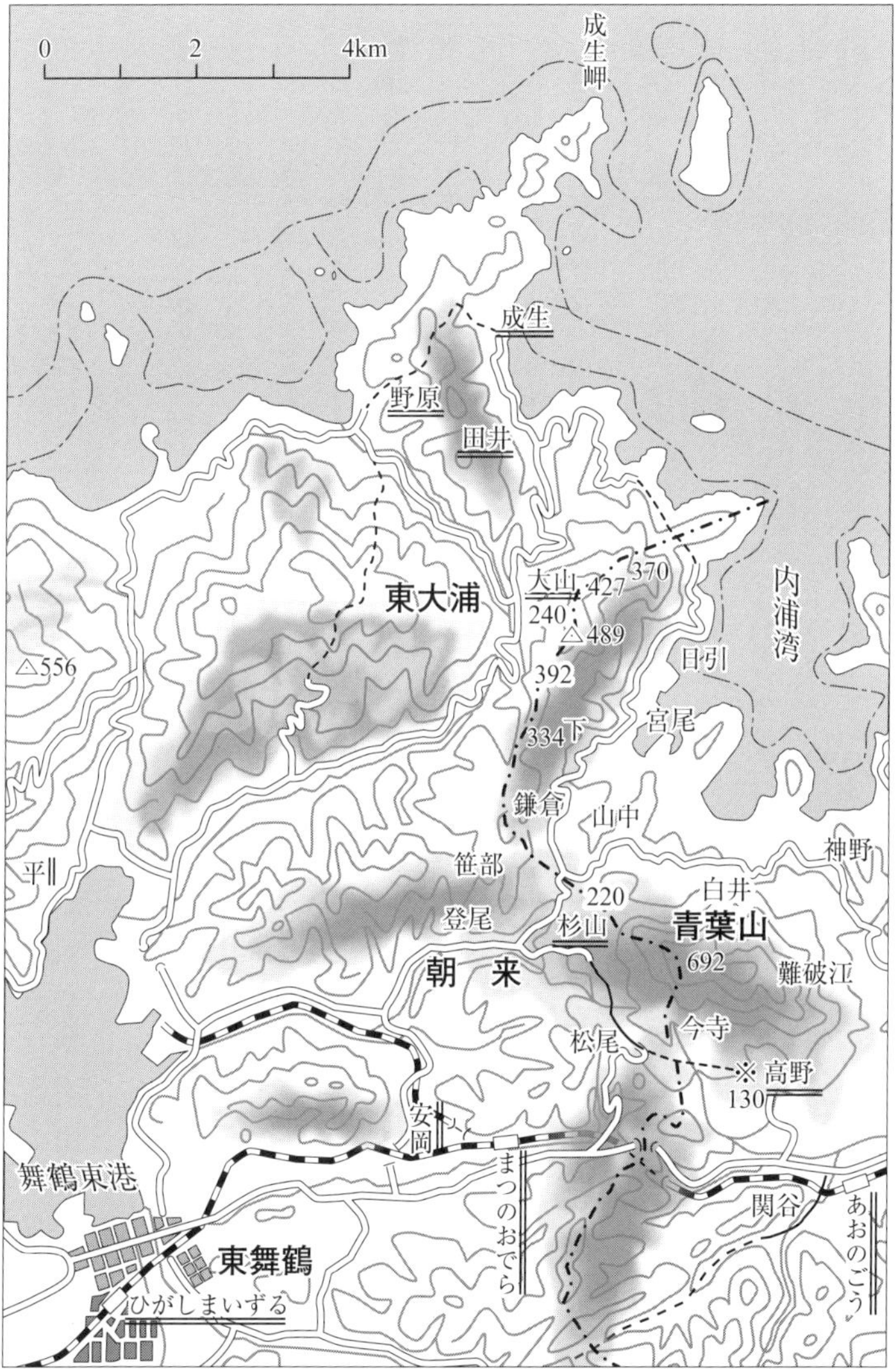

図3　杉山峠近辺（宮津：国土地理院発行，1984年より作成）

することが不可能であるばかりか、文中にあるように杉山峠（地図上では「杉山」）にまでまわりこんだとしても、ここがそもそも標高が低いので（二〇〇メートル余り）、やはり空山連峰が邪魔をして、岬を眺望することなどできない。

要するにまずは眺望の点で冒頭の一文は非現実的なものであったわけだが、さらに距離を考えてみても、そうとうに無理があることがわかる。※点から岬までは一五キロメートル近く（直線距離）もあって、大人の足でも片道だけで優に四、五時間はかかるものと思われる。子供でも行こうと思えば行けるとか、たとえ半日授業とはいえ、終業後に「私」が気楽に足を延ばせる距離ではないのだ。

冒頭の記述はかほどに厄介な問題をはらんだものだったのだが、その杉山峠で、「私」と中学生の養賢（音海の海泉寺の滝谷節宗といっしょだった）とが出会ったというのである。

昭和十九年の八月はじめである。確かな日はわすれたが、陽のかけらがそこらじゅうにつきささる暑い午すぎだった。杉山峠から北へ少し行った茅っ原で、その男たちと出会った。〈二〉

滝谷は「私」の般若林中学時代の先輩だが、養賢とは初対面で、彼らは前日の養賢の父の法事をすませて、今日成生から青郷駅まで連れ立って行くところだという。しばらく話を交わした後、「私」と別れた二人は「私が歩いてきた松尾寺参道から今寺へぬけ、それからふたりは分教場わきの坂を降りて青郷駅へゆくのだった」。滝谷は駅近くの部落での葬式へ、そして養賢は京に帰るために。

心象風景としての出会い

成生からやってきた二人と、逆に松尾寺方面からやってきた「私」が出会うのが「杉山峠から北へ少し行った茅っ原」であったというのは、地図上の「杉山」の位置からいっても不自然ではない。ただ、不自然でないのはそれだけで、見てきたように、眺望と距離の点で冒頭の一節は非現実的な、どちらかというと心象風景に近いようなものであったと言ったほうがよさそうである。

この一節をおおう非現実的なベールは、この一節の、さらに言えば出会いそのものの信憑性を大いに疑わせるものだが、ここではもう一つ別の観点から検証することでこの信憑性問題をさらに追究してみることにしよう。それは、成生から京都に行くにはふつうどのルートを通るのか、さらにはその場合の最寄り駅はどこか、という問題である。

先に、※点から岬までは一五キロメートル近くと推測した。しかし、これは直線距離であって、登り降りや再三の迂回などを考えると実際は二〇キロメートル近くあったかもしれない。そしてこの距離は地図を見ればおわかりいただけるように、この日、養賢らが成生から青郷駅まで歩いた距離にほぼ等しい。ところがもう一つ、これとほとんど同じ距離にある駅として東舞鶴(当時は新舞鶴)がある。そして京都はもちろん舞鶴の先にある(山陰本線経由)。常識的にはどちらを選ぶかは明らかだろう。

掲出した地図は八〇年代のものなので道もずいぶん広くなっているが、それでも成生─青郷ルートのかなりの部分は、幅員一・五メートル未満、一・五〜二・五メートル、二・五〜五・五メートルの三種の山路で占められている。加えて、成生・田井方面から杉山峠に達するためには、どこかで空山連峰を突っ切らなくてはならない（遠まわりの海沿いの道を通らない限りは）。日引に出るにしろ、下に出るにしろ、鎌倉・笹部に出るにしても、である。おそらく杣道というよりも獣道といったほうがいいような難路だったのではあるまいか。そのうえに、さらに、青葉山中腹を「帯のようにとりまく樵道」（八、『若狭路』六八年九月刊）を延々とたどらなくてはならないのだ。

これに対して舞鶴に出るルートは、途中の大山部落の峠が標高二四〇メートルほどあるだけで、それ以外はすべて一〇〇メートル以下の平地ばかりである。加えて舞鶴―田井間には木炭バスも走っており（所要時間三〇分）、田井から成生までの徒歩三〇分を加えてもわずか一時間ほどの〝距離〟なのだ（水上「小浜線新舞鶴駅―新舞鶴蟬しぐれ」、『停車場有情』八〇年一一月刊）。難路を四、五時間かけて歩く杉山峠経由と、わずか一時間の大山峠経由と、常識的には問題にならない選択だろう。

もっとも、だからといってこの日、養賢が杉山峠ルートをとらなかったという保証はない。青郷の近くに用事のある滝谷につきあって、ということだって十分に考えられるのだから。少し別の角度から捉えなおしてみることにしよう。

作中には養賢の上洛（ないしは帰郷）を比較的詳しく記した例が、この日のほかに三度出てくる。そしてそのいずれもが、この日の杉山峠越えに義理立てするかのように、揃って杉山峠ルートを選択しているのである。最初は、得度式のために母と上洛した一九四三（昭和一八）年三月二八日〈一五〉。次が臨済学院中学部を卒業して一時、養生のために帰郷した四五年五月六日〈二三〉。そして最後が海臨寺和尚の回想に出てくる五〇年七月の炎上の一〇日前の帰郷〈四二〉。

それぞれをもう少し詳しく見てみると、最初の上洛の折には、母子は「当日朝の八時ごろ」「部落の顔役の家々をまわ」り、「いったん寺へ帰った」のち、隣家の酒巻家の人々に挨拶をして、それから「田井へ出て杉山峠をこえ、青葉山中腹の近道を青郷駅へ」向かい、松源寺和尚と待ち合わせて「十時五十分の上り列車」に乗り込んでいる。

すぐわかるように、これでは四、五時間はかかるはずの道のりを二時間余りで踏破したことになるわけで、杉山峠経由と明記されているにもかかわらず、実際には母子が田井から木炭バスを利用して大山峠のほうを越えていたことは確実だ。

同様のことが四五年の帰郷についても言える。この日、養賢は「松尾寺駅で下車し、青葉山麓を、古寺参道を通って迂回」、「杉山から、日引へ出て、田井へ杣道を越えた」とされているが、所要時間はやはり「二時間」である。松尾寺駅は距離的には青郷駅とほとんど同じと考えていいから、この場合もやはり常識的な大山峠ルートをとっていたと考えたほうが自然だ。

海臨寺和尚の回想談になると、事情はさらにハッキリとしてくる。

「金閣が焼けたのは七月二日でしたな。あの日の一週間か十日ほど前やったと思います。わしが平《たいら》の法事へいって、歩いて帰ってきますと、杉山のあたりで、向うから若い男がきて、わしの姿に気づくとよけるように稲架《はさ》のかげへかくれるんですよ。（中略）あれは西徳寺の養賢やと、ぴんときたんです。」

平が舞鶴近郊の集落であることは地図に見られる通りであって、ここでいう「杉山」が実は「大山」にほかならないことは歴然としている。この日の帰郷（正確には上洛だが）でも養賢は大山峠ルートを選んでいたのである。「平」という地名を出してしまうことによって、杉山峠ルートの非現実性はいっそう際立ってしまったわけで、これら三つの例を見ても、現実の養賢が杉山峠を通る可能性はほとんどゼロに近かったとみなくてはなるまい。

現に杉山峠虚構の張本人である水上勉自身、前掲の「小浜線新舞鶴駅―新舞鶴蟬しぐれ」では素知らぬ顔で、養賢の大山峠越え・新舞鶴利用を当然のこととして、

新舞鶴駅は、都合何どめの京都ゆきだったろうか。十四歳の時の金閣入り。十八歳の時の得度式。二十二歳の時の帰郷。正式には三度しかないことになっているが、焼失一週間前に、この新舞鶴駅に降りて、その日の夕方か、翌日に出発しているとすると、最後のこの駅に立った姿は、私の胸をえぐる。

などと言っているくらいなのだから。

ちなみに海臨寺和尚の筆者への直話によれば、大山峠で養賢とすれちがったことはあるが、それは事件の何年も前のことで、取材に訪れた水上勉にもそのように話されたという。劇的効果をねらった〈事実〉の改変が、ここにも見られるというわけである。

母子の墓発見へ

かくして青葉山麓杉山峠での養賢との出会いは、作中の「私」にのみ許されたかけがえのない体験であったことが明らかとなった。そして〈事実〉の堅固な鎧をまとったこの作品に内側から揺さぶりをかける二本の虚構軸として、輝子＝熊野出身虚構とこの出会いとは重要な役割を果たしていたはずである。前者の意味については前章ですでに述べた。それでは水上勉はなぜ、みずからは会ったこともない養賢を杉山峠にまで強引に〝拉致〟してきて、自身の分身である「私」と対面させるという、ノンフィクション仕立ての作品らしからぬ冒険をあえてしたのだろうか。――「私」との因縁の深さの強調、その後の「私」の事件調査への深入りの必然性と正当性のアピール、といったような側面もむろんあったにはちがいない。しかし、それだけでは、この杉山峠虚構の意味は十分には解ききれないように思われる。

先走っていえば、作品冒頭の、この「私」と養賢との出会いは、作品末尾の、母子の墓参りの場面とセットで捉えられなくてはならないのではないか、というのが私の考えである。

もともと母子の墓探しという課題が底流としてこの作品を貫いていたことは、「私」の成生への最初の訪問目的が「養賢と母志満子の墓参」〈五〉であったという部分からも明らかだ。すでにそれ以前にも、伏線のかたちで、

私は、志満子の遺体が嫁ぎ先の成生部落へ帰らず、出生地の尾藤へ帰ったことに、複雑な思いを

もった。子の養賢は成生が在所なのに、母も嫁ぎ先で眠るのが若狭の習慣であるのに、なぜ成生へ帰らなかったのだろう。〈四〉

といった書き込みもなされていたのだが、墓はどこにあるのか、霊魂はどこをさ迷っているのか、という問いは、終始、浮かんでは沈み、を繰り返しながら作品終盤へと流れ込んでいたのである。

この問いがようやくハッキリとしたかたちをとるようになるのは、「私」が養賢の死までを辿り終えた四二章以降であり、五六年夏の成生初訪からすでに一五年の歳月が流れていた。

［補注］「十年程前にこの畑（大松山頂の——藤井注）に佇んだ時も酒巻広一がそばにいた」〈四二〉とある一〇年前が、広一と初めて接触をもった六一年夏の成生への「三ど目の訪問の時」〈六〉であることは、「酒巻広一の案内で、私は寺の裏から大松山へのぼった」〈八〉という一節からも明らかである。したがって四二章の時点は、原則的に（それ以降の談話の挿入もあるが）七一年頃と推定される。

最初の訪問で成生の西徳寺の道源の墓のそばに母子の墓が見当たらないことに不審の念をいだいた「私」は、その後志満子の里の大江山麓尾藤部落をも訪ね、そこにも母子の墓がないことから、「せめて一基の墓を見つけて、地上に安息する養賢の姿を見たかったのである」〈四二〉との思いをつのらせていく。

そして、この七一年三月の成生訪問の折に、終始一貫して調査取材への力強い協力者であった酒巻広一から「一ど、安岡のお父さんの里へ行ってごらんになったらどうですか」〈四二〉というヒントを得ていたにもかかわらず、実際に「私」がそれを実行に移すのは、それから二年後〈四三〉の秋末のことであった。

墓探しに狂奔していたにしてはこの二年間の空白は解せないところだが、いずれにしても墓は広一の予想通り、道源の実家の林家の墓地の一角にあった。寺の細君から共同墓地のありかを聞いた「私」が、線路沿いの村道を息せききって走る姿は読者の感動を呼ばずにはいないし、母子の墓参りによって作品を締めくくるという構成もドッシリとした安定感を持っている。重厚なノンフィクション小説にふさわしい結末と言えよう。

要するに、やっとのことで探し当てた、という体裁をとっているわけだが、しかし、考えてみれば、僧籍にあって亡くなった道源の墓が西徳寺内にあり、いっぽう事件後除籍された養賢の墓が父の墓の隣にたてられることがないのは当然だろう。そうなれば、次に考えられるのは、父の里、ついで母の実家ということになるにちがいない。つまり母子の墓はしかるべき場所にちゃんとたてられていたのであり、それを探し当てるのに一七年もの歳月を要したというのは、常識的に考えてとうてい信じがたいことだ。

「母子が俗家へ帰ったのだから、養賢としては、身近な在家である林家にもどって不思議はない、と思えるものの」とか、かつて養賢の伯父喜一郎の息子の喜一に養賢の下宿時代の様子を聞いた折に「墓のありかを訊いておけば、かんたんにわかったのだ」とかいったような言い訳がましい物言いは、あるいはそのあたり（読者の不審）を意識してのものであったかもしれない。

あえていえば、水上勉自身ははるか以前に母子の墓をたずねあてていたにもかかわらず、作中では小説的構成という見地からそれを最後にもってきたのではないだろうか。そうだとすると、墓の発見自体は〈事実〉に属する事柄であっても、ようやくにして探し当てた、のほうは〈虚構〉の次元に属することになる。

先に、冒頭の杉山峠での出会いと結尾の墓参りとをセットで考えたいと述べたのはこのあたりのことに関わっており、すなわちこの作品は、二つの虚構によって幕が開き、そして閉じられる、きわめて意識的な構成意識によって成った物語だったということになる。

あるいはもう少し別の言い方をすれば、墓参りとは結局は今は亡き養賢との再会にほかならないから、この作品は「私」と養賢が出会うところから始まって再会するところで終わる、二つの出会いにはさまれた物語であると言ってもいいかもしれない。いずれにしても、こわもての「ノンフィクションともいえる調査記録」という仮面の下にのぞかれるのは、見てきたような周到かつ細心の構成意識によって組み立てられた精巧な物語だったのである。

黒子としての「私」

二つの出会いによってはさまれた物語、というのが外枠すなわち器であったとして、それではそこに盛り込まれた中身はいったいどのようなものであったのだろうか。

すぐ目に付く特徴としては、杉山峠での出会い以降「私」は舞台の後方に退き、もっぱら読み、歩き、聞き、メモする調べ役、すなわち黒子に徹しているということが挙げられよう。

もっとも、この黒子は単なる裏方ではない。何かというと養賢と自分との浅からぬ因縁を吹聴する癖があって、たとえば自分も金閣寺と同じ相国寺派の寺で修行したことがあると言ってみたり、志満子が保津川に身を投げたと聞けば保津川は自分にも苦い思い出の川であるとシャシャり出たり、あるいは、成生には父や弟を通じて縁があるとか、自分にも得度式の忘れがたい思い出があるとか、その挙句には、自分も五番町遊廓に吸い寄せられていった一時期があるとかいったことまでもしゃべりまくるような存在なのである。

このような無数の縁が、たとえていえば突っかい棒のような役目をはたして養賢の生誕から死までの物語を支えているとも言えるのだが、いっぽう「私」自身はそうした浅からぬ因縁をテコにして養賢と一体化し、彼に成り代わるようにしてそのありとあらゆる言動を弁護・正当化する、というのが、簡単に言ってしまえばこの作品の中身なのである。

もちろん、「私」が養賢に成り代わることができたのは、在所・宗派をはじめとするさまざまな共通点を持っていたばかりでなく、小僧時代の水上勉が苛酷な修行に対して抱いていた「こんな寺、火つけてやれ」（佐久間良子との対談「わが五番町の悲しき青春」＝『婦人公論』六四年一月、「造反坊主の帰洛」＝『わが華燭』七一年二月刊）という反発や、「私がまかり間違うて十年の差で金閣へ行っておったら、火をつけかねないことでございましたが」（「わが人生と文学」、『図書』七七年一二月）というような慄然とする思いを、「私」自身も共有させられていたからにちがいない。

いずれにしても、水上勉には金閣炎上事件に関して、自身の体験とも濃厚にオーバーラップさせて、建前と実態とに分裂した寺院体制（社会とか環境とかに広げてもいい）こそが放火僧を育てた元凶であり、それに対して彼は寺を焼くことでそうした矛盾を告発したのだという断固たる思いがあったことはまちがいない（「あとがき」＝『水上勉全集2』七七年二月刊、「金閣と水俣」等）。そうした思いを分与されたために、養賢に成り代わっての「私」の弁護・正当化は時として強引過ぎたり、事実をゆがめてしまうこともあったようだ。

そんな例をいくつか挙げてみよう。たとえばここに浜本正之「金閣寺放火の真相――林養賢とはどんな青年だったか――」（『農民文学』五一年一〇月）という文章がある。著者は吃音矯正の第一人者で、「吃音に対する、恐怖、羞恥、短気の心は、人を恨み、世を呪い、自暴自棄となり、人生の花ともいうべき青春時代も無惨に踏にじられ遂には生きる望みさえ失うに至ることは、一人林のみでなく吃音者の等しく歩まねばならない荊棘の道なのであります」との持論を持って吃音学校を主宰しているほどの人物である。

この浜本氏が「吃音の悪魔が、彼をして金閣放火の犯人たらしめた」、「吃音がそうさせたのであってみれば（中略）実に吃音を憎んでその人を憎まずであります」との立場から養賢と面接し、判決前の小田裁判長にも面会して「吃音の及ぼす悪影響並に吃音者の心理等を説き」、「吃音の不便不利の点を強調し、罪のかるからんことを懇願して」養賢擁護に多大の貢献をしたことは意外に知られていない。

まだまだ意識の低かった当時の吃音認識の蒙を啓いたという意味でも、吃音がもたらす被差別意識を重視する「私」の先行者ともいえる存在だが、ここで注目したいのは、そのことではなく、氏との面接のなかで養賢が告白している吃音になった原因のほうである。

浜　何才頃から吃音になりましたか。
林　「口を歪めながら」よよつころからです。
浜　どうしてなつたか原因を知つていますか。
林　「体を左右に動かしながら」ちちつちがどもりだつたので、ぼつくもなりました。

この、道源が吃音であったという事実は、吃音がもたらすさまざまな影響と犯罪とを結び付けて考える観点が当時はほとんど育っていなかったせいもあって、前掲の金閣放火事件記録類にも「金閣放火僧の病誌」にも出てこないが、道源は四二年までは健在であったのだから、多くの関係者を取材した水上勉がこの事実をつかんでいなかったとは考えられない。

にもかかわらず、作中の「私」にはこの事実は伝えられずに（「私の調査では道源夫妻のどちらにも吃音はみられなかった」〈九〉とさえ言っている）、「私」は吃音の原因をもっぱら「環境」、すなわち「しょっちゅう夫婦はののしりあっていたという」「夫婦喧嘩もたえない」「暗い家」〈九〉に求めてゆく。事実を少しばかりゆがめてでも、犯行の原因を環境（寺院体制であり社会のあり方でもある）に求めることで、しゃにむに弁護・正当化し、養賢を一種の悲劇の主人公に祭り上げていくという、「私」の基本姿勢の表れの典型的な例と言ってよい。

同じようなことが、東舞鶴中学三年生頃からの養賢の急激な変容（強情、偏屈）の原因追究の際にも見受けられる〈一八〉。ここでは「私」は「金閣放火僧の病誌」中の「母は村民としばしば悶着をおこし、かつ真偽不明だが素行上に不評があった」という一節をことのほか重視し、「悶着をおこし」「鬱々としてくらす志満子の日常がそうなら、反対に同情をもって接近し、あるいは「真偽不明だが素行上に不評」をになう男が出たかもしれぬ」などといかにも水上文学らしいくせのある味付けをこころみている。そしてその風評を耳にした養賢が志満子への反感をつのらせ、それが養賢の急激な変容の原因であったのではないかと憶測するのだ。

ここでは中学在学中の四四年四月の金閣寺入りに母が同行しなかった事実さえも、「私」は、母への反感の一例としている。しかし、すでに得度式という「親も家も捨てる儀式」〈一七〉を済ませていた養賢にとって伯父一人に連れられての入山はむしろ当然であって、このように変容の原因をことごとく母への反感、つまりは志満子の素行上の問題へと結び付けていく手つきは恣意的というほかはない。ちなみに「金閣放火僧の病誌」では、「素行上」云々の記述は、はるか後年の四七年四月の予科入学後の記述のなかに出てくるのである。

似たような例をもう一つだけ挙げてみる。養賢の学業成績が大学三年次（四九年）に至って急に低下する原因が、「闇物資の行商アルバイト」〈二九〉や、学校をサボって買い食いをしたり、闇タバコを喫い、映画を観たりしていたことに結び付けられるのを「私」は頑なに拒もうとする。そんなことは「当時の学生なら、大半がやったことだ」といい、「遊興三昧でも、学業成績の中程度を守る学生はいたし、学校を休んでアルバイトすることも、成績低落の原因とは思われない」と強弁し、その原因をもっぱら「金閣寺内での、僧侶生活のありようが」養賢に「僧侶となる情熱」を失わせたことに求めてゆく。

寺院が、本来の修行道場でなく、観光収入を得て、サロン化しつつある内情に、養賢は反撥を感じ、そこから脱出しようにもしきれない悩みにつき当り、慈海師の一風変った吝嗇な性格といったものに、疑いを抱き、これからずっと金閣でくらさねばならぬことへの苦悶が芽生えたと見られる。〈二九〉

こうした見方を背後から支えていたのが、「私」自身の修行体験であり遊興体験であったことは言うまでもないが、いずれにしても「私」の養賢に成り代わっての弁護・正当化はこれほどまでに徹底したものだったのである。

以上見てきた三例は、弁護・正当化がともすれば〈事実〉をすら犠牲にしかねない、いわば勇み足の極端な例であったわけだが、それでも二つの出会いに挟まれた中身の部分を全体として見れば、環境こそが犯罪の生みの親であるという基本的立場からの弁護は、それなりに一貫している。

かなりのページ数を割いて繰り広げられる精神鑑定書に対する批判〈三六〉〈三七〉や判決文に対する批判〈三七〉にしても、吃音や肺結核がもたらす影響を切り捨てたことを不満とし、寺院内部の諸矛盾にまで目が届いていないことを批判して「養賢に金閣放火を決意させたものは、金閣寺内の事情をおいて考えられない」〈三七〉と結論づけるなど、良くも悪くも「私」の姿勢は一貫しており、ゆらぐことはない。

「私」が、寺院内部の「旧態依然」性、庶民生活との乖離、政財界との癒着の象徴として重視する「東山工作」〈二六〉――南京政府主席亡命庇護工作への加担――の扱い方も、実際に養賢がそれを建前への裏切りとして受け取ったかどうかは別として、寺内の混乱・腐敗の一環として位置づける手際に不自然さは感じられない。

おれがあいつで

「私」と養賢が出会うところから始まり、ほどなく「私」は舞台の後方に退き、もっぱら黒子役に徹するようになる。そして養賢との浅からぬ縁をテコとしてその全言動を環境起因説（？）の立場から弁護することで短い生涯を辿り終え、墓をもたずねあてて、今は亡き養賢との再会を果たして黒子役から解放された「私」が帰途につく――『金閣炎上』とはひとまずはこんな物語であったと言うことができる。

ノンフィクション仕立ての外貌にさえぎられて、この作品がこうした骨格を持った、きわめて周到な構成意識によって成った物語であることを見抜くのは必ずしも容易ではないかもしれない。しかし、ちょうど輪郭不鮮明な山岳写真の上に、稜線や山頂がクッキリと書き込まれた薄紙を重ねてみるとその全貌が鮮明に見えてくるのと同じような理屈で、『金閣炎上』の上に、似たような構造でありながら明確な輪郭を持った別のある作品を重ねてみることで、その骨格や構造を鮮明化することができるのではないか。その作品とは、すなわち山中恒の『おれがあいつであいつがおれで』(八〇年六月刊)である。

この作品は「転校生」というタイトルで大林宣彦監督によって映画化(八二年)されたことでも広く知られているが、その内容をひとくちで言ってしまえば、二人の男女の小学生の体が入れ替わってしまうという話である。そしてその入れ替わりの舞台となるのが、かつては「身がわり地蔵の森」〈二〉と呼ばれ、いまは建売住宅がひしめく中にポツンと残された「地蔵堂」だった。そこで斉藤一夫が幼馴染の斉藤一美に体当たりすることによって二人の体が入れ替わり、さまざまな悲喜劇をあいだにはさんで、最後はもう一度地蔵堂で、一美に成り代わった一夫が、一夫に成り代わった一美に体当たりすることで元に戻る、という物語なのだ。

おれは、思い出した。六年生になったばかりのとき、おれと、一美のからだが、いれちがったのも、ここだった。むかし、悪者に追われた娘に、いれかわったという、いいつたえのあるお地蔵さまのある地蔵堂のまえだった。〈一二〉

最初と最後に置かれた二つの文字通り衝撃的な出会い。そしてその二つの出会いにはさまれた部分では、互いに相手に成り代わり、最後は再びもとの自分に戻っていくという構成。『金閣炎上』の場合、成り代わり部分の半面を欠き——「私」が養賢に、つまり一方的におれがあいつに成り代わるだけ――、また、成り代わる相手が少年と少女という対照的な存在ではなく、瓜二つといってもいいような近しい存在であったという違いはあるものの、この二つの作品が基本的に構造を同じくする物語であったことに変りはない。

［補注］『金閣炎上』でも〝再会〟を果たした安岡の墓地を「私がつとめていた高野分教場の足もと」〈四三〉と捉えており、同じく分教場近くの杉山峠（出会いの場所）と半ば同一視している。

そんなふうに考えることができるとすれば、『金閣炎上』の最初と最後に仮構された二つの出会いは、おれがあいつに成り代わり、そして再びもとのおれに戻るための儀式のようなものであったと捉えることができる。

〈虚構〉のサイン

ここで少し脱線をしてみると、ノンフィクション仕立ての陰に潜む、虚構を駆使した小説的構成は、そもそも本気で読者の目を逃れようとしていたのかどうか。私には、「私」が至るところで目くばせをしているように思えてならないのだが。

たとえば杉山峠虚構だが、一二月に死去したはずの道源の法事がなぜ八月に営まれなくてはならなかったのか。そこのところを「私」は、「盆行事と併行して、四ヶ月繰りあげた法事が催されたのだろうか。仔細は判明しない」〈二二〉と言葉を濁し、養賢にしても「動員中のはずだった」のに「彼だけが帰郷している」、と奥歯にもののはさまったような言い方をしている。

だいたい、隣家の酒巻広太郎が「記憶はおぼろげで、道源の三回忌法要が営まれたかどうかも定かでない」〈二二〉などということがありうるだろうか。加えて、同行者である滝谷節宗の死〈四二〉。これらを見ても、「私」が読者にサインを送ってきているとしか思われないのだが。もちろん、仮に順当に一二月に三回忌が営まれていたら、雪に閉ざされた杉山峠での出会いはありえなくなってしまうのである。

目くばせの可能性のある例をもう一つ挙げてみる。炎上一〇日前頃の杉山峠での田井・海臨寺和尚と養賢との出会いは、実際は何年も前に大山峠で、というのが真相であることはすでに述べた。しかし、この一〇日前頃の帰郷が〈虚構〉であることは和尚の直話をまつまでもなく、杉山峠虚構の場合と同様に「誰にきいても、養賢を見んかったいうとります。酒巻の人らも知りませなんだしな」〈四二〉といったような個所からも十分に察知できるように書かれていたのではないか。

それらの目くばせを踏まえて、「とすると睦悠和尚は養賢の幻を見たことになる」とか、「私が見たあの姿も幻のように、いまはセロファン一枚かぶせたスナップ写真のように思えた」とか「私」が言う時、二つの「幻」という言葉は〈虚構〉を示唆する決定的なサインとして受け取られなくてはならないのである。

ちなみに杉山峠での出会いの証人ともいうべき滝谷の死は「復員後、まもないうちに」〈四二〉ではなく、実際には七〇年一月であった。憶測をたくましくすれば、この滝谷の死が水上勉の耳に入った時こそが、杉山峠虚構の胚胎した時ではなかったか。

すでに見た、母子の墓を探し当てた際の言い訳がましい物言いにしても、あるいは平からの帰りに杉山峠で出会ったとか、青郷・松尾寺から成生まで二時間しかかからないといったような、あまりにも歴然とした錯誤に満ちた書き込みも、考えようによっては〈虚構〉性を示唆する目くばせの一種と捉えてもいいかもしれないのだ。

ここで成り代わり問題に戻ると、四二章の冒頭ではようやくにして養賢の生涯を辿り終えた「私」が、ある感慨をもって成生・大松山の山頂に佇む姿が描かれる。

もちろん、まだこの時点では母子の墓は見つかっておらず、したがって「私」も黒子役をおりたわけではないし、四三章末尾の墓発見までは依然として、尋ねまわり、記録する任務を果たし続けることに変わりはない。それでも、このあたりから徐々に「私」自身を描写した部分が増えてくるのは、「私」が黒子役から「私」自身に戻るための、すなわちあいつからおれに戻るためのウォーミングアップのようなものであったと考えることができる。

巷に生きる禅者

ところで『おれがあいつであいつがおれで』では、一夫と一美が入れ替わっていたのは八ヵ月ほどの期間に過ぎなかった。むろんこれほどの劇的な体験をしたのだからそれなりの変化・成長はあるにしても、基本的にはもとの自分に戻ってめでたしめでたしというのがこの作品の終わり方である。

これに対して『金閣炎上』がこの作品と決定的に異なるのは、二つの出会いのあいだに三〇年もの歳月が流れていたという点である。ごく表面的な意味だけで言っても、もはやもとの自分に戻れるはずもないほどの長い長い歳月なのだ。二五歳〈二〉の「私」はいまや五四、五歳の初老と言っていい年齢にさしかかっていたのだから。——それでは、変わったのは年齢だけだったのか。人並みの人生経験を積んで、皺の数も増え、白髪交じりの初老男となった自分に戻ったというだけのことだったのか。

もしかりに、この三〇年のあいだに、「私」にそれ以上の決定的な変化がおきていたとしたら、それは何だったのか。そのことについて考えようとする時、最終章の末尾に付け加えられた「帰りに村人にきいてみると、母子の墓には、僧形の墓参者はひとりとてないとのことだった」〈四三〉という一文は、重要なヒントを与えてくれているように思われる。

ただ単に余韻をもたせた終わらせ方だけが目的であれば、むしろその直前の、海を見つめる孤独な志満子の姿を「私」が想い浮かべるところで終わっていてもいっこうにさしつかえはなかったはずである。それなのに、なぜ、先の一文があえて付け加えられなくてはならなかったのか。

もちろん、表面的な意味としては、僧籍を剝奪された養賢に対する仏教界の冷淡な反応→養賢のいっそうの孤立、ということだけでも十分とも言えよう。しかし、では、この「僧形の墓参者」云々という、唐突でもあれば、真意不明でもある一文が付け加えられたことの意味は何だったのか。——この一文のほんとうの役割は、たとえていうなら寄席における紙切り芸のごとく、「僧形の墓参者」

を切り抜くことで、逆に「僧形」ではない、有髪の墓参者――すなわち「私」――の像を浮かび上がらせるところにあったのではないだろうか。

「ちまたに生きている禅者」（「私との対話――不可解な現世の楽しさ」、『中部日本新聞』六一年一一月一二日朝刊）とは、水上勉のしばしば口にする言葉である。『金閣炎上』連載中におこなわれた講演（前掲「わが人生と文学」）のなかで、水上勉はそれをこんなふうに噛み砕いて説明している。

九十九人の人が、おまえは国賊だ、おまえは悪人だとよし指を差しても、ちょっと待てよ、わしだけはいっぺんあいつの声を聞きに行こうというておりていく人が、宗教家だと私は思っております。悪人だと思うても、そのしかばねを抱いて弔いできる人を仏教者だと思います。

ここにさらに、「ぼくは破戒坊主だけど、宗教家までが捨てた人に降りて行きたい」（中上健次との対談「風土と出自の歌」、『日本読書新聞』七九年一月一日）との言葉を重ねてみてもいい。こうした思いを「私」が分け持たされていたことは確実で、その意味からも末尾の一文は、「僧形」の「宗教家までが捨てた人」を弔う「破戒坊主」、つまりは巷に生きる禅者としての「私」の後ろ姿をクローズアップするために不可欠なものだったのである。

かえりみれば、三〇年前の「私」は二つの寺から「逃走して還俗」〈二〉した文字通りの破戒僧であった。親の期待を裏切ったという意味でも、僧籍を抹消されたという意味でも、「私」は養賢の何歩か先を歩く存在だった。むろん、まだ若かった「私」にはそうした過去を相対化する力はなかっただろうし、それは長いあいだ、一種の負い目として、あるいは悔いの残る苦い思い出として「私」の内部にしこりとなって残っていたにちがいない。いわば呪われた過去をひきずるようにして歩く青年、それが三〇年前の「私」だったのである。

そんな「私」が長い長い調査行——養賢に寄り添い、時には成り代わっての二人旅——の果てにこそうした過去に決着をつけ、「僧形」の「宗教家」になりそこねた「破戒坊主」から、有髪ではあってもほんものの仏教者へと変貌する物語——それが『金閣炎上』という作品だったのだ。

そう考えれば、出会い、成り代わり、そして戻るという構成自体が実は「私」の魂の浄化装置の役割を果たしていたのであり、いわば禊の儀式だったのである。かくして末尾に違和的に付け加えられた一文は、巷に生きる禅者としての「私」像を浮かび上がらせるとともに、この作品が養賢よりも、むしろ「私」の変貌と再生のドラマとして読み返されなくてはならないことを私たちに強く迫っていたのである。

第六章　『一休』における水上勉の〈わたくし〉

評伝か小説か

筑摩書房版『水上勉仏教文集』全三巻（一九八二年三〜五月）に、『一休』（『海』七四年四、六、八、一〇、一一月、七五年四月刊）は収められていない。時期的には可能なのだから、分量あるいは版権ゆえのことか。ところでその構成だが、第一巻「名僧評伝」、第二巻「仏教随想」、第三巻「仏教小説」となっており、一休関係では、「一休のこと」（『歴史と旅』七五年三〜一〇月）、「再び一休のこと」（『ちくま』七五年一月）、「一休とその文芸」（『中世の瀬戸内（上）』八一年七月刊）等が、第一巻に収められている。

水上勉が取り組んだもう一人の〝名僧〟といえばもちろん良寛だが、『一休』と好一対とみなされている『良寛』（八四年四月刊）はいまだ上梓されていなかったのだからここに収められていないのは当然で、代わりに、同じく良寛の生涯を辿った『蓑笠の人』（『別冊文藝春秋』七四年六月）が第三巻に収められている。だとしたら、「一休のこと」以下が評伝扱いされ、『蓑笠の人』が小説編に収められたのはなぜなのか。さらにいえば、かりに『一休』と『良寛』がこのシリーズに収録されるとしたら、その配属先はどこになるのだろうか。

もっとも、『蓑笠の人』が小説扱いされた理由なら、実は明白だ。そこでは『越佐草民宝鑑』なる書物が仮構され、そこに登場する水呑弥三郎なる「孤独な百姓の眼から、行乞の僧良寛はどう見えただろうか」（「あとがき」、『水上勉全集13』七七年五月刊）という視点が工夫されていたからである。

これに対して、そうした虚構性を持たない「一休のこと」以下が評伝扱いされるのは当然だし、同じ理由から、かりに『良寛』がここに収められるとしたら、その行く先はやはり評伝編ということになるのだろう。第十章「『蓑笠の人』と『良寛』とのあいだ」で詳述するように、『蓑笠の人』と『良寛』との対照性はとりあえず明確なのである。

それでは『一休』はどうか。一見、『良寛』と好一対をなし、評伝扱いしてよいかに思われるこの作品は、厳密に言えば実は『蓑笠の人』の仲間なのである。そう分類していい決め手は、もちろん、作中で頻用される、元禄期の原著を大正期に「風狂子こと磯上清太夫」なる人物が読み下したとされる『一休和尚行実譜』という偽書の仮構である。

偽書の記述を介在させることによって空想の羽を広げていくこうした手法の効用について、水上勉は前掲の「あとがき」で、架空の資料、架空の人物、架空の行実を駆使することで、「やせた「事実」より、ゆたかな真実が出せ」るのではないかと述べ、そうした手法が『一休』において完成されたという意味のことを言っている。

『蓑笠の人』と『一休』とは時期的に重なっており、この時期の水上勉の関心のかたちと立場は鮮明である。しかも水上勉は、直接『一休』を指してではないが、そうした手法によるものにみずから「歴史小説」なる呼称を与えてもいるのである。

つまり一休に関していえば、評伝『良寛』に相当するものは書かれていないわけで、その意味でも『一休』に安易に〝伝記〟だとか〝評伝〟だとかいった言葉を冠することは慎まなくてはならない。それよりもまず私たちは、『一休』において偽書が活用されることによって、言い換えれば小説であることによって、どのような「ゆたかな真実」が表現可能となったのかを確かめてみる必要がある。

公的モチーフと私的モチーフ

水上勉の一休への関心は修行僧時代に根ざすとのことだが、後年の整理に従えば、権力追随の教団仏教に背を向けひたすら庶民と向かい合ったその姿勢と、性の問題から眼をそむけず心の命ずるままに女性たちを愛し、晩年には森侍者なる盲女と添い遂げた僧侶としては破格の生き方とが、傾倒の大きな理由となったようだ。

この二つはもちろん密接に絡まってもいるわけだが、とりわけ後者の、僧侶における性の問題、建前と本音をめぐる問題は、『雁の寺』(『別冊文藝春秋』六一年三月～六二年三月、六四年四月刊)以来の大きな主題だったし(「あとがき」、『水上勉全集12』七六年一一月刊)、『一休』執筆の直接的なキッカケとなったのも、大徳寺真珠庵にある一休の一三回忌と三三回忌の寄付者名簿中に森女の名を見出し、その実在と両者の密なる関係を確信するに至ったからだという(「大徳寺」、『京都古寺逍遥』八〇年七月刊)。

いずれにしても、この二つを大きなテーマとして、「時代と生涯のかかわり」(『一休』一)に焦点を絞り、「非才の私が渉猟し得るだけの書物を基として、清太夫本によって加筆をこころみ、あわせて浅学の、一休を憶う心を披露」(同前)しようとしたのが『一休』という作品だったというのである。ところで、以上を『一休』のいわば表の顔だとすれば、この作品にはそれとは別の、もう一つの側面もあることを見落としてはなるまい。

先の二つのテーマが、『一休』執筆のいわば公的モチーフ、公的テーマだとすれば、その陰から湧き出て次第に全編に広がっていくもう一つの流れ、すなわち水上勉ならではの私的モチーフとでもいうべきものの流れが隠然として存在することにも目を向けなくてはならない。

私的モチーフの展開

父に見捨てられた母と子の嘆き、父への愛憎半ばした思い、ひいては女性の立場を顧みない男性の一方的な態度への恨みつらみ――『一休』中に繰り返し現れるモチーフがこれである。

その場合の「父」とは、一休を身ごもった母を「後宮の嫉妬をとりあげ、つれなく放逐した」〈九〉後小松帝だが、のちには一休自身が、子を生ませたり交わったりした女たちを見捨てたのではないか、という因縁めいた輪のなかに身を置くことになる。もちろん、その背後にあるのは、第一章「『五番町夕霧楼』の復権」等で指摘した、家庭を顧みることのなかった父への水上勉の屈折した思いであり、さらには水上自身の複雑な女性遍歴の影なのである。私情に色濃く縁取られた私的モチーフの展開、と言っていい理由がここにある。

先に述べたように、この作品を小説とみなすべき最大の決め手は『一休和尚行実譜』なる偽書からの頻繁な引用なのだけれども、これに勝るとも劣らぬ効果をあげているのが、作者の分身である「私」が幼少期に村芝居で観たという一休劇からの援用である。村芝居の脚本が保存されていたとは考えにくいから、いずれこれも仮構のものなのだろうけれども（ただし実際の観劇体験に基づいていた可能性は大きい）、科白のやりとりと視覚的イメージを中心とした村芝居と、漢文読み下し体の『一休和尚行実譜』と、——性格を異にする二つの仮構資料の自在な活用が、小説としてのこの作品に精彩を与えているのである。

この二つの仮構資料は、先述した『一休』の表の顔、公的モチーフの肉付けにも貢献しているが、それ以上に、私的モチーフの展開部分への寄与がことのほか目に付く。いくつか例を挙げれば、九章では、成長した一休が母亡きあと、後小松帝と対面する場面が村芝居の一場の想起のかたちで描かれ、

> 父なる人の面影は、一休にとっては、いつも瞼の奥にあって、ある時は冷たく、ある時はなつかしく、ある時は恐ろしく、ある時は憎々しく思われながらともにあった。

とのコメントがそこにかぶせられる。八章では、同じく村芝居から、雪に閉じ込められた山のふもとの小舎に「赤子を抱いた女」を一休が置き去りにする情景がイメージされる。

そこに、「帝のお子に生れながら、父のお顔もみずに大きくなられたあのお方が、乳母さま、いままた、ご自分と同じような、父の顔しらぬお子をうみなされてござりまする。何という宿世の縁でござりましょう」という賤が女の嗚咽がひびきわたり、

子をうませられた女が、飢餓の冬をどう耐えて生きたか。子をうまなくても一休と交わった女たちの、必死な生を思うにつけ、感慨はふかまるばかりである。

との「私」のコメントが付け加えられる、といった具合だ。

『一休和尚行実譜』から引用される、一休の母の臨終の際の言葉――「はは›はいま、御身六つのとき安国寺におくり申したる日を思ひうかべ、御身に山うみのくるしみをかさねしめ」〈九〉云々も、水上勉の読者には馴染み深い私的モチーフの展開といってよいだろう。

正伝とみなされている弟子墨斎による『東海一休和尚年譜』のすきまに、仮構資料からの引用をふんだんに流し込んで私的モチーフを追求するというやり方だが、正伝の空白部分を充填した代表的個所としては、やはり堺在住期と薪村酬恩庵時代との二つを挙げないわけにはいかない。そこでは先に見たいくつかの例とは逆に、仮構資料の活用↓私的モチーフの展開が、父や男性を非難・糾弾する方向にではなく、むしろ救済する方向にはたらくことになるのである。

一休救済へ

堺時代の一休について、墨斎年譜の簡略に乗じて「私」は『一休和尚行実譜』中に「のち住吉より紹偵どの（一休の実子とされている——藤井注）をよばれて同宿したまふ」〈二〇〉という一節をすべりこませている。そのうえで、「ともに住むとしても、幼児の世話を父親の一休がひとりでなしたとは考えられない。誰がいたか。考えられるのは子の母である。すなわち、一休が三十五歳で子を生ませた女性を、南宗寺へよびよせていたのではないか」という推測と、「一休は、洪水や飢饉の都におれなくなって、この新興都市に身をひそめたものの、母子のことが心配になった」〈二一〉との理由づけを試みる。

そしてそれらを踏まえて「私は、この一休の堺での生活に、幼い紹偵とその母がいてこそ、一休の庶民禅だと、むしろ生彩を感じる」と記される時、一休は身勝手な男ども（たとえば後小松帝であり、水上勉の父であり、さらには水上勉自身でもある）を代表するかたちで八章の賤が女に非難されたような側面を拭い清められ、聖なる存在へと再生させられていたのだ。

公的モチーフと私的モチーフとが合体する酬恩庵での森女との共棲編は、「その相手の森侍者について、私なりの見解を吐露してみたかったのが、この作品をつくる動機といえぬこともなかった」（「あとがき」、『水上勉全集18』七七年四月刊）という自解の言葉からもわかるように、小説『一休』の白眉ともいうべき部分である。そしてそこでは堺時代と同じように、一休浄化の方向で『一休和尚行実譜』からの引用が重ねられることになる。

すなわち、かつては「弱い立場の女心の深部まで降りてこれをおもんばかる文章は書かなかった」・「女ごころの微妙はあくまで無明であって、それをかかえる配慮に欠けていた」〈一〉とも批判されていた一休が、ここでは「森女の心懐に入ってこころやさしい」〈二三〉『一休和尚行実譜』の助けを借りることで、森女の胸中深く分け入り、「森女を生涯はなすまいと決意した」とされるのである。

森女は庵を出れば路頭に迷う。鼓うちうち旅寝をつづけ、ゆきずりの男の弄び者となり、妊めば野宿の川に水子を流して世をわたる地虫の生である。つき放せば、森女のいのちは短かろう。一休ははなさなかった。〈二五〉

このように、墨斎年譜の空白部分を仮構資料で埋めてそこに私的モチーフを流し込むという方法は、非難と救済という正反対の二つの機能をになわされていたわけで、それこそが小説『一休』にメリハリのきいたドラマティックな展開を可能ならしめたものであったかもしれない。

『雁の寺』から『一休』へ

清太夫本と村芝居という二つの仮構資料の頻用や私的モチーフへの引き寄せ方を見ても、この作品が評伝というよりは小説に限りなく近いものであったことは明らかだが、ここでもう一つ付け加えておかなくてはならないのは、『雁の寺』第四部『雁の死』(『別冊文藝春秋』六二年三月)との類縁性という問題である。

和尚殺しの罪の発覚を恐れる慈念（捨吉）はこの第四部では、自分のほんとうの母親は誰なのか、との問いをもって宮大工である父の角蔵を近江・比良の普請場に訪ね、そこで角蔵と盲女お菊（慈念の生みの母である可能性もある）との愛の暮しを目撃することになるのだが、その二人の暮しぶりが、のちに『一休』に描かれることになる一休と森女のそれを彷彿とさせるのである。

第二章「『雁の寺』から『雁の寺　全』へ」でも述べたことだが、角蔵とお菊が再会して同棲関係に入り、水入らずの新生活を営むくだりに、いくつかの特徴的な設定が見られることに注意したい。まず当たり前のことだが、お菊が瞽女であり、一度関係を持った以外にも何度か角蔵と会ったことがあったのが、この春の再会の折に「向うから媚びてきた」（『雁の寺　全』四の二）こと。そしてその時はお菊を普請場に住まわせて洗濯や飯炊きを教えた角蔵は、今度の比良の仕事場にもお菊を同道し、鶏飼いの伊助の家の離れ（小舎）を借りたということ。しかも角蔵が六〇歳、お菊が四〇過ぎという高齢であるにもかかわらずやがてお菊が受胎している点。そして角蔵自身の気持は、お菊を仏とも思い、自分が見捨てればお菊はふたたび路頭に迷うであろうから絶対に別れるわけにはいかないと考えている等々。

煩をいとわず抜き出してみたのは、これが一休・森女の場合と多くの点で重なっているからである。まず、第一に、一休と森女も再会を機に同棲を始めており、しかも森女のほうから慕い寄ってきたふうである。年齢はやや離れるが、一休七八歳、森女は三〇歳前後と推測され、もちろんお菊と同じ盲目の遊芸人であった。また二人が住み暮した場所は、山城国薪村の酬恩庵なる小庵。一休の『狂雲集』によって知られる二人の交渉はごくわずかなのだけれども、水上勉は奔放な想像力を駆使して磯上清太夫著『一休和尚行実譜』なる偽書を仮構し、『狂雲集』の行間を自在に埋め、かつ肉付けしてみせるのである。

しばらくそれらにつきあってみれば、たとえば森女は「美貌で、肉づきもよく、その顔だちは艶である。品がよくて女っぽい感じである」（『一休』二〇）とあり、「中背で肉づきのいい軀」・「瓜実顔の、ぽっちゃりとした色白の顔」ともある。水上の「私だけの母」（『母一夜』、『新潮』八一年一月）の像と重ね合わされた妖艶とも豊満ともいうべき『雁の寺』のお菊の描写を連想させずにはおかないのだが、「ひかえめな態度で禅庵の庫裏にひっそり」（『一休』二五）と住まいながら時には日向に出て和尚の縫い物をしたりするところなどは、まさにお菊の縫物姿そのままである。角蔵とお菊が六〇歳と四〇過ぎという高齢であるにもかかわらず受胎していたことについては先に触れたが、森女の場合も受胎（結果は流産）したことになっているのは重要な一致点というべきだろう。

角蔵がお菊を仏とも思っていることも先に触れたが、一休のほうも「そなたこそ仏に思はるるなり」・「そなたこそわが仏なり」と繰り返し述べたことになっており、「森女は庵を出れば路頭に迷う。（中略）つき放せば、森女のいのちは短かろう」〈二五〉との思いから、森女を生涯離すまいと決意したとされる。

森女が丹後国与謝郡伊根の出身とされるのもいかにも作者好みだが、「全盲女への哀れと、慈しみと、それに消えやらぬ性欲がまじりあい、複雑な歓迎となって手をさしのべる一休」〈二二〉というくだりなどは、一休を角蔵とおきかえてもそのまま意味が通るように思う。さらに言えば、「一休は己が行状を世人から軽賤されることを覚悟している。覚悟はつまり、自己救済である。人に軽蔑されることで、前世の罪業が消滅する」〈二三〉云々という一節からは、古くからの友人である同郷の大工や慈念からの非難・攻撃を耐え忍ぶ角蔵の内面すらうかがえるほどである。「お菊とは別れられん。お菊はきれいな心の女子や。仏のような女子や。（中略）わしが放したらまた乞食して歩かんならん。……お菊を捨てるわけにはいかん」（『雁の死』六）という科白などは、そのまま一休のそれとしてもいいくらいだ。

ただ、時期的には『雁の死』のほうが一〇年以上も前に書かれており、細部までもの酷似ということから確実に指摘できるのは、角蔵とお菊の場合を下敷きとして一休と森女の場合が描かれたであろうということまでだが、設定の特異性（盲女、庵での暮し、年齢差等々）にこだわれば、『雁の死』の角蔵とお菊の暮し自体が一休伝の知識にヒントを得ていた可能性も十分にある。

いずれにしても、重要なのは、第二章「『雁の寺』から『雁の寺　全』へ」でも指摘したように、水上勉の父に対する感情の推移（憎悪から許しへ）、瞽女が村の男たちに弄ばれ孕まされたという若狭の村に伝わるおりん伝説、さらには水上勉自身盲女の子ではないかと悩まされた捨て子妄想、出家時の母のイメージに基づく「私だけの母」がお菊の上に重ねられるなど、角蔵・お菊の新生活部分には水上勉の〈わたくし〉がふんだんに流れ込んでいたということだ。

そうであれば、その〈わたくし〉は、一休と森女のまわりにも少なからず浸透していたということになる。一休と森女の背後に角蔵・お菊の暮しを透かしみることで、『一休』という作品が先に見た私的モチーフ以外に、水上勉の〈わたくし〉の方向にも強く引っ張られていることが確認されるのである。

評伝の可能性

柳田聖山は『一休』について、『水上勉全集18』（七七年四月刊）の月報（「葉落ちて根に帰る」）で、「どこまでも水上さんの眼にうつった実像が追求され」、「御自身の眼にうつる幻想と四つにくみ」と捉えながらも、最終的には「虚像のほかに実像はなかった」と結論づけているが、はたしてほんとうに「実像」はありえないのかどうか。かりに評伝『一休』のようなものが模索されるとしたら、そこでは作者の〈わたくし〉はどのような関わりを持つことになるのだろうか。

そのことについて考えようとする時、手がかりとしたいのは、『一休』擱筆後の水上勉によって書かれた二つのエピソードである。その一つは、一休八二歳の折に一休らしからぬ墓をみずから建て、その際森女が小袖を売って一〇貫文を用立てたという新資料が出てきた話だ。これを水上は、森女のことを思うがゆえの墓作り、と推理する。

一休は盲目の森女のために自分をのこすつもりで建てたのではないかと。盲女は生れてから何も見たことがない。一休和尚に親切にしてもらって約十年くらしたとしても、和尚の実体は見ていない。七十七歳の和尚は、しだいに老けこんでゆき、八十八歳で臨終をむかえるのだが、盲女には生きの身はみえぬ。盲人にとって和尚の死は姿の消滅ではない。姿はとっくになかったのだ。だから、一休は、盲女が手をふれればわかる「現身《うつしみ》」をそこに置いておきたがったのではないか。（「一休寺」、『京都古寺逍遥』）

水上勉の〈わたくし〉に引きずられて力まかせに一休と森女の特異な（？）暮しぶりを仮構した小説『一休』にひきかえ、ここでは〈わたくし〉と資料との稀有な調和が実現しているのではないだろうか。

もう一つは、「由縁の地」を歩くことで「歴史をつれもどすこと」を試みた『一休を歩く』（八八年二月刊）の最後に置かれた、酬恩庵と地続きの台地から京のあかりが見えることに気づかされたというエピソード。

ああ、と声が出そうになったのはこの時だ。
一休宗純は、薪村の酬恩庵の中腹から、日がな北の空を眺めやって、父さまを、母さまを偲んで、晩年をすごしていたのではないか。ふとそんな気がしたのだ。（中略）乳いろにもやう夜あかりの中に、一休が臨終の瞼にやどしていた風景は、父の御所と、いつ死んだかわからぬ母の庵の空だったかと思うと眼頭がぬれた。

〈わたくし〉の暴走・跳梁という感もあった小説『一休』だが、それとは対照的に、ここでは〈わたくし〉は庵からの眺めという突っかい棒の力を借りて、見事なうたを響かせており、そこに評伝『一休』への展望がかすかに見てとれないこともなかった。しかし、現実には、良寛ならぬ一休を対象とするからには〈わたくし〉へのブレーキもここまでが限界だろう。水上勉にしてみれば、とても他人事とは思えぬ一休的テーマを前にしては、〈わたくし〉が頭をもたげてくるのはいかんともしがたいことだった。かくして評伝『一休』への道は今度こそ永久に閉ざされることになったのである。

II

第七章　公害問題と水上勉
――文明vs.反文明の構図

腐り始めた地球

高度経済成長に負の部分があるとしたら、その最たるものはそれがもたらしたさまざまな公害だろう。その、公害との対決姿勢がわが国において確立されるのは、大ざっぱに見て一九七一年前後のことと考えられる。

この年七月の『週刊読売』の一一ページにもわたる特集「地球は今腐り始めている――大気・水・土壌・作物・海にみる危険度――」（七一年七月一六日）はその表れの代表的なものの一つであり、折しもこの七月に環境庁が発足したのも、節目としての七一年を証し立てている。ちなみに同特集の前書きは、このようになっている。

悪名高い公害病「イタイイタイ病」に対して、六月三十日、原告勝訴の判決があった。そして、翌七月一日には、環境庁が静かに発足した。だが、陸海空にわたる恐るべき汚染は、なにも日本に限ったことではない。

「〝環境の危機《エンバイロンメンタル・クライシス》〟によって、今後、人類が生き残る可能性は、二％から、よくいって三％であろう」（アメリカのこん虫学者Ｊ・エーリック）

まさに、地球はいま腐り始めている——。

そうとうに悲観的な展望だが、それでもおそらくこれが当時の平均的な未来像であったのだろう。現在ではこうした状況に慣れっこになってしまっていて、その分、七一年時点での切実な展望がいささか悲観的過ぎるように受け取れてしまうのかもしれない。

一一ページにも及ぶ本文も、この前書きと釣り合う深刻さで貫かれている。といって全部を紹介するわけにもいかないので、試みに小見出しだけを列挙してみると、このようになる。

「大気汚染でこん虫がバタバタ」、「呼吸するたびにヒューヒュー」、「排気ガスで自然林は枯死中」、「魚食った海鳥がもがき苦しむ」、「沖合いで白昼堂々タレ流し」、「狭い国土に農薬をまきすぎる」、「ハツカネズミと人間の違い」、「南極のペンギンも鉛で汚染」、「海底まで石油でよごれた」、といった具合だ。ほとんどは小見出しだけで意味が通ると思うが、「呼吸するたびにヒューヒュー」というのは大気汚染による気管支喘息、「魚食った海鳥がもがき苦しむ」は水中のＰＣＢ汚染が犯人、「沖合いで白昼堂々タレ流し」は大型船からの廃油の垂れ流しのこと、「ハツカネズミと人間の違い」は、カドミウムの吸収率が人間はねずみの二倍以上高く危険、という意味である。

各ページには識者によるコラムも掲載され、どれも前書き並みの悲観さだが、たとえば科学評論家の根本順吉はこのように述べている。

外国からはいってくる本を見ると、このところ〝危機《クライシス》〟とか〝生き残るため《フォー・サーバイバル》〟といった標題が非常に多くなってきており、多くの学者・評論家などが「〝地球汚染《ジオポリューション》〟で七〇年代に破壊的な破滅が起きる」とも言っています。

それなのに、世界一と言われる公害汚染国ニッポンは、どうものんきにかまえ過ぎているようですよ。水俣病、イタイイタイ病は、もう私たちの足もとにまで迫ってきているかもしれないんですから……。

米国の生物学者レイチェル・カーソンが環境問題の古典的名著『沈黙の春』（六四年に邦訳刊行）のなかで、ＤＤＴや農薬などが動植物に与える悪影響を説いたのは六二年のことであり、以後米国では有毒物質への規制が相次いでおり、根本順吉が指摘する「このところ」云々もそうした一連の流れを指していたと思われるが、こうした米国の動きと比べると日本のそれはあまりにも遅々としたものであった。それがようやく七一年の環境庁の発足を契機として、おもむろに規制が始まろうとしていた、というわけである。

公害対策の遅れ

日本における公害規制は、大ざっぱに言えば、発生から一五年ほどしてようやく緒についた、ということができる。拙著の『望郷歌謡曲考——高度成長の谷間で』（九七年三月刊）は望郷歌史の形を借りて、上京志向と帰郷志向、都会への憧れとふるさとへの郷愁とが交錯するさまを辿ったものだが、その第七章「サヨナラ東京」の章では、環境の汚染や破壊で都会が住みにくくなるにつれて、帰郷・望郷志向が顕在化してくる経緯について述べている。

いまその動きを簡単にまとめてみると、東京における公害の嚆矢は、隅田川や多摩川の汚染・汚臭であり、「「川」はよごれっぱなし」、「悩ます有毒ガス」といったような見出しが新聞紙面に見られるようになるのは五五年以降のことだった。伝統の早慶レガッタが隅田川から撤退したのは、奇しくも東京の人口が一千万人を超えた六二年のことであり、その理由の一つが、川から立ちのぼる臭気が目にしみるほどになったからだという。

大気の汚染（スモッグ）が目立つようになるのもやはり五五年以降のことであり、その原因は「石炭の不良と車増加」にあるとされた。スモッグがより大きな社会問題としてクローズアップされるようになるのは河川の汚染問題よりは少し遅れて、六〇年代に入る頃からであった。いずれにしても、それらがもたらす環境の破壊や汚染が都会への幻滅度を高め、ふるさとに目を向けさせたというわけだが、それでもそうした公害問題への対決姿勢がハッキリと打ち出されるのは、やはり七一年の環境庁の発足まで待たねばならなかった。先に、一五年ほど遅れをとったと述べたのは、環境汚染が表面化した五五年前後からこの時期までの一五年間を指している。

その「遅れ」を端的に象徴するものの一つに、年鑑類における環境問題への取り組みの遅れがある。たとえば『朝日年鑑』だが、公害問題が目次上の「国土」の欄に「公害問題」として独立して扱われるようになるのは六〇年代後半に入ってからであり、それ以前の、たとえば一九六三年版では目次には「国土」とあるのみであり、その部分の本文を繰っていくと「水資源の開発」などと並んで「国土保全と公害防止」という項が申し訳程度にあるばかりであり、内容的にも、水質汚濁、地盤沈下、大気汚染の三つが挙げられているに過ぎない。またこれとは別に、目次中の「社会」のなかの「厚生」の項を繰ると、「公害」という二〇行ほどの記述があるが、そこでも大気汚染、騒音、水質汚濁、スモッグ、石油コンビナートからの悪臭、ばい煙、工場廃水、放射能などについて各一、二行ほどで言及されているに過ぎない。

これが六〇年代後半に入ると、前述のように目次上でも公害が独立して扱われるようになっていく。たとえば一九六八年版では、目次中の「公害問題」という欄が本文中では「公害行政」、「水汚染と鉱毒」、「ふえる生活妨害」、「地盤沈下」の四項に分けられ、それぞれの小見出しは、「産業公害に重点」、「公害対策基本法」、「公害条例」、「公害防止事業団」、「ばいじん減り有毒ガスふえる」、「対策」、「四日市問題」、「重油脱硫」、「直接脱硫」(以上「公害行政」)、「水汚染」、「水質保全法」、「海水油濁防止条約を批准」、「阿賀野川問題」、「足尾鉱毒問題」、「イタイイタイ病」(以上「水汚染と鉱毒」)、「騒音」、「生活妨害」、「最高裁、騒音で新判例」(以上「ふえる生活妨害」)、「地盤沈下」、「地盤沈下審議会が意見書」（以上「地盤沈下」）、といった具合にようやく取り上げ方が本格化してくる。ちなみに小見出しには載っていない水俣病はここでは「水汚染」の小見出しのもとに一五行ほどを費やして比較的詳述されている。

また一九六八年版では、これらとは別に、「国会―新法律解説」の項で「公害対策基本法」について、「裁判―訴訟・司法行政一般」の項で四日市の公害訴訟や阿賀野川の水銀中毒訴訟について、「厚生―衛生」の項でやはり阿賀野川水銀中毒事件について、それぞれ言及されている。ただ、繰り返して言えば、六八年にもなってようやく、との感はぬぐいきれない。

さて、これが「節目としての七一年」になると、どうか。一九七一年版の『朝日年鑑』では「公害問題」は目次上でも「国土」の下に、ではなく、「国土」と並んで、大きく取り扱われている。その「公害問題」という大見出しのもとに、「日本の公害の特質と背景」、「戦後の主な公害史」、「公害の現状」、「公害と自然保護」、「公害反対運動」、「政府の公害対策」、「公害と企業」、「公害と科学技術」、「公害防止産業の動き」、「世界の公害」、「公害問題関係資料・年表」といった小見出しが目次上に並ぶ、といった壮観さだ。

何しろ、八ポ・タテ三段組みで二八ページにも及ぶ分量なので、大変な充実ぶりである。内容は小見出しからも見当がつくと思うが、少しだけ紹介すると、「戦後の主な公害史」の項では、四大公害事件として、水俣病、第二水俣病（阿賀野川有機水銀中毒事件）、イタイイタイ病、四日市ぜんそくの四つを挙げ、相当の行数を費やして詳述している。また「公害の現状」の項では、金属粉塵、ＢＨＣ

農薬、アスベスト、鉛汚染、シアンなどによる海水汚染、水銀汚染、ヘドロ、カドミウム汚染、枯葉剤・除草剤などによる農薬公害、光化学スモッグ、残留農薬などに言及し、さながら公害のオンパレードの感がある。奇しくも同年の前掲特集記事「地球は今腐り始めている――大気・水・土壌・作物・海にみる危険度――」ともぴたりと符合する内容であり、「世界一と言われる公害汚染国ニッポン」(根本順吉)という称号もうべなるかな、と思わせる内容だ。

水上勉と水俣病

目先の利益に振り回されてこうした問題に迅速に取り組むことが容易でないのはどの国の場合でも同じだろうが、それにしても、のちの時代から振り返ると、五五年前後から七〇年前後までの一五年間という立ち遅れはあまりにも大きい。そうしたお粗末な状況をわきに置いてみると、水上勉が社会派ミステリー作家としての出発期にいちはやく公害告発におもむいた社会派的情熱は特筆に値しよう。

言うまでもなく、水俣病に取材した『海の牙』(六〇年四月刊)のことを指しているのだが、当初この作品の前半部は、『不知火海沿岸』というタイトルで『別冊文藝春秋』(五九年一二月)に掲載された。のちに水上勉はこの作品に着手した経緯について、このように述べている。

私はしばらく川岸(公害の取材で訪れた阿賀野川の――藤井注)に佇んでいたが、九年前に、九州の水俣市を訪れた日のことを思いうかべた。あの日も秋のはじめだった。日付はすっかりわすれたが、九州も、海は晴れていて、水俣から湯の子温泉の山の景色は美しかった。水俣へ着いた前日に、NHKのテレビをみていて、偶然「水俣病」の患者さんの実情報告をきいた。こんなことが世の中に本当にあるのだろうかという気がしてたしかめてみたくなり、その夜すぐ汽車にのって、九州へ走ったのだった。あの時も一人旅だった。そういえば今日も一人旅だ。
水俣について、私は、湯の子の三笠屋だったかに十日泊って、ひとりで水俣の工場や、患者さんの出た部落や、熊本大学やを廻って、素人ながら、水俣湾の実態に、いくらかふれて帰ってきた。あの旅で、何といっても忘れられなかったのは、百間湾に流出していた廃液のいやな色である。チッソの水俣工場は、当時新日本窒素といったが、湾のまん中に海へせり出すように工場が出ていて、左右両方に入江をひかえたような恰好だった。（中略）
その頃は、患者さんがふえる一方なのに、工場は何らの手を打たず、無機水銀は流しているが、有機水銀は流していないとか、原因は風土病的なものだとか、あるいは、湾の外に沈んでいる戦争時代の爆薬が原因しているとか私にいった。素人の私の眼にさえ、工場側の反論はおかしくみえた。（中略）
私は東京に帰ってきて、（中略）日夜調査しておられる助手さんたちの頬骨の出た姿を思いだすにつれて、誰にとも投げつけようのないはげしい憤りをおぼえた。手足が動かなくなって、カマキリのように痩せてうめき苦しんでいた患者さんの顔に手をあわしながら「不知火海沿岸」という小説をかいた。のちに書き足して『海の牙』とし、水俣病の真因は、工場にあると、小説の上で断定し、ついでに前代未聞の奇病と当時はいった患者さんたちの苦しんでおられる姿を伝えておくことにした。（「阿賀野川の岸から　1」、『婦人公論』六八年一二月。『金閣と水俣』七四年一一月刊）

想起されているのは五九年のことだが、作中では水俣市は「水潟市」となっている。まだ公式には原因について最終結論は出ていなかったので架空の町とするためと、新潟にも似たような化学工場があり、そちらにも同種の悲劇が起きるのではないかと予想したため、と水上は述べている。また別の文章（「金閣と水俣」、『世界』七四年四月。前掲書所収）で水上は、翌年（六〇年）秋にこの話を地方で講演したところ、聴衆の反応はきわめて冷淡であったとも述べている。「水俣について、人びとが関心を示すのはそれから十四年待たねばならなかった」。

一四年というのは少々オーバーだとしても、先に見たように、年鑑類にこれらについての言及が登場してくるのは六〇年代後半からだから、五年以上はそれらに先んじて水上による告発は世に出ていたことになる。もっとも、「阿賀野川の岸から　1」にも「NHKのテレビをみていて、偶然「水俣病」の患者さんの実情報告をきいた」とあったように、この事実がまったく報道されていなかったというわけではなかった。「NHKのテレビ」というのは「日本の素顔」というドキュメンタリー番組のことで（「奇病のかげに」、五九年一一月二九日放送）、その程度には社会問題視されていたのである。

ちなみに、石牟礼道子の水俣ルポルタージュ『苦海浄土――わが水俣病』の刊行は六九年、その一部が初めて発表されたのは六〇年一月（同書「あとがき」）であった。

『不知火海沿岸』とほぼ同時期に出た『週刊朝日』（五九年一二月二〇日）掲載の記事「「水保病の恐怖」その後」によれば、五三年以来患者数は七八人、犠牲者は三二人にものぼったという。また「水俣病のため漁場を失った不知火海沿岸漁民約千五百人は、十一月二日、漁業被害補償を要求して新日本窒素水俣工場に押しかけ」たともある。原因については、すでに五六年一一月の時点で、調査にあたっていた熊本大学から魚貝中の有毒物質が原因であるとの見解が出ていたものの、それ以上にはなかなか進まず、ようやく五九年夏になって有機水銀説が最有力とみなされるようになった。ただ、その場合も、工場廃水中の無機水銀がなぜ魚貝類のなかで有機水銀に変化するのかは、未解決だった。そうしたなかでのＮＨＫの特集であり、水上勉の九州入りだったのである。

『不知火海沿岸』から『海の牙』へ

前述のように、『不知火海沿岸』では水俣は水潟、新日本窒素は東洋化成、熊本大学は南九州大学、などとなっているが、奇病の被害や工場への抗議行動・賠償要求などは事実を踏まえて書かれている。五六年の四月に発病した九歳の女児が死に至ったり、漁民らが東洋化成に対して抗議行動をおこしたり、といったように。そしてそれらの社会的事件を〈地〉として、そのうえを、主人公で町医者の木田、東京から奇病の調査にやってきた結城（失踪し、のちに死体で発見される）、夫を心配してやってきた結城郁子、木田とともに結城の捜索に奔走する勢良警部補、結城とは別の旅館に泊まっていて犯人と疑われる工学博士の浦野と助手の錦織らが動き回るという趣向だ。

『不知火海沿岸』は特に未完と断りがあるわけではないが、そのラストは、漁民三千人による暴動と「その後、保健医結城宗市殺人犯人逮捕と、浦野幸彦、錦織季夫両名の捕捉されたという話はまだ聞かない」という一文とで締めくくられており、未完であることは歴然としている。水上自身は前掲の回想文で「書き足して」という言い方をしているが、『海の牙』は実際は四倍近くに増補されており、そこからも水上の水俣病告発にかけた情熱をうかがうことができる。言うまでもなく、増補されたのは、まずは水俣病の悲惨な実態や社会問題化した様子であり、次いではミステリーとしての起承転結であった。

『不知火海沿岸』では冒頭で簡単に触れられているに過ぎない五六年の患者第一号の少女の死は、『海の牙』では「序章　猫踊り」として五ページ（単行本で）を費やして丹念に描写・再現されている。また『不知火海沿岸』では、結城の死体発見後、突如として、東洋化成に対する漁民たちの蜂起の様子を記した部分が付け加えられて小説が終わっているが、『海の牙』では「第一三章　怒りの街」として八ページにもわたって、会社側の団交拒否に対する怒りの暴動の様子が詳述されている。そして「終章　死んだ海」では、時点を六〇年二月にまで移動させて、原因未確定ながらも東洋化成側が「漁業保障《ママ》」金として一億円を出す旨が記されるに至る。

これに対して、ミステリーとしての起承転結のほうは『海の牙』においてはどのように一件落着させられていただろうか。ミステリーとしての『海の牙』の骨格は最終的には、東洋化成打倒を狙うライバル会社の策謀と、その手先となった二人の男が一人の女を争った三角関係とに集約される。二人の男というのは、事情を知らされずに手先となっていた結城と結城を殺害した浦野（本名・阿久津）であり、その阿久津が結城の妻の郁子に邪心を持ったことで三角関係へと発展していたのだ。結局阿久津は山奥のふるさとで毒をあおいで自殺し、ライバル会社の策謀は失敗に終わり、付きまとわれていた男（阿久津）からは解放されたものの夫を失ってしまった郁子は、失意のうちに帰京する、という結末である。

辺境の村へ

ミステリーとしての完結におおよそ七割、水俣病告発に残りの三割というのが、「四倍近くに増補」の内訳だが、この作品で（も？）特徴的なのは、公害にまみれた水潟市と対比されるかっこうで、山奥の阿久津のふるさとがクローズアップされているという点である。

逃亡を続ける阿久津は、水潟市から、九州の背骨とも言うべき九州山地の奥深くの郷里＝湯山をめざす。中間地点の人吉まで三、四〇キロ、湯山はそこからさらに二〇キロ以上奥にある。大変な山奥なのである。そのみちを、阿久津を追って、木田医師や勢良警部補ら四人がオートバイで入り込んでいく。

このような夜の深山を、オートバイで入りこむのは四人ともはじめての経験だった。風はなく、夜の気、山の幽気のしのんでくる細道——その凸凹道の反動にはげしく上下する車と体と音。

汽車で水潟から八代へ出て、乗り換えを待って人吉へ行くとしたら四時間はかかるのだった。そこを三時間で吹っ飛ばそうというのである。国見山の高所から三十分ほど行くと次第に下り坂になった。黒白村、嶽本村に出たとき、四人は疲労の極にあった。いくども休んだ。汗をふきながら、一行は背後の山なみをみて息をのんだ。視界を断絶する国見山容は、漆黒の巨大な壁になって迫っていた。

やっとのことで人吉にまで辿り着くと、今度はそこからさらに二、三〇キロも山奥の「さびれた山間の村」の湯山に、阿久津が入り込んだとの報が入る。四人は二台の車を手配してもらってさらに先を急ぐ。

人吉から二十キロ。段々畑の黒い傾斜が月光に濡れていた。車は北に向かって走った。球磨川の渓流にそって奥へ、渓谷は右側に遠く見えたり近くに迫る。川がしだいにせばまってゆくのがわかった。

ひとつ手前の湯前からは、先着していた郁子も伴って、一行はさらに山奥に入り込んでいく。「車は球磨川の細い渓流にそって走っている。その渓流は、右になったり左になったりした。橋がいくつもかかっている。右のほうに巨大な市房山の山なみがせり上がって見えた」。「車は坂道にさしかかり、渓流の音が高くなった。小高い尾根を迂回して、ゆるやかな畑の中道に入った。前方のうす闇に点滅する灯がみえ、うす明るい空がけむっている」。

「……あ、もう湯山に着きましたわ。あの灯のあたりが阿久津の家です」

郁子はそう言って、遠い山なみの中にまたたいている小さな灯火を指さした。（中略）

その家は村の北側にあった。暗い谷が家の裏側の奥にのびている。高いけやきが灰色の空につき出ていて、平べったい家は地面に頭をつけたような恰好に見えた。阿久津正の生まれた家であった。

作中では、阿久津は東京の仲介者からの連絡を受けるために実家に帰ったとの設定だが、連絡であれば他にもいろんな手段が考えられよう。また逃亡先として郷里がベターだとは考えにくい。唯一考えられるのは、死を決意して実家に戻ったということだが、作中には、郷里ないしは実家と阿久津がそのような精神的絆で結ばれていたとは特には書かれていない。言ってみれば、唐突な帰郷なのである。あるいは、阿久津に即して考える限り帰郷の必然性はなかったと言い換えてもいい。だとすれば、残るのは、作品全体を見渡した時の構図としての、水潟（公害、文明）対湯山（山奥の孤村）のコントラストしかない。いったいこの構図の意味するところは何だったのか。

文明対反文明の相克

『海の牙』のみにとどまらず、実はある時期までの水上勉はこうした構図を繰り返し作中に描いている。孤村に対置される水潟の場合は公害と文明（都会）という二つの要素を持っているが、それが文明（都会）の要素だけでもいいとなると、代表作である『霧と影』（五九年八月刊）や『飢餓海峡』（六三年九月刊）にも、文明対反文明のコントラストは内包されていたことになる。両作品においては、主人公（犯人）の郷里は文明を遠く離れた、とてつもなく辺鄙な場所に設定されていたのである。そして両作においては、郷里が『海の牙』同様に辺鄙な場所にあるばかりでなく、そこに至るまでの経路＝道行の描写も同様に精細を極めている。『海の牙』での道行描写の緻密さは先に引用した通りだが、それに負けず劣らずの密度で、猿谷郷（『霧と影』）と熊袋（『飢餓海峡』）への道も、細密描写されていたのである。僻地と都会や文明とのあいだの距離は、たとえば何キロなどと一言で表現できるものではない。何行も何ページも実際に細密描写に割いてこそその途方もない距離感は表現できるのだ、という作者のキッパリとした覚悟のようなものがここからは伝わってくる。

両作以外でも、敗戦後の物資隠匿に起因する殺人事件をテーマにした『野の墓標』（六一年一二月刊）では犯人の在所はこれまた辺鄙な丹波の山奥であり、また、映画界を舞台に会社乗っ取り計画と女優殺害事件とを配した『虚名の鎖』（六一年八月刊）でも、犯人たちの出身地は新潟の山奥の「まったく外界と隔てられた村」であった。水上のなかで、都会と僻地とを二極構造として捉える傾向は、思った以上の強さと深さで根を張っていたとみていい。

戦後、と言ってもいいし、高度経済成長期、と言っても差し支えないだろうが、都会はどんどんひらけていく。しかし、それを水上勉は決して賞賛してはいない。その対極には僻村・寒村の、都会にはない確かな手応えのある生活がある。しかし、その手応えのあるはずの生活が犯罪者を生んでしまうという皮肉な事実が象徴的に物語るように、寒村の生命力は風前の灯のようなものだ。寒村は絶対的に不利な形勢にある。浮薄な都会にともすれば押されそうであり、呑み込まれそうなのだ。確かに、都会対寒村、の二項対立ではあるものの、形勢は寒村のほうにどうみても不利なのである。

そして、ひらけゆく都会、文明の粋としての都会、を推し進めると、『海の牙』の水潟のような、開発によって蹂躙された都会、公害まみれの都会、となる。その意味で、開発や公害こそ前面には出ていないが、前述の『霧と影』から『虚名の鎖』に至る作品群も、まちがいなく『海の牙』の系譜に連なるものだったのである。水潟(公害、文明)対湯山(山奥の孤村)のコントラスト、と同種のモチーフを内包した作品だったのだ。文明と反文明とが相克し、時には死闘を繰り広げる物語だったのである。

『黒壁』のなかの山柿

しかし、以上の『霧と影』から『虚名の鎖』、『飢餓海峡』、『海の牙』といった作品群を、単に文明対反文明の相克、と捉えただけでは、逆にそれぞれの作品が内包する特質を見逃す恐れがある。ひとくちに文明対反文明の相克といっても、その内実やコントラストの強度はさまざまだからである。

たとえば仮にコントラストの強度に基づいて、三つのグループに分けるという分類法は成り立たないだろうか。すなわち、もっとも穏やかなコントラストのグループとしては、単なる文明（都市）対反文明（僻村）のグループ。前掲の例のなかでは『霧と影』、『虚名の鎖』、『野の墓標』、『飢餓海峡』などがこのグループに入る。

これに対して『海の牙』では、文明（都会）に公害の要素が加わっているから、コントラストは一段階強まっていると見立てることができる。そしてこの要領で考えると、今度は反文明の側をもう一段階コントラストを強めることも可能かもしれない。すなわち、文明（都会）とは反対側の反文明の極を、単なる僻村ではなくユートピア的な価値を帯びたものとすれば、文明・公害 対 僻村・ユートピアとなり、たしかにコントラストはいっそう強まっているというわけだ。

この三グループ分けに基づいてもう一度整理してみると、コントラストのさほど強くない『霧と影』から『虚名の鎖』に至る作品群を左側に置き、そして公害の要素が加わることで一段階コントラストが強められた『海の牙』を真ん中に置くと、その右側に置くのにかっこうの作品がある。僻村とユートピア性という二つの要素によって文明とのコントラストが強められた『黒壁』（六一年一二月刊）という作品である。

第四章「『金閣炎上』と〈熊野〉」でもふれたが、ここでは文明は電源開発という仮面をかぶって、山奥の孤村で自足した生活を営む人びとの前に現れる。ダム建設の補償金やら工事受注をめぐる贈賄やらで「汚染」される村々や村民たち。補償金を手にして代々住んだ村を立ち退いて都会に出てはきたものの、当然のことながら、思うようには行かない。そんな中で殺人やら不倫やら駆け落ちやらの事件が続発するのである。

『海の牙』や『霧と影』・『虚名の鎖』などと同様、この作品でも刑事たちが犯人グループの手がかりを求めて熊野の山奥のそのふるさとを訪ねるくだりがある。駐在所の釘本巡査の案内で刑事の梅津が、かつて被害者に山柿を送ってきた女性（犯人の仲間）の住む村を訪ねるシーンである。

宮井の巡査と梅津が、いくつもの山襞をぬい、あるいは小さな峠をこえ、あるいは岩石のしめった苔の中を、天然石の穴をくぐったりして、一時間ほど歩いていったとき、突然、山が割れて、広い眺望の盆地があった。

「ここですよ」

と巡査は山のはなに立っていった。

梅津は汗をふいて、眼下の盆地をみた。四方から山はせばまってきているが、不思議なことにここは円型に水田ができている。いまその十三軒の家々は、山裾の段々になった地の中に、瓦屋根や、藁ぶき屋根をまじえて点々とみえた。

と、梅津はぎょっとした。山裾という山裾に何やら黄金色の粒のようなものが、無数といってもいいほど、西陽をうけて光っているのであった。

〈柿だ……〉梅津は叫んだ。

「釘本さん、あれは山柿ですね」

指さした。

「柿です。柿です。ここは山柿が名産でしてね、わたしも柿だけはたべたことがありますよ。おいしいもんでしてね。不思議なことに、ここの柿は小さいけれど、とても甘いんです。種も小さくて」

山のはなから、迂回しながら下りてゆくと、その山柿が、すでに近くにみえてきた。小さな丸い粒が、赤い葉の上にいくつも鈴なりにむらがっている。

「豊作ですなア」

と巡査が口につばをためていった。

梅津は山裾の柿のみごとなみのりに驚嘆した。〈九章「山柿」〉

外界から隔絶された場所に、にもかかわらずこのように満ち足りた世界がある。黄金色に光る鈴なりの柿は、まさにこの地のユートピア性の象徴だろう（第四章参照）。そうした平和と豊かさのなかで、のちにこの地を離れ、男たちに翻弄された挙句に犯罪を犯すことになる女は、「山柿の木にのぼって、果実をもぎとってあそんだ」り、「山裾をかけめぐ」ったりして、何ものにも代えがたい少女時代をおくったというのである。

『海の牙』との同工異曲ぶりは明らかだと思うが、この作品を『海の牙』の右側に、すなわち『霧と影』から『虚名の鎖』に至る作品群の反対側に置いたのは、文明対反文明のコントラストがよりハッキリとした形で読み取れるからにほかならない。そこでは一方の極は文明と開発（公害）という二つの要素を持ち、もう一方の極も、反文明（僻村）にとどまらずユートピア性すらも帯びている、といったように。ばかりでなく、ここでは反文明のユートピア性が、文明の圧力を撥ね返さんばかりの力強さで打ち出されている。黄金色の山柿に埋め尽くされた小宇宙は、確かに単なる僻村に過ぎなかった『海の牙』の阿久津のふるさとをはるかに上回る迫力で、文明に拮抗しているかに見える。

ユートピアの衰滅

『海の牙』を真ん中において、文明対反文明の拮抗する強弱に基づいて、右と左に社会派と呼ばれた時期の作品を置いてみたわけだが、文明対反文明のコントラストは、一つ一つの作品の内部ばかりでなく、この前後に水上勉が出した本と本とのあいだに見ることも可能かもしれない。ここで想起されなくてはならないのが、社会評論集『日本の壁』（六三年六月刊）と紀行文集『負籠の細道――日本の底辺紀行』（六五年六月刊）との対照的なありようである。すなわち、文明に汚染され、公害にまみれた日本を描いたのが前者であり、これとは逆に、日本各地の寒村に脈々と受け継がれてきた古きよきものを訪ね歩いたのが後者、という見立てである。

『日本の壁』は六本の社会評論を編んだもので、障害児の問題、松川裁判、人災ともいうべき小児まひ騒動、郵便物抜き取り事件、新幹線汚職、天然ガス採取による地盤沈下問題に、社会派作家らしい真摯な態度で取り組んでいる。これらが『中央公論』や『文藝春秋』に発表されたものであるのに対して、『旅』に連載されたエッセイを集めた『負籠の細道――日本の底辺紀行』のほうは、文明や開発・公害の対極にある日本各地の寒村の訪問記であり、尻屋、遠野、親不知、奥能登、越前岬、奥美濃、奥伊賀、湖北、与謝、丹波篠山、下北、土佐、鹿児島の孤島、などが選ばれている。

『負籠の細道――日本の底辺紀行』に選ばれた土地土地の特徴は、どれも共通して、黄金色の山柿に埋め尽くされた小宇宙（『黒壁』）のように肯定的に捉えられているということだ。『海の牙』や『霧と影』から『虚名の鎖』に至る作品群のように、単なる人里離れた場所であったり、僻村であったり、というようなマイナスイメージに縁取られたものではない。

ただ、この二著の好敵手対決が、『負籠の細道――日本の底辺紀行』が遅れて登場した六五年という時点のものであったことに注意しよう。図式的に捉えなおせば、文明対反文明の構図は次のような経緯を辿ったと整理できる。まず第一段階は、文明登場以前。次に文明が登場してくるものの、反文明のほうも元気で、共存・拮抗していた段階。次は文明が開発によって公害をもひきおこすような段階。この段階に至っても『黒壁』などの場合は例外的にそれに拮抗して反文明の側がユートピア性を維持していたが、多くの場合反文明の極は次第に力を失い、『海の牙』のような単なる人里離れた場所か、『霧と影』から『虚名の鎖』に至る作品群のような滅びゆく僻村というマイナスイメージを帯びたものとなってしまう。そしてこの段階になると、もはや反文明の側は、開発やら公害で肥大化した文明に太刀打ちできない。

かりに文明対反文明の闘いの歴史をこのようにまとめることができるとすれば、『黒壁』や二著（『日本の壁』vs.『負籠の細道——日本の底辺紀行』）において見られたような、がっぷり四つの闘いが可能であったのはせいぜい六五年くらいまでで、その後は高度経済成長のさらなる進行（＝公害の深刻化）とともに、文明の側の一方的な勝利ということになっていくだろう。

ここで最初のほうで確認した公害の進展史を振り返れば、七一年、地球はもはや腐り始めており、「公害汚染国ニッポン」は世界一との悪評価を受けていた。水上勉が「日本には、まだまだ、美しい所や、忘れられた町や村が残っている」（「あとがき」、『負籠の細道——日本の底辺紀行』）としつつも、他方では「もはや、日本には、そのようなところは少なくなった」（「北冥の岬・尻屋」、同書）とも記したのは、六五年のことであった。だとしたら、その後、開発と公害とにまみれるなかで「そのようなところ」がさらに「少なくなっ」ていったのは、いかんともしがたいことであった。

第八章　『飢餓海峡』の達成

松本清張と水上勉

「水上勉が「社会派」推理小説のチャンピオンとして活躍したのは、せいぜい五年ほどではなかったろうか」と述べたのは篠田一士だが（「解説」、集英社文庫版『野の墓標』七八年四月刊）、この指摘に従うとすれば、『霧と影』（五九年八月刊）に始まる水上勉の社会派ミステリー作家としての活動は六五年には終息していたことになる。そのため、今となってはもはや、水上勉を社会派だとか、ましてやその一団中の「チャンピオン」であったなどと言われてもなかなか実感がわかない、というのが偽らざるところだろう。

事実、その後の水上勉は本格的心境・私小説作家へとドラスティックな変貌をとげ、川端康成賞を受賞した『寺泊』（七七年一月刊）を始めとして数え切れないほどの名短編集をものしているし、そのいっぽうでは、『一休』（七五年四月刊）、『良寛』（八四年四月刊）といった評伝的作品や、自伝的エッセイに紀行、さらには戯曲へと活動範囲を拡げていった。しかもそこには社会派時代の面影はほとんど見られないから、水上勉の社会派時代をうかがうには旧作そのものを繙くしかない（それも次第に入手困難になっている）といった状態だ。しかし、今後も小説というものが読み継がれていくと仮定して、水上勉の小説で最後まで残るものは何か、と考えた時、それが社会派時代の小説である可能性だってなくはないだろう。ここではそんな想像も織り交ぜながら、水上勉の社会派時代を振り返ってみることにしよう。

水上勉が松本清張の『点と線』（五八年二月刊）に触発されて、ミステリーのみちに足を踏み入れたことは有名だ。その頃のことを水上はいくつもの文章で回想しているが、その一つでは、こんなふうに述べている。

ちょうど、この年は、松本清張さんの『点と線』が世評をあびていた。足利の駅だったか、売店で買い求めて洋服を網棚にあげ、むさぼるように読んだが、じつに面白い。荒唐無稽の探偵小説など、足もとに及ばない迫力である。謎解きのヒントも卓抜だし、殺人の動機も、人間がしたことらしい現実感があり、探偵小説も書き方によっては、作者の恨みつらみをつめこむことが出来る気がした。（『冬日の道』七〇年三月刊）

清張ミステリーの特徴のうちでも「人間がしたことらしい現実感があ」る「殺人の動機」に注目したり、そこから「探偵小説も書き方によっては、作者の恨みつらみをつめこむことが出来る」と考えを発展させたりとか、いかにも水上らしい反応が興味深い。いずれにしてもここから、水上勉の「「社会派」推理小説のチャンピオン」(篠田一士)に向けての歩みが開始されることになるわけである。

もっとも、典型的な私小説であったデビュー作の『フライパンの歌』(四八年七月刊)時代を知る評家たちは一様に水上のこのイメージチェンジに驚きを隠さなかったが、当時はこの疑問はそれ以上追及されることはなく、推理小説ブームにも乗った『霧と影』の成功に後押しされて次々と同種の作を手がけ、水上勉は社会派作家としての地位を不動のものとしてゆく。

ところで、社会派といえばトリックや謎解きを重視する本格派と対比的に捉えられるわけだが、それを象徴するのが、心理・日常・平凡を重視し、「探偵小説を「お化屋敷」の掛小屋からリアリズムの外に出したかったのである」(「日本の推理小説」、『松本清張全集34』七四年二月刊)という清張の戦闘的なマニフェストだったのである。では、こうした方向での清張→水上の継承関係の内実はどのようなものであっただろうか。たとえば『眼の壁』(五八年二月刊)の「あとがき」で清張は、

私は、推理小説は、たんに謎ときや意外性だけでなく、動機をもっと重要な要素にしなければいけないと思っている。そうでなければ、推理小説はいつまでも古い型のタンテイ小説から脱けきれず、遊戯物におわってしまう。推理小説という形からでも人生は描けるように考える。動機の主張が人間描写に通じるであろう。

なるほど今までの「本格派」探偵小説には動機があった。が、それは巻末近くに申しわけみたいにちょっぴり顔を出すだけでお茶をにごされていた。遊戯としか感じられない所以である。ど

うせ探偵小説はツクリ物だと、それで満足している人は別である。
その動機も、個人的な利益関係（恋愛とか、財産争いとか）よりも、もっと社会的な面に発展させたら、さらに小説のシンは強まり、ひろがりをもつだろう。

と言っている。注目したいのは、「社会的な面に発展させた」動機、という言い方だが、社会性の加わった犯罪動機、というような言い方はこの前後からの清張エッセイに頻出する。もちろん、その実践にも事欠かないのは言うまでもないが、いっぽう水上は、「社会的背景」（「わが創作の態度」、『日本推理小説大系15』月報、六一年六月刊）というような言い方をする。

> 私は不勉強を棚にあげるわけではないが、あまり、殺人方法や、時間のトリックなどに気を配らないのだ。どうせ人間が人間を殺すのだからして、やるとすればタカがしれている。そんなに巧緻な完全犯罪などあり得ないとははじめから割り切ることにしているのである。むしろ、殺人動機や、社会的背景に筆を費して、本当にあったことにみせかける組み立てに努力しているようである。（中略）
> 私の推理小説は落第生のかく推理小説かもしれないが、しかし、これまで、誰もが書かなかったところの人間の真実というものを、あるいは社会的背景を克明に描くことによってか、あるいは犯行の残虐さによってかして、読者に強く訴えてみたいと意図するところにあるだろう。（傍点原文）

水上勉の立場

水上はさらに、マニフェストとも言うべき「私の立場」（『文学』六一年四月）でも、単なる社会性ではなく、やはり背景とか環境とかいった言葉をそれにくっつけている。

社会的な環境が犯罪の大きな動機となっていることは認めざるを得ない。一個の殺人事件の背景に見えぬ糸がつながっている。

あるいは、

殺人が起きる。動機は、好みからいって社会性のあるものがいい。しかし、いくら社会性があるからといって、人間がする犯罪だから、人間の背景となる社会のつなぎ目が説明されねばならない。そこで、そこのところをくどくどと書く。

もちろん、表面的な言い回しだけを比較しても無意味だが、そこに、それぞれの小説の実際を想起し、重ねてみると、これが単なる言葉遣いの差には終わっていないことが納得される。清張のほうが「省筆」や「行間」を重んじる文章家であったということとも無関係ではないが、ひとくちに社会性と言っても、水上のほうが背景とか環境とかにより多く目配りして、確かに「くどくどと書」いてあるのだ。

たとえば、閉山目前の炭坑町での出戻り女性をめぐる男女関係が引き起こす殺人事件を描いた『死の流域』（六二年五月刊）において、背景としての石炭産業の斜陽ぶりや炭坑事故、労使の対立等がいかに「くどくどと書」いてあることか。清張が「青写真をひき」、水上が「実際の建築作業を行なった」（篠田一士「水上勉氏の文学」、『東京新聞』六二年七月二七日）とまで言うのは極論だが、清張ミステリーの社会派的性格は確かに水上によって、継承だけでなく、発展もさせられている。

発展といえば、もう一つ忘れてならないのは、水上がそこにためらうことなく〈わたくし〉を溶け込ませていったということである。前掲の『冬日の道』にも「探偵小説も書き方によっては、作者の恨みつらみをつめこむことが出来る気がした」とあったが、『霧と影』や『海の牙』（六〇年四月刊）といったいわゆる社会派ミステリーを書いていた頃は、書き終わると必ずある種の「空しさ」につきまとわれたと水上は言う。そして水上はその理由を、「真に当事者の身になって」書いていないこと、自分が「傍観者」に過ぎなかったこと、に求める（「わが小説一三五・『霧と影』」、『朝日新聞』六二年五月一〇日）。そうした反省の上に書かれたのが分身や私体験を大胆に投入した『雁の寺』（第一部＝六一年三月）であったわけだが、この『雁の寺』の達成の延長線上で、社会的背景や環境に周到に目配りしつつ、それと〈わたくし〉性との両立という困難な課題を見事にクリアしたのが、社会派ミステリーの最高峰と言ってもいい『飢餓海峡』（六三年九月刊）だったのである。

『飢餓海峡』

『飢餓海峡』という小説の特色は、いくつもの顔を持ったスケールの大きな社会小説、という点にあるが、全二五章中、冒頭から第五、六章まででは、ミステリー性が前面に押し出される。青函連絡船の遭難、同じ頃近くの岩幌で質屋に放火強盗が押し入り、犯人の三人組が逃走する。なぜか遭難死体が乗船者数より二体多かったことから、仲間割れして大男の犯人（犬飼多吉）だけが下北半島に辿りつき、大湊の娼家で女（杉戸八重）と接点を持ったのではないかと、函館署の弓坂は推理したが、裏付けの取れないままに八重は犬飼からもらった大金を持って、姿をくらます。

ここまでがミステリー小説的な部分だとすると、これに続く第六、七章から第一一章くらいまでは、出郷した女性の半生記もの、とでもいった趣だ。弓坂の追及を恐れながら、新宿、池袋、そして亀戸と、盛り場を渡り歩く八重の苦難が辿られる。そうこうするうちに遭難事故から一〇年、亀戸にやってきてからでも、七年の歳月が流れる。

いまは更生して舞鶴で実業家として名が知られるようになった犬飼多吉こと樽見京一郎の記事をふとしたことから目にした八重が、なつかしさと感謝の念にかられて樽見を訪ね、過去が暴かれるのではないかと早合点した樽見に殺害されてしまう第一四章前後からは、小説は一転して、私小説的要素を帯びた出郷小説の趣を呈し始める。今度は味村ら舞鶴署の刑事たちが、樽見の過去を遡り、弓坂とも連携して、「犬飼」と樽見が同一人物であることを証明しようとするが、その捜査の過程で、舞鶴署の刑事の唐木らが樽見のふるさとへと向かうのである。京都府北桑田郡奥神林村、それが樽見の本籍地だった。

「北桑田郡は京都府でも最も北端にある郡部である。いわゆる丹波山地といわれるいくつもの山塊の奥地に位置していた」。舞鶴からバスで山奥の山家というところへ。そこで一時間ほど「鶴ヶ岡ゆき」のバスを待って、二時間ほどバスに乗り、その次は鶴ヶ岡の駐在所で自転車を用意してもらって、さらにそこから五、六里先の熊袋という集落へ。

「ずいぶん高いとこにある村だね」

唐木はあきれたように村の家々のある高い山の中腹を眺めた。屏風のようにせり上がった山は、削ぎおとしたような原始林の肌をみせて谷へ落ちこんでいた。その中腹に、点々と家がみえる。耕地もわずかにみえるが、深い山全体にくらべると、それはまだらなはげのようにみえないこともないのであった。家は藁ぶきの粗末なものが多い。いま、十二、三戸の家々が、傾斜面にへばりついたように建っているのをみると、唐木はびっくりした。〈第一九章「栗田《くんだ》湾の舟」〉

その熊袋の集落に辿りついてみると、五年前に母も亡くなった樽見の家はいまは本家の小舎として使われているという。本家の、樽見とは従兄弟の関係にあたる当主から過去の母子の苦労を聞かされた後、刑事らは本家の裏手を辿って母子が住んでいたという小さな家に辿りつく。

と、せり上がる灌木のしげった山裾に出て、そこに、屋根のくずれた薪小舎のような建物があった。

「ここだな」

唐木は声をあげた。よくみると薪小舎ではなく、軒ひさしや、長押の横木がくさったまま煤けており、骨だけをのこして、雨露にさらされていた。半分ばかりのこった藁屋根は、青みどりのぺんぺん草が生え、かえって地面の方が、人足で踏みこまれた固い庭土の面影を残していた。（中略）唐木は敷居をまたいだ。破れ障子や戸板の類が、はずされて立てかけてあるけれど、それらの一切は虫が喰っていて、焚物にもならないほど湿っているのであった。

「ひどい家に住んでいたものですね」

倉橋が眉をしかめて眺めいっているのに、唐木はいった。

「これが、京一郎の育った家だよ。京一郎はここから、大汲の学校へ通ったんだ」

じっさい、廃家の中に立ってみると、一日も、こんなところで、住む気持はしない。一軒家の淋しさというよりも、幽閉された牢小屋のような気がするのだ。〈第二〇章「廃家にて」〉

〈きっと京一郎は、こんな家に住まねばならない境遇を憎んだにちがいない。一日も早く、村を出て、他郷で生きようと思ったのも理解できるのだ……〉と唐木刑事は感慨にふけるが、『霧と影』の宇田甚平のことかと見まごうばかりの、ふるさとの苛酷な風景と暮しが、ここにはある。

この惨憺たるふるさとの村を、樽見は小学校を卒業するとすぐに出ている。樽見の生年は一九一八（大正七）年だから、三一、二（昭和六、七）年くらいということになる。本家の当主から話を聞きながら唐木はすばやく頭を働かせた。

京一郎が七つか八つの時、父親は死んだにちがいない。母親のたねが後家をとおして、京一郎を育てたのだろう。分家であるから、充分に田畑もあるはずがない。貧しかったことは一目瞭然である。京一郎は母の苦労をみかねて、六年生を卒えてすぐ大阪へ出たのだ。酒問屋の丁稚をしたが、これも嫌って、やがて、北海道へいったという。（中略）

いま唐木は頭の中で、樽見京一郎の年齢を三等分して繰ってみた。六年生を卒業するのは十三歳か十四歳だ。それから大阪へ出た。三、四年丁稚生活をおくったとすれば、十七、八になっている勘定である。その年で北海道へ行ったとしたら、……今日、京一郎は三十九歳であるから、十年前（四七年の放火強盗事件発生時——藤井注）は二十九歳である。まるまる十年の空間がそこにあることになる。（単行本では四八歳となっているが、新潮文庫版の三九歳のほうに従う——藤井注）

三一、二年頃の出郷、そして三四年か五年にはさらに大阪から北海道へと渡ったというのだ。ここでルール違反を承知で、結末で明らかにされる捜査結果に基づいて樽見のその後を紹介しておくと、樽見は三五年前後に、北海道の倶知安の開拓村に、森村という農場主（のちにその娘と結婚）を頼ってやってくる。その後森村一家は樽見を連れて岩幌（のちに樽見らが質屋強盗を犯した町）の近くの堀株という鉱山に移ったものの、やがて森村夫婦は相次いで死に、戦後鉱山が閉山になって全村が芋つくりに転換した際、樽見もそれにしたがって転業したが、当初は生活は苦しかったという。四六年七月に樽見が窃盗の罪を犯し執行猶予の判決を受けたのも、故郷の母に送金するため、という動機だった。

そして執行猶予後の放浪期に岩幌での強盗の共犯となる二人と出会い、強盗、内地への逃亡、共犯二人の死、大湊での杉戸八重との出会い（以上が一九四七年の出来事）、さらに何年間かの潜伏期を経て、故郷近くの舞鶴で実業家としての人生の再スタート、という波瀾の半生を辿ることになるのである。

年立て問題と読者

作中の年立ては以上のようになっているが、ここで気になるのが、これらの年立てがはらむかすかな不協和音（特に戦後編）、より具体的に言えば、下敷きとなった現実の出来事とのズレと重なり、という問題なのである。作中に出てくる出来事で世間周知のものと言えば、言うまでもなく、青函連絡船の遭難（現実には五四年、作中では四七年）と売春防止法の実施（現実にも作中でも五八年。ただし杉戸八重はその前年に舞鶴を訪ねて殺害された）の二つだろう。そしてここに、初出連載は六二年中（『週刊朝日』一月五日～一二月二八日）、単行本の刊行は翌六三年という、読者の時間というもう一つの要素が絡んでくる。

もっとも、ここでは下敷きとなった現実の出来事の時期を移したことをとやかく言おうというのではない。そもそもフィクションなのだから、モデルとした事件があったとしても、その時代を移すこと自体には何の問題もない。そうではなくて、読者が受け止める際の感覚にある種の違和感が生じはしないか、読み進めていく際に時に錯覚に陥りはしないか、つまりはそうした混乱を引き起こしやすい構造になっているのではないか、という点を問題にしたいのである。

そもそも、この小説は、この種の小説としては珍しく発表年より何年も前に時期設定されている。すべてを告白した樽見が護送中の青函連絡船から身を投げたのは五七年九月、刊行（六三年九月）より六年も前という設定だ。もちろん時代小説や歴史小説であれば、過去に時期設定されるのは当然だが、このように現代小説が微妙に時間をさかのぼって時期設定されるというのは少数派に属するだろう。

実は、そうならざるをえなかった理由なら、ほぼ見当が付く。杉戸八重が売春防止法実施時期がらみで五七年に舞鶴にやってきて殺害されたために、殺人事件の捜査が五、六年もかかったということにでもしない限りは、こうならざるをえなかったのである。さらに、実際は五四年の青函連絡船の遭難を七年もさかのぼらせたのも、これと関係がある。樽見が舞鶴で実業家として生まれ変わり八重を迎えるためには、三年足らず（五四年遭難→五七年八重の舞鶴訪問）という年数ではあまりにも短すぎるからだ。

しかし、他方では、売春防止法実施時期だけを現実通りに固定させたために、これと同じくらい鮮明に読者の記憶に残っていたであろう青函連絡船の遭難時期を操作せざるをえなくなって読者をいぶからせたり、さらには、時期設定を五七年とすることによって、現代小説の時期設定は現在、という読者のなかの常識を逆なでする結果をも招いてしまった。読者が受け止める際のある種の違和感とか、読み進めていく際に時に陥る錯覚とか混乱とか言ったのは、以上のような事態を指しているが、実はそうした錯覚とか混乱は無下に退けるべきではない、というのも一面の真理なのである。

ふつう、ありうべき読み方としては、小説のすみずみにまで目配りして矛盾のないように整合的に理解したそれを、思い浮かべるだろう。それはそれでいい。ただ、現実にはありとあらゆるところに目配りした読み方などそうそうは期待できないし、勢力的にも少数派だろう。大部分の読者はもっと大ざっぱに読んでいくはずだ。そしてそれはそれで尊重すべき読み方なのではないだろうか。

要するに、多数派読者が依拠するのは何といっても「現在」なのであり、だとすれば、やはり作中時点はごく自然に発表時の六二、三年と受け止めてしまうだろうし、いくら売春防止法実施時期のことが記憶にあったとしても、この際そんなことは思い出さない。あるいは思い出したとしても、気にとめない。連絡船の遭難も同様だ。いつかと聞かれれば覚えているような出来事でも、読んでいく際には特に気にしない。もちろん、時期を動かしたことなどには気が付かない、かりに気が付いたとしてもそのことについて深くは考えない。これが読書の実際なのであり、多数派としてのそうした読み方を退けるのは、やはり一部精読者の思い上がりなのだ。

こんなふうに考えてくると、実際は戦前のことである樽見の出郷に、現実の（六二、三年の）出郷を思わずダブらせて共感したり、涙を誘われたり、というような受け取り方だって少なからず存在したのではないかと思えてくる。もちろん、さすがに、樽見の出郷自体を現在のことだと受け取る読者はいないだろうが、そうではなくて、我が身の、あるいは身のまわりの出郷を樽見のそれに思わずダブらせ、重ね合わせてしまう、そうした読み方が広くおこなわれていたのではないか、と言いたいのだ。そしてそうした現象はシンプルな構造の小説でも起こりうるが、『飢餓海峡』の場合、先に指摘した設定や作為が、錯覚や混乱を招きやすい構造になっていたとは言えるだろう。

六〇年代的構図

ここで、その現実の読者を取り巻く社会状況のほうに目を向けてみると、高度成長期下の六二、三年は出郷がピークを記録した時期だった。都会への就職列車が三万八千人もの若者を運んだのがこの年だったし、労働力不足の農村で「三ちゃん農業」という言葉が広まったのもやはりこの頃だ。「過疎」と「過密」という言葉が登場し、風吹きすさぶふるさとの酷薄さが流行歌のテーマとなるのも(「人は誰も　ただ一人旅に出て　人は誰も　ふるさとを振りかえる　ちょっぴりさびしくて　振りかえっても　そこにはただ風が　吹いているだけ」――「風」北山修詞・端田宣彦曲、六九年)、もうすぐそこに迫っていた(拙著『望郷歌謡曲考』参照、九七年三月刊)。

そんなふるさと像が『飢餓海峡』にも見られると言ったら、うがちすぎだろうか。確かに作家論的に考えれば、宇田甚平や樽見京一郎の場合に見られるような惨憺たるふるさとの光景を水上勉は一貫して書き続けてきたと言わなくてはならないだろう。しかし、これを読者の側から見た時には事情はちがってくる。六〇年代前半の読者は、宇田や樽見のケースに、身のまわりの風吹きすさぶふるさと像や、都会対地方というテーマを重ね合わせて得心したのではないだろうか。その意味で、『飢餓海峡』に見られるふるさとの景観は、いかにもこの時代にふさわしいものだったのである。

樽見のふるさとは吹きすさぶ風こそ描写されていないものの、それ以上に惨憺たる場所だった。唐木刑事は捜査会議で、みずから見てきたその風景とそこで生きざるをえない人々のことを、このように報告している。

父親が、山のてっぺんの畑で卒倒死したと同じように、母親も、またこの畑で倒れて、家にかつぎこまれています。まもなく死んでいます。はなしにきくと激しい労働に軀をすりへらしたあげくの衰弱死のように思えないでもないんです。とにかく、熊袋にある畑と田圃はおそろしいようなところにありまして、畑は段々になって、山へあがっていますが、田圃は山と山の合間の暗い沼地のようなところにありました。しかもそれが遠いのです。ふつうの畑作とちがって、山の畑は肥料をはこぶにも、二時間もかかって九十九折の石ころ道をとおって、てっぺんまで運ばねばなりませんし、田圃は汁田といって、苗を植えるにも、大人の乳のあたりまで泥にうまる。拝み植えといわれるような植え方で、苗をうえます。また、その泥田の水は冷たい。手の切れるような山水ですから、田につかっているうちに、軀を冷え切らせてしまうということでした。このような働き場所しかない貧しい村に育った京一郎は、おそらく、女手ひとつで自分を育ててくれた母親の苦労を、身に沁みる思いで感じとったことであろうことは察せられるのです。〈第二三章「下北と東舞鶴」〉

この惨憺たる光景が、同時代の、風吹きすさぶふるさとの風景にも通じるものであることはほとんど疑う余地はない。都会と地方、過疎と過密、という六〇年代的風景がここには鮮やかに切り取られているのである。清張の言う「社会的動機」レベルをはるかに凌駕する「社会的」な「環境」やら「背景」(水上「私の立場」)やらが、ここにはみっちりと書き込まれていたのだ。小説全体をおおう時間と空間におけるスケールの大きさにも圧倒されるが、戦後の混乱や刑余者問題、故郷の変貌、開拓者の暮しぶりや娼婦の実態などの環境・背景が、『飢餓海峡』には文字通り「くどくどと書」(「私の立場」)かれている。そしてそのなかでももっとも精彩を放っていたのが、見てきたような六〇年代的テーマとしての〈ふるさとの荒廃〉と〈都会と地方〉という構図だったのである。

辺境での惨憺たる暮しからは脱出したものの、やがて心ならずも犯罪に手を染めることになる水上ミステリーの影の主人公たち。捜査の過程でそのふるさとを訪ねて愕然とする刑事たちの目を通して「社会的」矛盾や不公平が浮き彫りにされる、という構成の小説を水上はいかに多く書いていることか。いま思いつくままに挙げてみても『霧と影』、『海の牙』、『黒壁』(六一年一二月刊)、『野の墓標』(同前)など枚挙にいとまがない。清張型社会派からの発展の目玉となるのがこの都会対地方の構図であり、水上型社会派躍進の鍵が、高度成長期を背景とするこの六〇年代的構図の攻略にあったことはまちがいない。

そしてこうした水上型社会性と共存するかたちで、『飢餓海峡』には作者の〈わたくし〉が濃密に流れ込んでもいる。丹波山地の辺境出身で出郷後も辛苦をなめる樽見が水上の濃密な分身であることは見やすいところだが、僻村から上京して女として底辺の社会をのぞきみる八重にも作者の血は脈々と流れており、そうした〈わたくし〉性がこの小説の真骨頂なのである。社会派として清張を継承しながら、環境と背景（「私の立場」）、とりわけ六〇年代的構図としての〈ふるさとの荒廃〉と〈都会と地方〉という問題系への発展と、『フライパンの歌』の作者ならではの〈わたくし〉性の付与とにおいて、水上勉の社会派ミステリーは一面で清張を超えたと言っても過言ではない。ばかりでなく、水上文学全体を見渡してみても、『飢餓海峡』に勝る傑作はないかもしれないのだ。

だが実際は『飢餓海峡』のような、社会性の拡がりと〈わたくし〉性との両立は稀有な例であったと言ったほうがいいかもしれない。だからこそそれは「傑作」と呼ばれるにふさわしい、とも言えるのだけれども。

冒頭に引いた篠田の指摘を待つまでもなく、「傑作」の完成からほどなくして水上の社会派時代は終わりを迎える。見てきたように社会性の点では清張ミステリーからの発展の可能性も垣間見せたものの、清張ミステリーのもう一つの特色であるアンチ私小説的な客観性・構造性の点で、水上ミステリーはその正統的な後継者たりえなかったからだ。各章で検証したように、『雁の寺』、『五番町夕霧楼』、『越前竹人形』以降の〈わたくし〉性の過度の跳梁・侵食が、水上ミステリーから本格的な構造性を奪う結果になってしまったからである（次章参照）。

第九章　社会派ミステリーから日本型私小説へ、そして

松本清張と木村毅

水上勉の文学が、特にその出発期において、松本清張の文学から多くを学んでいたことはよく知られている（前章参照）。私小説『フライパンの歌』（一九四八年七月刊）によって一時脚光を浴びたものの、その後は鳴かず飛ばずで、一〇年ほどのブランクののちに巡り合ったのが、『点と線』（五八年二月刊）に代表される清張ミステリーだったというのである。

そのあたりのことについて、水上勉自身はこんなふうに回想している。

松本清張氏の『点と線』を買って読んだ。殺人事件を取りあつかった小説だが、毛嫌いしていた本格派のトリック小説に比して、現実性があり、人間描写もすぐれているので驚嘆、（中略）単なる殺人も、その背後に社会性と人道主義的な動機をひそませれば、充分読みごたえのある推理小説となり、ちゃんとした「小説」になり得ると思った。（「あとがき」、『水上勉全集22』七七年一〇月刊）

別の回想には、「わかりのいい文章、主題を明確に提示する、あの簡潔で個性的な叙事文の美事さに感服」（「わが小説一三五・『霧と影』」、『朝日新聞』六二年五月一〇日）ともあるが、文章の面はさておき、少なくとも、ここで言われているいわゆる社会派ミステリーの特質とされる諸要素が、水上勉の『霧と影』（五九年八月刊）以降の作品群にかなりの程度移植されていることは衆目の一致するところだろう。すなわち、社会的弱者や不正義のクローズアップ、社会悪の摘出、犯罪動機の斟酌などに見られる人間味あふれるアプローチ、そして高度成長下の交通網の発達とも連動した舞台空間の全国規模への広がり、等々に代表される社会や時代の取り込みである。

確かに、「社会派」という範囲に限定して考えれば、両者の継承関係にまぎれはないが、そもそも清張文学の革新的意義は、「社会派」などといった一ジャンルとしてのミステリーの枠内などにとどまるものではなかったことのほうにこそ目を向けなくてはならないのではないか。先走って言ってしまえば、むしろ日本型私小説への批判と克服にこそ、その最大の存在理由が求められなくてはならないのだ。

そう考えてきた時、日本的な私小説・心境小説の牙城に一人立ち向かった「方法者」清張が依拠したものの一つが、木村毅の古典的名著『小説研究十六講』（二五年一月刊）であったという事実は顧みるに値しよう。もっとも、清張が接したのは古典化した『小説研究十六講』などではなかった。すでに刊行時に同時代的に触れていたのだ。そのあたりのことについて、新装版刊行（八〇年七月）に際して付された「葉脈探求の人──木村毅氏と私──」という文章のなかで、清張はこう言っている。

小説を解剖し、整理し、理論づけ、多くの作品を博く引いて立証し、創作の方法や文章論を尽したこの本に、私は眼を洗われた心地となり、それからは、小説の読みかたが一変した。いうなれば分析的になった。

そして、これに続けて「高遠な概念的文学理論も欠かせないが、必要なのは小説作法の技術的展開である。本書にはこれが十分に盛られていた」と言った時、清張の意識はすでに読み手から書き手へといつのまにか変貌している。一種の小説作法マニュアルとして同書がのちの清張文学の特質形成に大きく関わったことが、ここに示唆されているのである。

ところで、いったい全一六講からなるこの書物のどの部分が特に清張の関心を引きつけたのだろうか。清張自身が挙げているのは、以下の四章だ。──第七講「プロットの研究」、第九講「背景の進化とその哲学的意義」、第一〇講「視点及び基調の解剖」、第一一講「力点の芸術的職能」。「背景」は時代性に関係するとして、それ以外の三章がいずれも小説の根幹ともいうべき構成・構造に深く関わるものであったことは注目に値する。つまり、志向されているのは構造的な本格小説であり、だとすれば克服すべき仮想敵は日本型私小説以外のものではなかった、ということが、こんなところからも容易に見てとれるのである。

じっさい、初期清張ミステリーの構造を仔細に検討すると、時間構成や伏線、話の運び方、クライマックスの置き方など、前記三章を中心として『小説研究十六講』からの影響が直接・間接にうかがえるのだが、構成力の獲得によって体験や事実依存の体質を克服すること以上に重要なのが、日本型私小説・心境小説に固有の一元的性格の打破であることは言うまでもない。そしてそれに特に深く関わるものの一つが、視点をめぐる技法なのである。

一例として、『点と線』と同時期に発表された秀作『地方紙を買う女』(『小説新潮』五七年四月)の場合を見てみよう。ここでは、自分にまつわりつく男をもう一人の女と偽装心中させることで殺した女と、その謎を解明するために女に近づいていく売れない男性作家との二つの視点から、事件の全貌が徐々に明らかにされていっている。どちらかの側から一元的に描くことも可能であるにもかかわらず、あえてそうしているわけで、こうした特徴は同時期の『声』、『顔』などの作品にも共通して見ることができる。そしてこのようなこだわりは、日本型私小説を仮想敵として意識していたこの時期に、特に強く現れているようにみえる。

『霧と影』

松本清張の文学をことのほか意識して書かれた水上勉の『霧と影』においては、確かに、辺境や社会的弱者への注目、のっぴきならない動機へのシンパシイなども認められるが、この時期の清張文学のもう一つの特徴であった一元性の克服のほうは、どうであっただろうか。

この作品の主要な視点人物は、毎朝新聞記者の小宮である。福井県の青峨村で小学校教師をしていた友人の笠井が山中で転落死をとげたことから事態の真相究明に乗り出し、村の出身者で桑子(桑畑の穴の中に遺棄された新生児の生き残り――藤井注）である宇田が石田の経営するカミング洋行の商品を大量に詐取した事件（トラック部隊事件）を手始めに犯罪を重ねていった軌跡を追跡し、暴くのが、小宮の役割だ。だが、その役割はむしろ平均的読者を代表した狂言回し的な位置にとどまっており、小説全体が小宮のもとに一元化された形跡はない。

一元化ということについて考える際、視点と並んでもう一つの目印となるのが、作中人物がどの程度濃厚な作者の分身であるのかという、その度合いだろう。『霧と影』の場合、分身の資格のある人物は三人いる。笠井、石田、そして宇田であり、要するに作者は広く主要人物の何人かにみずからを仮託しているのである。ただ、その濃淡には当然、かなりの差がある。たとえば、トラック部隊による詐欺の被害者で、粘り強く宇田の足跡を追う石田だが、作者との共通点は繊維業界関係者という点にあり、繊維業界紙誌の編集や紳士服の行商に携わっていた頃の見聞やノウハウがフルに生かされている。

宇田の出身地である猿谷郷の郷土誌研究にのめり込んでいた笠井の場合は、戦時中に疎開して小学校の教師を務めていたというあたりに作者との共通性がある。水上勉の場合も四四年に帰郷して分教場の助教を一時務めていたわけだが、敗戦直後に退職・上京した点が笠井とは異なっている。要するに、石田と笠井の場合は、分身とはいっても作者の体験や見聞をわずかに付与されていたに過ぎず、きわめて淡いそれなのである。

これに対して宇田の場合はまったく異なっている。たとえば宇田の出身地が若狭の青葉山中の猿谷郷と設定されているのは、そのすぐ近くの作者の在所を容易に連想させるし、「故郷を九つのときに捨てて、諸所を転転として歩いた私のようなものの望郷のネガティブは一幅の青葉山だったといってもまちがいはないようだ」（「若狭の山と海」、『くも恋いの記』六七年一月刊）との作者自身の言葉もこれを補強している。また、宇田の出郷時期もいくつかのヒントをもとに逆算すると一九二九、三〇年頃となり、水上勉が京都の寺での徒弟修行のために家を出た時期にほぼ重なってくる。そして何よりも両者の濃密な血縁関係を証し立てているのは、水上勉自身、みずからが拾い子だったのではないか、との疑いをある時期まで捨て切れなかったということと（「はじめに」、『わが六道の闇夜』七三年九月刊）、心ならずも出家を強いられたということとに起因する、故郷への愛憎半ばした思いの存在だろう。宇田が村の祠の額に残した「男子志を立てて猿谷郷を憎み出づ、功若し成らずんば死すとも帰らず」という対故郷意識は、作者その人のものでもあったと言ってもよいのである。

こうしてみると『霧と影』という小説は、体裁の上では小宮という第三者の眼による客観化の工程を経ているようでありながらも、その実、宇田という濃厚な分身への求心化＝一元化の可能性を内部に抱え込んだ作品であったことがわかる。辛うじて求心化を免れて土俵際で踏ん張っていたようなものであり、だとしたら水上文学はその再出発において、一元化への傾斜の可能性を多分にはらんだ、何ともあやうげなスタートを切ったことになる。この、客観化の体裁と分身の投入、という、いわば背中合わせの逆向きの二つのベクトルによって引き裂かれでもするような独特な構造は、これに続く時期に書かれた『雁の寺』（六一年三月〜六二年三月）や『五番町夕霧楼』（六二年九月）などの作品においても、基本的には変わっていないとみていい。

周知のごとく、『雁の寺』は、和尚殺しの一点を除けば、幼くして寺に修行に出された作者自身の体験をかなり忠実になぞったものだが、作者の自注によれば、慈念という分身の投入は相当意識的に企まれたものであり（第二章「『雁の寺』から『雁の寺 全』へ」参照）、二つのベクトルのアンビバレントな関係に作者は十分に自覚的だったようだ。そしてこの作品の第一部で客観化の眼の役割を担うのが、和尚と同棲し始めたばかりの大黒の里子だった。その里子の眼と思いとを通して、慈念の母恋いの念は浮き彫りにされてゆくことになる。続く第二部以降では、慈念の、和尚殺しの罪からの逃亡と母恋いの思いに駆られた母探しの旅とが並行して辿られる。そしてそこでは、客観化する外からの眼と並んで、慈念自身の視点も取り入れられるようになっていく。分身である慈念はみずから思い、考え、悩む存在へと成長・変貌をとげていくのだ。一元化への兆しがこうしておもむろに顕在化してくるのである。

第一章「『五番町夕霧楼』の復権」で明らかにしたように、『五番町夕霧楼』では妓楼に身売りされてゆく僻村出身の少女・夕子を、つまり作者にとっては異性を、みずからの分身に仕立てあげるというユニークな試みがなされている。しかし、ここでの主たる視点人物は妓楼の女将のかつ枝であり、『雁の寺』の第二部以降の慈念のようには、夕子はみずから思い、思考する存在にはなっていない。わずかに会話部分で分身として作者の思いを代弁するに過ぎないのである。その意味で、かなりの部分で分身的存在に視点を移行させ、一元化が質・量ともに本格化してくるのは、『越前竹人形』（六三年一、四、五月）以降においてである、と言わなくてはならない。

積年の父との確執の清算から和解へ、のメッセージが込められたこの作品において分身性を担うのは、むろん氏家喜左衛門の息子の喜助だが（第三章「『越前竹人形』のその後」参照）、ここでは「父の妓」にまつわるエピソードや囲炉裏端での父の竹細工姿の思い出やらの自伝的事実の取り込みよりも、濃厚な分身である喜助に寄り添うようにして語られる部分が格段に増えてきている、という構造上の特徴のほうがはるかに重要だろう。もちろん、ここには、のちに喜助の妻として招かれた、もともとは父の愛した妓である玉枝に即した表現や、さらにはそれ以外の人物からの表現も無くはないし、その意味では多元的な視点も保持はされているのだが、にもかかわらず、喜助に即した表現の優位性は、断然、他を圧して揺るがないのである。

水上文学の転換

ここにおいて、第三者的視点の採用による客観小説的体裁と分身性の付与による一元化の兆しとのあいだで引き裂かれつつも微妙なバランスを保ってきた再出発後の水上文学の世界は、根底的な再編成を余儀なくされることになる。この頃までの水上勉が主な活動の場としてきたミステリーや女性向けロマンは、本来、客観小説の範疇に入るべきものであったにもかかわらず、分身性の挿入によって独特なかたちにねじ曲げられていたところに、水上ミステリーやロマンの特徴があった。それがここにおいて、見てきたように当初から潜在的に持っていた一元化傾向が浮上してくることによって、ミステリーやロマンの客観小説的枠組みそのものが内部から崩壊し始め、形骸化してゆくこととなったのである。

そうだとすれば、もはや、ミステリーやロマンのかたちを借りての私小説、とでもいったような、まだるっこしい迂路が早晩放棄されることになるのは必然だった。その意味で、『越前竹人形』に続く時期にあたる、水上勉にとっての六〇年代後半から七〇年代へと続く時期は、ミステリーやロマンから本格的心境・私小説への移行期として位置づけられなくてはならない。そしてその転換の完了地点に位置するのが、『寺泊』（七七年一月刊）、『壺坂幻想』（七七年四月刊）、『わが風車』（七八年七月刊）、『山門至福』（七九年五月刊）、『虎丘雲巖寺』（同前）、『鳩よ』（七九年九月刊）といった、旺盛な創作活動によって量産された正統的な日本型私小説の秀作群だったのである。

これらのなかでは節目をなす短編集『寺泊』が第四回川端康成賞を受賞（七七年六月）したという事実が象徴的に物語るように、ここに日本型私小説の正統的な継承者としての作家水上勉像が確立され、のちの『母一夜』（八一年八月刊）、『昨日の雪』（八二年八月刊）などへと続く路線が敷かれることになる。

そして、こうした一人称体による自伝的ないしは身辺雑記的な小説の方法へと収斂してゆく過程において、水上勉はもう一つの「迂路」を通過していっている。それが、一連の評伝的作品だったのである。

評伝体の意味

『一休』(七五年四月刊)における作家の私的モチーフの跳梁の実態については、第六章「『一休』における水上勉の〈わたくし〉」ですでに述べた。ここでは、一休による教団仏教への批判と性の問題の追求とが表向きのテーマであったとすれば、妻や子を見捨てて顧みない父なるもの、男性なるものの身勝手さへの呪詛が、内なるモチーフだった。その内なるモチーフの展開において作家の〈わたくし〉は放恣に流出し、父と自己、みずからの女性遍歴、といった自伝性がそこに重ね合わされてゆく。そして最後は仮構資料を自在にあやつることによって、呪詛の対象の一人でもある一休を浄化・救済し、ひいては、みずからの浄化をも果たすという入り組んだ仕掛けになっているのである。

一種の自己正当化に終始した『一休』に対して、『良寛』(八四年四月刊)の場合は、自己と良寛との重ね合わせは相当希薄になっている。重ね合わせよりも、一先達としての良寛の生の軌跡をどう評価するか、という切実な問いが前面に出てきている。そして、なかでも水上勉が注目するのが、良寛における諸国放浪の果ての帰郷とその生涯の閉じ方、であった。ただ、この点をめぐっては、小説体で書かれた前作『蓑笠の人』(七四年六月)と評伝体の『良寛』とでは、評価が食い違っている(次章参照)。

『蓑笠の人』では良寛の「なまけもの」ぶりが厳しく糾弾されていたのに対して、『良寛』ではそれが不問に付されようとしているのである。いずれにしても、こうした評価の違いが、両作品間に横たわる一〇年近くのあいだに起こった認識の揺れに起因するであろうことだけはとりあえず予測できる。

『良寛』においては自己と良寛との重ね合わせは相当希薄になっている、と先に指摘したが、そういう意味では『一休』の重ね合わせ的評伝スタイルを正面から継承したのが『金閣炎上』(七九年七月刊)のほうであることはまちがいのないところだ。時期的にも『金閣炎上』のほうが『良寛』よりも先に書かれており、その点を重視すれば、同じ評伝体とはいっても『一休』から『金閣炎上』へと一直線に続く流れが一段落したところから、軌道修正を経て『良寛』へと再出発していった、とみることも可能かもしれない。

さて、そこで『一休』から『金閣炎上』への流れだが、『一休』と比べて『金閣炎上』のほうが、主人公がよりいっそう作者と似通った境遇であることもあって、作者の分身であり作中でレポーター役を務める「私」と主人公＝金閣放火僧・林養賢との距離はほとんど重ならんばかりに縮まってきている。その結果としてこの作品は、林養賢伝のかたちを借りた「私」の変貌と再生のドラマ(第五章「『金閣炎上』における構成意識」参照)の趣をさえ呈することになった。養賢の何歩か先を歩く破戒僧たる「私」が、鎮魂の目的を持って金閣炎上事件を粘り強く調査していったあげくに、ほんものの仏教者へと変貌するというドラマの。……

確かに、評伝というものは、書き手と対象とが臍帯によってつながれ、その意味では多少とも重ね合わされるのは当然だが、それにも程度というものがある。『金閣炎上』へと至る水上勉の一連の評伝においては、書き手の〈わたくし〉が対象を、さらには私小説的枠組みが評伝的枠組みを、ほとんど呑み込まんばかりに肥大化してしまっている。『金閣炎上』をもう一押しして主客を逆転させてやれば、ただちに、一人称体による自伝的な日本型私小説が姿を現すであろうことからも、そのことは容易に裏付けられよう。だとしたら、一連の評伝的試みも結局は日本型私小説完成のための土壌ならしに過ぎなかったわけであり、ミステリーやロマンと同じく、しょせんは日本型私小説に至るための「迂路」にほかならなかったのではないだろうか。

社会派ミステリーから日本型私小説へ、そして

松本清張から水上勉への継承と断絶、ということを考えた時、「社会派」などという呑気なレッテルで括れるほどに両者は接近などはしていなかった。むしろ、うわべの「社会派」的類似性とは裏腹に、その目指していた方向は逆向きであったと考えたほうがいいくらいだ。「社会化された私」（小林秀雄）などという大げさな概念を持ち出すまでもなく、やはり言葉の本来の意味においての社会性は、素材や題材のレベルではなく、日本型私小説に固有の一元的性格の克服の方向にこそ、探られなくてはならなかったのではないか。その意味では、日本型私小説を仮想敵とした清張ミステリーが切り拓き、垣間見せてくれた豊かな可能性は、皮肉にも、もっとも身近な後続者によって再び封印される結果になってしまったのである。

このような日本型私小説の書き手の社会におけるあり方を「逃亡奴隷」と呼んだのが伊藤整であることはよく知られているが、先に触れた、良寛の帰郷をめぐっての水上勉の二つの時期の評価の食い

違いは、このことについて考えるうえで示唆的だ（次章参照）。すなわち『蓑笠の人』においては確固としてあった、みずからは田も作らないくせに飢饉で喘ぐ農民たちから貴重な米を「どういう顔で頂戴して」いたのか、といったような厳しい問いが、一〇年後の『良寛』においては影を潜め、むしろ良寛が文芸の道に精進したことと引き換えに不問に付そうとするような傾向が見られるのだ。すなわち現実社会に背を向けた「逃亡奴隷」的あり方が肯定されてしまっているのである。

しかし、詳しくは次章を参照されたいが、水上勉において良寛批判から良寛肯定への流れは決して不可逆的なものではなかった。九四年に書かれた文章（「信仰を主題とした二篇」、『才市・蓑笠の人』九四年五月刊）においてさえも、「逃亡奴隷」的あり方に魅かれると漏らすいっぽうでは、『蓑笠の人』的批判も手放すことはできないとも述べているのだから。揺れ動く水上勉、というわけだが、その点はここでは措くとして、『良寛』においてもう一つ重要なことは、前述のように、『金閣炎上』までの評伝スタイルからの脱皮の兆しが見られるということだ。

すなわち作者と作中人物との重ね合わせが希薄になってきたという点である。こうした変化は、評伝においては最晩年の傑作『才市』（『群像』八九年一月、八九年五月刊）に引き継がれることになるが、小説においても、七〇年代後半に量産された正統的な日本型私小説への作家内部での再考を促すことになった。「日本型私小説へ、そして」というわけだが、『椎の木の暦』（八〇年一〇月刊）や『父と子』（八〇年一一月、八一年一月刊）などの方向にその片鱗なり兆しを見ることも可能かもしれない。しかし、そのいっぽうでは作家的寿命というきわめて現実的な問題もそろそろ身辺に迫ってきていた。作家にとっての晩年、という最後の難問が水上勉の前に立ちはだかろうとしていたのである。

III

第十章　『蓑笠の人』と『良寛』とのあいだ

――さまざまな帰郷

若狭の水上勉

一九八〇（昭和五五）年代は、いろんな意味で、水上勉がもっとも故郷の近くにいた時期だった。「若狭千年の息づかい」（『朝日新聞』八一年七月二日夕刊）のなかで、水上勉はそのあたりの背景についてこのように述べている。

母の死、法事やその他の用事がかさなって、このところ若狭へ月に一どは帰る。高浜の原発ヒアリングの時は大飯《おおい》（水上の実家のある場所――藤井注）にいた。敦賀と大飯の事故かくしで、新聞がさわいでいる時も生家にいた。大飯と高浜の中間にある和田の宿に泊まって、旧知の人や、青年や主婦と雑談して東京へ帰ってくる。新聞、雑誌、テレビは廃液たれ流しの若狭は海も死んだのではないか、といった物言いだ。ある新聞は、原発はこりごりだと、アトリエをたたんでどこかへ引っ越す陶芸家の若狭ばなれを写真入りで報じていた。会う友人も、「あんたもえらい故郷をもって不運なことやなァ」という。不運といわれて私は苦笑するしかない。どこに生誕の地を不幸な場所といわれてにやにやする者があろうか。

水上勉が母を亡くしたのは八〇年二月のことで、それ以降、月に一度の帰省が続いているというのである。ところで、この文章は「高浜の原発ヒアリング」とか「敦賀と大飯の事故かくしで、新聞がさわいでいる」、「廃液たれ流しの若狭は海も死んだのではないか」など、いちおうはいわゆる原発問題を俎上にのせているかにみえるけれども、論旨の方向は必ずしも「一枚岩」ではない。要するに、反対とか賛成とかで単純にくくれるような内容とはなっていないのである。

文章の見出しを見ると、「原発あれど漆黒の闇」と「今も都に尽くす生業《なりわい》」の二本立てとなっていて、これはこれで十分に正確なまとめなのだけれども、いずれにしろ単純にくくれるような方向は志向していない。前者は文字通り、都会は原発のおかげで「夜も昼のように明るい」けれども、「百十万キロワットの電力を夜っぴいで都会へおくっている村が闇なのだ」という趣旨だし、後者は、鯖街道の昔から「若狭は人でも物でも京に奉仕し、千年を生きて」きて今も変わらず「京、大阪の市場が買ってくれなければ、「原発さんに買うてもらおう」と必死だ」という意味である。

ここからも、原発に対して「反対とか賛成とかで単純にくくれるような内容とはなっていない」ことがわかるが、このへんのふところの深さ（？）は、水上の原発論に一貫して見られる特徴でもある。「反原発も賛成原発もどっちにも問題がありますね。だって、私たちはいまボタンを押して食事したり、ボタンを押して湯をわかすじゃないですか。それをまたいでものは考えられない」（保坂展人との対談「学校という土管を脱出する勇気を」、『朝日ジャーナル』八二年一一月一二日）といったような、利便を享受しながら反対を唱えることへの違和がその根底にはあるのだが、現実問題としては、たとえば親類の方々をも含む多くの故郷の人々が原発関係の職についていたり（「不知火海、ふるさと若狭、それから…」、『朝日ジャーナル』八六年五月二三日）、といったような事情も少なからず水上の原発論に影響を与えていたかもしれない。

実はこの八六年という年は、世界の原発にとって衝撃的な年で、四月二七日にはソビエトのチェルノブイリ原発が大事故をひきおこしているのである。「不知火海、ふるさと若狭、それから…」が掲載された『朝日ジャーナル』の八六年五月二三日号についていえば、「詳細不明のままの「事故収束声明」に西側も納得の怪々」（高木仁三郎）といったような記事が掲載され、五月一日におこなわれた「水俣病公式確認三〇年」の記念講演に手を加えたとされる水上文でも最後のほうで「ソビエトのキエフ近くの原発の大事故」への言及はあるものの、「第二のキエフが来ないように（中略）受益都市のために、いましばらくの平穏を祈って生きていきたい」という従来からの姿勢に大きな変化は見られない。

私は相変わらず、原発ドームの村でたじろいでいます。あのドームは安全だという多数の中の一人なのです。たじろぎながらも、言います。若狭の在所を第二のチェルノブイリにしてはなら

ない、と。私はそこに生まれてしまったのです。（同前）

八一年の「若狭千年の息づかい」の時に比べれば八六年のチェルノブイリ原発事故以降は事故への危機感は格段に高まっているにもかかわらず、「もうはじまってしまっていることの危険の大きさを認識し直して、ぼくらは当事者の安全確保を監視し、その信頼をふかめるしかないだろう」（八六年五月執筆「チェルノブイリの恐怖と悲しみ」、『若狭海辺だより』八九年四月刊）といったような冷静な姿勢はとりあえず一貫しているのである。

もっとも、八八年の文章（「あとがき」、『続・閑話一滴』八八年一二月刊）では、迫りくる老いや病いに加え、原発の「どまん中に、図書館を建てて、書斎をつくっ」（若州一滴文庫を指す）てしまったこともあって、「いつ大事故に見舞われても悠々と死んでゆける気持ちを育てていなければならない」と悲壮な言葉も吐いているが、「といって凡夫ゆえに、なかなかその境地に辿りつけない」とすぐさま修正もしている。水上ならではの独特のバランス感覚が発揮された一節だ。

原発観をめぐってはこれくらいにして、もう一度「若狭千年の息づかい」に戻ると、その末尾は冒頭とも見事に呼応して、このように結ばれている。

観音さま（若狭の谷々の寺の観音のこと——藤井注）は、私を見て、微笑されているだけだが、「お前さん、不運なんてもんじゃないよ。いい国に生まれなさったんだ。早く故郷へ帰っておいで」とささやかれている気もする。そうだ、私も露のいのち、いずれは、いや、もうじき、母の埋まる地に帰らねばならぬ。夜っぴいて蟬の啼く都会より、原発銀座とひんしゅくのひびきをこめて東京人からよばれるこの故郷にいま漆黒の尊い闇がある気がする。こっちの方が眠りもふかかろうか。

「このところ若狭へ月に一どは帰る」日々のなかで、故郷への思いがだんだんと強まっていったであろうことがよくわかる文章だが、こうした故郷への回帰志向がこうじて、やがて八五年三月の、寄贈した蔵書を中核とする若州一滴文庫の開設に至ったことはよく知られている。「ねがわくば　この地に果てん　若狭路の　なんじゃもんじゃの　花ざかりみて」（八六年七月「なんじゃもんじゃの苗」、『続・閑話一滴』）という歌からも推察されるように、文庫のほかに住まいや竹人形劇場をも備えたこの地を水上勉がある時期まで終の栖と考えていたことはまちがいないが、そうした、故郷に抱かれた満ち足りた日々を記録したのが『若狭海辺だより』と題されたエッセイ集だったのである。

八六年から八七年にかけての連載をまとめたこのエッセイ集では、若狭の四季のうつろいとともに人々を楽しませる、祭り、樹木や花、鳥や魚、といった話題が生き生きとした筆致で綴られている。「へしことかれい」、「在所のさくら」、「くぐつのこと」、「木の芽章魚と鯛の子の話」、「かわその祭りとカセあげ」、「田主丸の柿苗」、といったこの地／この書き手ならではのエピソードの数々が読者を魅了するのである。

水上勉がいつ、若狭を終の栖とするのをあきらめたのかはわからない。いずれにしても、大方の予想を裏切り、大病（八九年六月）後の水上は、九二年には軽井沢の山荘を処分して小諸郊外へと居を転じており、ここが結果的には本当の終の栖となった。ただ、これは単なる私の憶測だが、八〇年代の、つまり大病以前の水上勉の思いは、都会と田舎（若狭）とのあいだを何度も何度も振り子のように揺れ動いていていたのではないだろうか。

そのなかでも、たとえば八一年の「若狭千年の息づかい」とは反対に、都会方向への振れを感じさせるのが八四年の「雪に憶う」（『朝日新聞』八四年二月六日夕刊）というエッセイだ。この文章は、「東京に十五年ぶりの大雪が降って、誰もが満腹状態なのに（前段で豪雪地帯では人々が空腹がちであったと述べている――藤井注）七百人近い大人がすべってころんで入院したというニュースをきいた」ことをきっかけとして書かれたものだが、そこからもわかるように「都会にくらして文学の道でくらす私」という位置から書かれている。いくら話題は戦争中の雪に埋もれた若狭の分教場や、そこでの不幸な事故の思い出であったとしても、だ。「私は過去にそういう雪ぐらしをしたおかげで、雪道を歩くコツを心得ている」（傍点藤井）というのも、都会暮しからの物言いになってしまっている。

〈ああ　こんな雪ぐらしはイヤだ。都会へゆけば雪がないそうだ。都会へ出てくらそう〉

日本海辺の子らは、五つ六つの時からそう思いくらし、中学なり、高校なりを出ると地場産業のない村を捨て、都会へ出たのである。二十一センチの雪ですべってころんで骨折した人々の中にもそういう少年少女だった暦をもつ方がおられるやもしれない。

これに続けて、やや唐突に水上勉はこんなふうにこの一節を締めくくる。——「いずれにしても、雪は日本人をふたつにふりわける。闘いながら生きねばならぬ組と、風流に眺める組とにである」。ここで述べられているのは、おそらく、人間は生まれながらに雪と「闘いながら生きねばならぬ組」と「風流に眺める組」とに分けられる、ということだけではない。「風流に眺める組」のなかには、「村を捨て」「都会へ出」た「……そういう少年少女だった暦をもつ方」も含まれていたにちがいない、たとえば「都会にくらして文学の道でくらす私」のような。

ただし、繰り返して言えば、ここでの水上勉の位置も、何度も揺れ動いた振り子がここでは都会のほうへ振れたというに過ぎなかったとみたほうがいい。現に、その前には故郷での眠りの深さを渇望した「若狭千年の息づかい」があり、その後には「ねがわくば　この地に果てん　若狭路の」(八六年)の歌もあったのだから。

良寛の帰郷と生涯の閉じ方

「ぼくは、最近良寛和尚や一茶翁の帰郷に関心を持っている」(「「買い付け」と「誘致」と」、『若狭海辺だより』)と水上勉が述べたのは八六年のことだが、故郷との距離を縮めた八〇年代の水上勉の念頭にあったのが、良寛の帰郷とその生涯の閉じ方であったことはここからも類推されよう。

評伝『良寛』が『中央公論』に連載されたのが八三年一月から一二月にかけてであり(八四年四月刊)、そこでは故郷を放浪しながら、老いてなお文芸の道に精進を重ねる良寛像が粘り強く追求されていた。水上勉の分身である評伝の語り手の「私」は、はじめのほうで「結局、和尚を語ることは、自分を語ることになろう」〈一〉と言いながらも、作中ではむしろみずからを出すことに禁欲的で、もっぱら良寛の生の軌跡を跡付けることに力を注いでいる。しかし、間接的なかたちではあっても、それらの行間からは、自身の帰郷の意味と生涯の閉じ方とを問い続ける作者の声を、まちがいなく聞き取ることができる。

そのように考えた場合、実はかつて良寛に突きつけられていた根源的な問いが、この評伝においては曖昧なままに素通りされていたという事実が、見過ごすことのできない問題として浮上してくる。「和尚を語ることは、自分を語ること」でもあるとしたら、その根源的な問いは、水上自身に突きつけられたものでもあったはずなのに、である。

『越佐草民宝鑑』なる書物を仮構し、そこに登場する水呑弥三郎なる「孤独な百姓の眼から、行乞の僧良寛」（「あとがき」、『水上勉全集13』七七年五月刊）を照らし出した小説『蓑笠の人』（『別冊文藝春秋』七四年六月）で執拗なまでに問われていたのが、飢饉で農民たちが喘いでいる時に托鉢僧である良寛が「どういう米を、どういう顔で頂戴して」〈一〉いたのか、という素朴にして根本的な問題だったのである。

「語録も説かず、弟子もとらず、田もつくらず、衣も織らず、炭も焼かず、ただ、方九尺の小舎に寝ころびくらし、村童らとあそんで自らを「大愚」といっ」〈十〉て憚らないような乞食僧に恵んでやれる米がどこにあるのか、というのである。

旅の往来の途次に「窮乏の水呑の家々」〈六〉をどのような思いで通り過ぎたのか。自嘲的な漢詩群のなかにも「なまけものの身勝手ななげきはないだろうか」〈一〉。二〇年ぶりで帰郷してふるさとの荒れているのを嘆く歌からも「自責の声はきこえてこない」〈八〉ではないか。

要するに、「良寛の甘え」ということに尽きるのだが、さらに、『蓑笠の人』ではこのように畳みかけられてもいる。

おそらく、良寛は乞食に徹底していたから、晴れた日は、村々を托鉢したにちがいない。しかし、雨がつづき、雪が降りつのると、十日も二十日も五合庵にとじこもらねばならなかった。(中略)それにしても、不思議な点は、晴れた日も物乞いなら、降っても物乞いであったとは。いささかの労働を提供して、その代償としてもらうのではなかった。彼は、贈ってくれた人に対して、語録も説かねば、説教もしなかった。経もよまなかった。葬式や法事をつとめたという話は、どの記録にもない。〈十二〉

有名な、子供らとかくれんぼをしていて藁束のなかで眠ってしまい、朝が来たのも知らなかったという「かくれんぼ咄」にしても、「なまけ者良寛の姿が、私には鮮明にうかんでくる」〈十三〉と手厳しい。

いったい、大人ともあろうものが、秋のいそがしいさなかに、野良でかくれんぼもおかしい。

（中略）私の生れた若狭などは、忙しい秋のさなか、子供らはみんな野良に出て働いたし、大人でかくれんぼするような者はいなかった。もし、これが越後でなくて、若狭だったら、朝までかくれんぼのつづきで呆けているような乞食坊主がいたら、いいかげんにしてくれッとどなりつけたかもしれない。〈十三〉

——このように『蓑笠の人』の語り手である「私」の良寛への詰問は峻烈をきわめるのである。良寛とちがって水呑百姓であるがゆえに出家も許されず、出稼ぎ、一揆への加担、佐渡送り、強制労働を経て、命からがら帰郷してみると、すでに妻は他家に嫁ぎ、子は行方知れずとなっていて、絶望の挙句の放浪の果てに「立亡」（立ったままの死）した水呑弥三郎の生涯と対置されることで、良寛の「雲上の境涯」〈一〉ぶりは、いやがうえにも際立たされてしまうのである。

良寛と水呑弥三郎の、対照的な二つの人生を交互に辿ってきた『蓑笠の人』だが、その最後はこんなふうに閉じられている。

良寛の臨終の様子を思うにつけて、私は柿崎の角取村の菩提寺で立亡した水呑弥三郎のことを考えずにはおられない。ともに、宝暦八年に、同じ越後の海岸の、程遠からぬ町に生れた二人が、すれちがうことなしに暮したその暮しようはまったくちがうけれど、蓑笠をつけた放浪者で生を閉じたことにおいて似通っている。良寛は、その生涯において禅を実践した高僧として、今日も仰がれる。水呑弥三郎のことについていまは語る人は少ない。〈十三〉

このように偽書の（さらには架空の人物の）活用という点で、『蓑笠の人』は同時期の『一休』をもしのぐほどだが、『良寛』との関係でいうと、偽書の有無を重視すれば小説対評伝ということになるけれども、その点をあまり考慮しなければ、実は『蓑笠の人』と『良寛』とのあいだにそれほど大きな方法上の違いは存在しない。史書や資料の引用によって時代を彷彿させ、仏教関係の文献を紹介することで内情やしきたりを浮かび上がらせ、それらを〈地〉として、〈図〉としての良寛の生涯を辿るというやり方であり、〈図〉の部分の材料としてはもっぱら先行の良寛伝類や良寛自身の詩文が利用される。

『蓑笠の人』と『良寛』のちがい

もちろん、『良寛』のほうが格段に詳しさを増しているのは確かだが、方法としては基本的には変わりはない。これに対して内容上の変化として目立つのが、『良寛』執筆時前後に社会問題化した「差別戒名問題」が大幅に取り入れられているということであり（水上自身この問題をテーマとして「石よ哭け」という戯曲を執筆している）、そしてさらに大きな問題としては、前述の問い（どういう米をどういう顔で頂戴していたのか）が棚上げされてしまっているということを挙げなくてはならない。

前者についていえば、良寛らがそうした寺院体制に背を向けた理由がいっそう念押しされるというわけだが、後者の場合は、特に『蓑笠の人』と比較して、そのちがいのはなはだしさは相当なものだ。もっとも、その問題がまったく触れられていないというわけではない。たとえば、こんな具合だ。

> 良寛の任運騰々の流浪とはいったいどういう生活だったか。耕さずに喰うのだから、耕している人々に食を乞うての生活である。（中略）無為徒食。兇作の村に入れば、乞食坊主め出てゆけと追いだされて不思議はない。（中略）円通寺を出て約十年、「任運騰々の境地」で旅にあけくれたと研究家にいわれても、その内容ははなはだ切実なはずだ。切実とは、衣食の面でも精神面でもである。〈一五〉

「切実」という曖昧な言葉に象徴されるように、『蓑笠の人』における糾弾ぶりと比べると、いかにも及び腰というほかはない。

また、別の個所では、「だが、労働する意欲も、決意ものべられていないのだ」、「すこしいっていることと実生活に矛盾がないか、という思いも抱かせる」と詰め寄りつつも、「ひたすら乞食托鉢で、ひまがあれば、文芸の道にいそしんだのである」〈十八〉といった具合に文芸を口実にして救おうとしている。

これに続く部分では、食を乞うて塩小屋に暮す良寛が小屋に火を出し、村人に土うめにされようとしているところを救ってくれた恩人とのやりとり（「どうして、土うめにされようとしたのに、さからいもせず耐えていなさったのですか」↔「どうしようば皆がそう思いこんだのだから、それでいいではないですか」〈傍点原文〉）が紹介されたうえで、そこはこのようにまとめられている。

この良寛に、仲珉氏（救ってくれた人物――藤井注）はあきれたろうが、よく考え直してみると、答えのふかさに足もとを照らされたのである。乞食放浪の男が、無所有、無私の境涯こそ最高の生活だと言外に説いてみせるゆるぎのない顔を見せた。仲珉でなくても、びっくりするのが当然で、良寛のただ者でない眼光が想像できるのである。すると、ここではただの乞食ではないあっぱれな人の見ばえがのぞける、むずかしいところだが、ゆれうごく思いをそのままに、しばらく、乞食良寛の姿を見守ってゆかねばならなくなる。〈一八〉

先の「切実」同様、ここでも「むずかしいところだが」という曖昧化の言葉が添えられたうえで、結局、「ゆれうごく思いをそのままに、しばらく、乞食良寛の姿を見守ってゆかねばならなくなる」といった具合に、なかばお手上げのポーズをしてみせるのである。

ただ、いずれにしても、基本的には、文芸の道に精進したことと引き換えに先の糾問を不問に付そうとするのが『良寛』の方向性であることはまちがいない。帰郷以後の友人たちとの交流、三兄妹の邂逅、そして貞心尼との出会い。文芸への精進をかさね、ついに「良寛は詩篇でその悟境を刻みこみ、その営為に生涯を費した」〈二九〉とされるのである。

揺れ動く水上勉

しかし、物語の内部においてはともかくとして、あの問いが「自分を語ること」にもつながっているとしたら、『良寛』における棚上げは、しょせんは一時の弥縫策でしかなかった。かくして、一度は捨てた故郷に帰ってきた良寛と、故郷にとどまって没落した家を守り続けた弟とのあいだに横たわる溝や、文芸に憂き身をやつす自分と日々の生活にあえぐ農民たちとのあいだに広がる溝は、水上勉自身の問題として内攻していくことになる。

そもそも水上自身は、あの根本的な問いに象徴される『蓑笠の人』と『良寛』とのあまりにも対照的なありようをどう考えていたのだろうか。のちに水上勉は両作品における良寛の捉え方が大きく異なることについて、「『蓑笠の人』を書いた時は、良寛和尚に対する私の思いも少しちがっていたかと思う」(「信仰を主題とした二篇」、『才市・蓑笠の人』九四年五月刊)と述べているが、これは順序としては、『良寛』を書く時には「少しちがっていた」としたほうが正確だ。要するに、「年をとるほどに、和尚の心境にあこがれを抱くようになった」というわけである。

ただ、そのいっぽうでは、「和尚の心境にあこがれを抱くようになった私は、同時に、また、水呑弥三郎のような農民のことも考えないではおれないでいる」とも述べている。『蓑笠の人』における良寛糾弾から『良寛』における良寛肯定へと、不可逆的なコースを辿ったのではないことがこれでわかる。糾弾と肯定のはざまで揺れ動く水上勉がここにはいる、というわけである。水呑弥三郎や貧しい農民らの側に立つことは結果的には良寛を拒み、村から弾き出すことにつながっていくだろう。逆に彼らの思惑などはお構いなしに村に居座って文芸の道にまい進する良寛をひたすら肯定的に受け入れる、という立場だってありうる。——こんなふうに『蓑笠の人』vs.『良寛』問題を捉えなおすことができるとすれば、まさにそれは水上勉の帰郷に直結する問題でもあったのである。

『蓑笠の人』と『良寛』とのあいだで揺れ動くということは、水上に即して言い換えれば、故郷への帰還、すなわち故郷の人々に受け入れてもらえるかどうか、という問題にほかならなかった。たとえば帰郷の決意を記したともとれる前掲の「若狭千年の息づかい」だが、そこにおいてさえも、漁業権を原発に譲ったはずの漁場でわかめ採りにいそしむ漁民や原電の下請け会社で働く農家の次男三男たちと書き手である水上勉とを隔てる距離は、埋めるべくもないかたちで存在していたのではなかったか。その意味では、水上勉の位置は、「百十万キロワットの電力を夜っぴいで都会へおくっている」闇にのみ込まれた村のほうにではなく、そのおかげで「夜も昼のように明るい」都会のほうにあったと考えたほうがいいかもしれないのだ。

前掲の、この三年後に書かれた「雪に憶う」の「都会にくらして文学の道でくらす私」が想起されるが、といって、前述のごとくこれが水上の最終的な位置であり、決断であった、というわけではなかった。八〇年代の水上勉は、都会と田舎（若狭）とのあいだをまだまだ何度も何度も揺れ動くことになるのであり、その意味でも「若狭千年の息づかい」で批判的に言及されていた「原発はこりごりだと、アトリエをたたんでどこかへ引っ越す陶芸家」と同類視するのは適当ではない。水上勉が帰郷問題、ひいては終の栖問題を最終的に決着させるのは、それから何年も経った大病（八九年六月）後のことだったのである。

第十一章　『才市』へと至る道

『蓑笠の人』と才市

「才市《さいち》」と言われても、知っている人は多くはないだろう。鈴木大拙が『日本的霊性』（一九四四年刊）のなかで紹介したことから一部で知られるようになった。本名は浅原才市といい、真宗門徒であったことから「妙好人浅原才市」と呼ばれることも多かったという。「妙好人とは、真宗信仰者で、読み書きもままならぬ庶民のなかにかくれ住む、信仰ぶりの美しい人をいうのである」（水上「まん中を生きる」、『電脳暮し』九九年四月刊）。岩見温泉津《ゆのつ》（現・島根県大田市）に一八五〇年に生まれ、一九三二年に同地で没した下駄職人である。「下駄をつくって暮す五十歳ごろから、境地はふかまって、カンナ屑に書きのこした口語体の詩は、はなはだユニークで、深いものだった」（七七年五月「岩見温泉津にて」、『軽井沢日記』七九年七月刊）。

のちに詳述するけれども、水上勉の浅原才市への言及は七四年六月の『蓑笠の人』中にすでにあり、さらに本人の証言によれば、八三年一〇月の時点で、「ここ十年ほど前から」（「かんな屑の話」、『閑話一滴』八六年三月刊）その生涯を調べていたという。これがまちがいなければ、『蓑笠の人』より前の、七三年頃にはすでに調べに着手していたということだから、関心の芽生え自体はさらに遡らなくてはならないことになる。

それをかりに、七〇年頃とすれば（まったくの当てずっぽうだが）、本章の主人公である評伝『才市』（『群像』八九年一月、八九年五月刊）までには、ほぼ二〇年の歳月が経過している。「『才市』へと至る道」、である。それにしても、この時点で、水上文学を代表する傑作の一つを完成させることができたのは、ほとんど奇跡的な出来事のように私には思われる。言うまでもなく、このちょっとあとには心筋梗塞を発症し（八九年六月）、「一万人のうちに一人の生還に等しいと主治医もいった三分の二の心臓壊死」（前書の二、『精進百撰』九七年二月刊）を体験して、手術やらなんやらで数年間の入退院を繰り返すことになるからである。

その結果、回復してからもその後は、「原稿紙に万年筆をつかってきたが、筆圧が重なると、二千字ぐらいで息切れが起きた。四百字詰だと五枚程度」（「勘六山電脳小学校」、『電脳暮し』）というような状態となり、ここから、ワープロやパソコン（のちには音声入力機能付きの）を駆使した最晩年の電脳暮しが始まるわけだが、もちろん、以前のような旺盛な執筆活動はもはや望むべくもなかった。つまり、その直前に『才市』は完成されていたわけで、それを私は「奇跡的な出来事」と呼んだのだが、運命の導き、とも、僥倖とも、どんな言葉を使っても、この〈ありがたさ〉を言い表すことはできないのではないか、というのが正直な思いだ。

ところで『蓑笠の人』では才市はどんな文脈で言及されていたかというと、良寛と対比されてその悲惨な人生が辿られていた水呑弥三郎の言行録中の言葉が、才市の言葉（詩）を想起させたというのである。水呑弥三郎が、架空の書物である『越佐草民宝鑑』中に登場する架空の人物であることは前章で紹介したが、水呑百姓であるがゆえに出家も許されず、出稼ぎ、一揆への加担、佐渡送り、強制労働を経て、命からがら帰郷してみると、すでに妻は他家に嫁ぎ、子は行方知れずとなっていて、絶望の挙句の放浪の果てに「立亡」した水呑弥三郎が遺した言葉が『越佐草民宝鑑』の「言行録」の頁に紹介されていて、そのなかの言葉に通じる詩が、才市のもののなかに見られるというのだ。

言行録には、「弥三郎が、生前に村人にいった言葉や、和歌とも、くりごとともつかぬ、詩型のことば」が収録されており（もちろん架空のものなので水上の創作だが）、それを「読んでいて私は、ふと妙好人浅原才市を思いだしている」（『蓑笠の人』十一）。「岩見国温泉津で、下駄職人で生涯を果てたこの人が、無数といってもよい、詩とも歌ともつかぬ語をのこしていて、それらの一つ二つと思いあたるところがあったからである」。

『蓑笠の人』ではこのあと、実際の浅原才市の詩がいくつか紹介され、「下駄職人という、もっとも下積みの生涯を果てながら、辿りついた才市の境涯が、いま、私は越後の蓑笠の人弥三郎にかさなって涙ぐむのである」という一文に続けて、もう一つ才市の詩が引用されている。

わしが親さま、見たことあるよ。

よくよく見れば、
わしが親さま、
なむあみだぶつ

そしてこれが、「このあたりの境地は、弥三郎が村の堂で誰かにいったことばと似ている」というのだが、先の（架空の）弥三郎の詩のなかに似たものを求めるとすれば、「なむあみだぶつ、なむあみだぶつ、佐渡の敷内、なむあみだぶつ、なむあみだぶつ、花の敷内、花のこころがわしのこころ、機法一体南無阿弥陀仏」あたりがそれにあたるだろうか。いずれにしても、弥三郎関連はすべて架空なので、実際には才市の詩が先にあって、それをもとにして弥三郎の「生前に村人にいった言葉や、和歌とも、くりごとともつかぬ、詩型のことば」が創造されていたことになる。それを作中では逆に、弥三郎の言葉から才市の詩を思い出す、としているわけだ。

この関係は人物造型に関しても同様であって、才市への関心が先にあって、そこから弥三郎という架空の人物が創造されたという順序になる。つまり、作品内では水呑弥三郎vs.良寛だが、実際の対立関係は、才市vs.良寛で、良寛の向こうを張る存在であったことから、すでにこの頃から才市の存在が水上の内部で大きなものになりつつあったことがうかがわれる。

もっとも、以上の論脈では才市は弥三郎側の人間であり、良寛とは対立関係にあるのだが、『良寛』と『才市』とを収めた『新編　水上勉全集10』（九五年一一月刊）の「あとがき」では、『才市』は『良寛』を継承した作品であるということになっている。

『才市』を書こうと思ったのも、良寛和尚の歩かれた地平、日本海辺のことを考えていた一日だった。庶民はなぜか風狂の乞食僧を歓迎し、理解もし、米麦衣類をもちよって、和尚と親しんでいた。日本の地平には、そういう人々が大勢いたのである。（中略）浅原才市が下駄をつくる職人であって、しかも文字に馴染みのない、無学の農民の子であったのにかかわらず、良寛和尚と同じような境涯の日常を送って、しかもカンナ屑に「口あい」（口をついて出るつぶやき歌――藤井注）という、こぼしことばを綴ったのである。その歌とも詩ともつかぬ作品が一万以上も残っている事実に魂消たのだ。

このあたりが前章で指摘した「揺れ動く水上勉」であって、この「あとがき」では『良寛』同様、良寛が全肯定されている。『蓑笠の人』のような弥三郎側に立った良寛への批判は封印されているのである。

ミニ評伝の試み

ところで、『蓑笠の人』では才市への言及は、弥三郎の詩から才市のそれを思い出す、という文脈で出てくるだけの断片的なものだが、三年後の前掲「岩見温泉津にて」になると、水上勉が評伝の準備段階でよく試みるミニ評伝の体裁が早くも整えられていたことがわかる。

岩見の国、温泉津へ来ている。ここは宗教詩人、下駄職人、浅原才市の里である。温泉郷の湯の町は、ゆのつの小浜から少しはなれた海岸の谷にあるので、まことにひなびた海辺の孤村といった感じである。江津から車で二十分あまり、山の向うを走る国道からそれて、海岸へ降りると、山陰線の高架線の下にわずかな集落があった。小浜と呼ばれている。

例によって生家やゆかりの地を訪ねるところから始められる。そして経歴が紹介され、「カンナ屑にこれを書きつけておき、のち小学生徒の清書帳に清書」された作品がいくつか紹介されたあとで、これも例によっての墓参りとなる。

才市の墓は、山陰線の高架線をくぐったところをわずかに登りつめた谷の共同墓地の中にあった。父、西教と共に秀素とその同行の名を刻まれた一基の石になって眠っている。その石に妻、子の名はあっても、母の名はなかった。母に捨てられた子の生涯に、感懐をふかめる。

再婚先で子を産んだ母の嫁ぎ先が近所にあったことや、父が「乞食同様の」「甲斐性のない花売り男」であったことが、どれほどつらいものであったことか。舟大工の小僧をしながら「現世の父母」ではない「おやさま」を希求し、「ひたすら、下駄をつくって、実父母の死んだのちにも、「おやさま」とはなしあって生きた」才市への共感が、水上に「ここのところに思いをふかめたくて、村なかを歩き、浜を歩きして、時間をすご」させたのである。

才市の父は世間ではどう見られていようとも、信仰ぶかく、現世欲のない人物だったのではないかと水上は想像する。「才市は、つまり、この父の、世間的には零落者とうつった心を球根にして生きたのだろう」。

才市が身をよせた母の実家は大水の時は屋根まで水につかるような家であったという。「そんな家から一歩も逃げず、茨の筵のような故土に腰をすえて、下駄をつくって生きる人の心とはどういうものだろう」。そして晩年孤独になっても「何一つ文句をいわず、下駄つくりして、八十三歳まで生きた」。

こうした才市の人生のどこが、二〇年近くもかかずらうほどに水上の心をとらえたのか。境遇、親子のきずな、下駄職人、平仮名中心の口語体詩、さらには生まれた「土地から一歩も逃げなかった」というその生き方。おそらくはいまだ作家自身にも絞り切れていなかったその答えを探し求めて、水上勉は『才市』へと至る道を歩き始めるのである。

ここで「岩見温泉津にて」(七七年五月)から『才市』(八九年一月)までのあいだの、水上の才市への言及中の主なものを列挙しておこう。前掲の八三年一〇月の「かんな屑の話」(『閑話一滴』)、八四年一〇月の「才市の指痕」(同前)、八五年二月の「物に教えられる」(同前)、などが管見に入ったものだ。これ以外にも、才市が長いあいだ出稼ぎに行っていた九州に取材に出かけた、というたぐいの言及ならいくらでもある。

『閑話一滴』中の才市

さて、まずは『閑話一滴』に収められた三つのエッセイだが、「かんな屑の話」では、「よく、この屑をひろって、墨壺へ竹筆をつけると、字を書いた」という水上勉自身の父と才市とが重ねられている。ここで強調されているのは才市が「文盲」で「漢字もしらなかった」という点である。短いエッセイでありながら「文盲」という言葉が何度も出てくる。そしてもう一つ印象深く書きとめられているのが「かんな屑の美しさ」だ。人にはクズと思われがちなかんな屑が実は美しく、その「美しさに眼をとられ、白いその肌に、字を書きたくなったのにちがいない」、と才市が平仮名や片仮名まじりの即興句を生み出した背景を想像している。

二つ目の「才市の指痕」にいう「指痕」とは、繰り返し読まれたために『御文章』(蓮如が門徒向けに真宗の教義を平易に説いた書簡集)の表紙の、指の当たる個所に穴があいてしまったことを指している。しかもその『御文章』中の「納得し、感動したところ」には、「やむにやまれぬ気分になって」、「これがわしだ」、「またいただいた」などの感動語(?)が欄外に書きつけてあったという。ここで強調されているのが、この「やむにやまれぬ気分」であり、「書きつけねばならなかった」という衝迫性である。「あて字が多くて、濁音も少なく、漢字、仮名のまじった文章」でありながら「腹からほとばしり出たことばをそのまま、わきのカンナ屑に書きとめたにおいのする」(傍点原文)のが才市の詩の特徴であるという指摘も、結局これと同じことを言っている。

「物に教えられる」では、才市の旧居を訪れた際に見た「才市がつくった下駄」のことを徹底的に書いている。昔の職人の手づくり品がいびつなのは、「その客の足格好を眺めて」作ったがゆえにいびつなのだという。ここで強調されているのは、職人の仕事が繰り返しから成っているということだ。カンナをかけることも、鼻緒をすげかえることもそうだし、そもそも下駄というものが「くりかえしつくってさしあげる」ものなのだから。しかも下駄の場合、同じ桐を使うにしても、琴やタンスにいいところを持っていかれたあとのクズのような部分を使う宿命にある。そのクズと繰り返し格闘するのが下駄職人というものだと言うのである。

ハンディと輝き

七七年のミニ評伝では、焦点が絞り切れていなかった感もあった才市への注目が、年を経るごとに、才市の何が、どこが、水上勉の関心を引き付けたのか、を次第に露わにしていったように思われる。先走って言えば、それは、何らかのハンディを負わされた人間が、にもかかわらず人一倍輝いていることへの共感であり、賛嘆の念であったのではないだろうか。ハンディとは、境遇であり、職業であり、経済状態であり、あるいは身体的障害であったり、教育を受ける機会を与えられなかったり（「文盲」とか）、といった、いわゆる「差別」の理由となりそうなもの全般を指す。

才市の場合でいえば、まずは「文盲」があり、両親の離婚や父親の零落、舟大工や下駄職人としての貧しい暮らし、などがハンディにあたり、にもかかわらず、片仮名や表音字でカンナ屑に書きのこした詩が「宗教上の深い悟りの世界を示していた」（「かんな屑の話」）というあたりが輝きにあたる。

こうしたハンディと輝きとの逆接的な関係への認識を深めていったのが水上勉の『才市』へと至る道であったというわけだが、実はその歩みを支え、背中を押したのは才市ひとりだけではなかった。水上のまわりには実に多くの才市型人物(!)――ハンディをものともせずに輝いていた――が存在していたことを忘れてはならない。というか、そのことに気づかされていく過程が水上の二〇年間であった、という言い方もできるかもしれない。

タカ子の場合

水上勉が繰り返し言及している場合はその回数も考慮に入れなくてはならないが、たとえば『ものの聲ひとの聲』(八〇年一一月刊)に収められた「青葉山分教場の庭」や「知恵おくれについて」などに登場する「知恵おくれ」の少女タカ子を、水上は繰り返し取り上げている。水上の前任の教師が情緒不安定・知能低劣ゆえに「休校を許した」少女を、近所の児童らが協力して通学させるようはからい、確かに学業等は不振であったものの、戦時下の増産活動の一環としてのフキ採りになるとがぜん頭角を現し、山や谷を駆け巡って他の児童たちの手本となり、ついには「優」までもを獲得したというエピソードである。

はたして、谷口タカ子は前任教師の書き置いたように、「他児童に支障を来たす」子であったかどうか。「情緒不安定」であったかどうか。むしろ否である。見つめ方によっては、無数の光沢を放って、教室内の子らをうつし出してくれた。
つまり私は、タカ子そのものを教材とした結果になっている。タカ子が毎日学校へゆきたいと願ったことで、誰よりもたくさんの学用品をカバンに入れてくる。その荷物ともども交代で負い、吹雪の日はその物を背負う役を当番で決めて通学してきた二年間の短い歳月にしろ、他の子らが何を学んだろうかと考えると、タカ子こそ教科書であり、教師であった気がするのである。

（「知恵おくれについて」）

ハンディと輝きの逆接的な関係の見事な実例といっていいだろう。ところで、『ものの聲ひとの聲』所収の二つのエッセイは七九年から八〇年にかけて書かれたものだが、これらには先行するエッセイがあった。『中央公論』の七七年一月号に発表された「三十一年目の分教場」がそれである。その背景については、祖田浩一編の「年譜」（『水上勉全集26』七八年一一月刊）に、七六年一〇月「戦争中に教員をしていた福井県青郷の高野分校を三十一年ぶりに再訪、当時の教え子たちの会に出席（二十九日）」とある通りだ。「三十一年目の分教場」はその日のことを振り返って書いたもので、戦時中のことについては『ものの聲ひとの聲』所収のエッセイと重なる部分も少なくないが、ここでは再会には前史があったことが明かされており、そこでもタカ子のことが触れられていた。
再会の前史というのは、六一年の直木賞受賞時にＮＨＫの対面企画番組で「内緒で集めた分教場の子らを五人ほど、福井県の体育館で会わせた」、というものであった。引っ込み思案のタカ子はその場には来ていなかったものの、水上のほうから出席者にわざわざタカ子の消息を尋ねたというのである。このことからも水上がタカ子への関心や記憶を持ち続けていたことがわかるが、さらに、戦時中を振りかえった「ぼくはこの日（タカ子がフキを探して山奥に入り迷子になりかけた日のこと――藤井注）のことをわすれないできた」（「三十一年目の分教場」）という言葉からは、水上がタカ子への関心や記憶をずっと持ち続けていたらしいことがうかがえる（ほかにも水上はタカ子を登場させた小文を数多く書いている）。ちなみにタカ子や生徒たちとの思い出をもとにしたのが、日本型私小説に一区切りつけたあとに書かれた『椎の木の暦』（八〇年一〇月刊）という小説だったのである。

ここで水上と才市との「出会い」の時期をもう一度思い出してみると、本章の冒頭部分で、調査開始が七三年頃、そして関心の芽生え自体は七〇年頃、と推定しておいた。だとすると、かりにタカ子のことを戦時中から六一年、七六年に至るまで一貫して気にかけていたとするなら、むしろタカ子のほうが才市に先んじていたことになりはしないだろうか。ハンディと輝きの元祖は実はタカ子のほうだったかもしれない、というわけである。

岸本氏の場合

タカ子に次いで繰り返し言及されている才市型人物としては、若狭の竹細工師岸本一定氏を挙げなくてはならない。「二十年前に尾崎欽一という人形師にあい、それから十年して八木沢啓造氏にあい、さらにこんど岸本一定氏にあったのだった」（「竹人形師」、『働くことと生きること』八二年一一月刊）、と三人の竹人形師との出会いを振り返っているが、尾崎氏は菊田一夫による劇化の際（六四年）太夫人形を提供した人物、八木沢氏は人形劇「越前竹人形」（七八～七九年）のために初めて動く竹人形を考案した人物。ただしこれは五〇センチ大のものに過ぎなかったので、舞台での鑑賞にも堪えるその倍くらいの大きさの竹人形の製作を、今度は同郷の竹細工師である岸本氏に頼ったのである。

少年時代から竹細工をつくり、村では、かなうもののない、名品をつくる。私らの部落の伝右ェ門の爺さまの生れかわりといってよかった。私は会ってびっくりした。岸本さんは、物がいえなかった。聾啞の人だったのだ。

私はその日、胴串や、手足、肩籠などを携えていったので、岸本さんはそれを見ると、眼をかがやかせた。「やってみましょう」という返事だった。（同前）

結局、岸本氏からは十数体の人形が届けられたが、「送られてくるもののどれをみても、竹が死んでいなかった。こうすれば、おもしろいだろうという技術はなかった」（「竹の精霊」、『竹の精霊』八二年一〇月刊）。そしてそれらの人形を使って演じられた初めての人形劇が越前落城悲史ともいうべき「北の庄物語」（福井、鯖江、枚方で上演）だったのである。

岸本さんが、はじめて自分のつくった人形芝居を見られたのは、この枚方であった。私は、聾啞で耳の不自由な人が劇の進行につれて、眼頭をうるめて見入る姿をそばに見て、感動した。（「竹人形師」）

才市の文盲にしろ、タカ子の知恵おくれにしろ、とにかく水上はハンディにこだわる。岸本氏の場合は、それが聾唖、なのである。「つくった人は障害で物のいえない人だ」（「竹の精霊」）。『閑話一滴』に収められた「魚籠《びく》の話」では、ある時岸本氏から本業の製作物である魚籠が送られてきたエピソードが紹介されている。机の横に置いて眺めていると「こんなものを手すさびにつくったから、何かの物入れにして下さい」と魚籠がいろいろ語りかけてくるというのだ。「岸本さんは口も耳もご不自由だから、物をつくり、物に語らせていらっしゃる」。それで「私」（水上）も、「物入れにするのは勿体ない芸術品です」などと受け答えする。

私はざっと、右のような問答を魚籠とかわした。何どもいうようだが岸本さんはお口が不自由だし、耳もきこえないのだから、心ではなすしかないのである。

一個の魚籠が、私の体内からことばを絞り出す。（中略）

物というものは、こうして、人の心をゆたかにし、生き生きさせる。魚籠はひとりの竹細工人が、心をつくして、手を使って編んだ物だ。機械で量産された物ではない。眺めていると、岸本さんが老いた手でうらの藪で竹を伐り、ナタで割り、皮をけずりして製作に没頭された光景が浮かぶ。

岸本さんはことし六十三歳。村の竹籠づくりの名人である。いわゆる無形文化財といわれて、中央にまで名の知れる職人ではない。村の人々の生活用具を、だまって造ってきた、しずかな人だ。柳田国男先生が名づけられた常民とはこういう人のことをいうのかとふと思う。（傍点原文）

ここでいう常民を水上は別のところでは無告の人々、と言い換えている。「文化とは、そういう無告の人びとの血汗の上にできあがるものだということを、越前のチリ取り小屋は、私に教える」（「チリゴミ取りのこと」、『閑話一滴』）とは、寒中での紙漉きの際に表面にゴミが残らぬように「赤い手首を冷水にぬらして、無心にチリを取る」女衆を見ての水上の言葉だが、常民といい、無告の民（人々）といい、それらの人々に向けられた水上の熱い思いが伝わってくる。しかも雑誌『ＰＨＰ』の初出では、「チリゴミ取りのこと」が八三年三月、「魚籠の話」が八四年二月の発表であったものを、本にまとめる際には単純に掲載順に並べるのではなく、「魚籠の話」を先にして、それに続けるかたちで「チリゴミ取りのこと」を置いている。同種のテーマを繰り返し取り上げるところに水上の思いの深さをうかがうことができると同時に、岸本氏を取り上げた「魚籠の話」から「チリゴミ取りのこと」へと編成し直すことで、「村の人々の生活用具を、だまって造ってきた」岸本氏の常民ぶり、無告の民ぶりが念押しされるかっこうになっているのである。

ところで、水上と岸本氏との出会いは人形劇「越前竹人形」（七八〜七九年公演。ただしこの時の竹人形は八木沢氏考案の五〇センチ大のもの）の完成前後の頃と思われるが、仮に七八年として、ちょうど『才市』へと至る道が半ばにさしかかろうとする頃であった。言ってみれば、これ以降、才市型人物像がタカ子から岸本氏へとバトンタッチされ、みずから再組織した竹人形劇団（今度の人形は岸本氏製作の一メートル大のもの）への没頭とあいまって、岸本氏という存在が水上のなかでどんどん大きくなっていったものと想像される。

血縁者たちの場合

それは言葉を換えていえば、ハンディと輝きの逆接的関係へのますますの傾倒ということにほかならないが、これ以降水上の人物評価はほぼこれ一色に、すなわちハンディと輝きという観点からの人物評価が圧倒的に多くなっていく。水上の自伝的エッセイで読者にはお馴染みの父母を始めとする血縁者たちですら、ハンディと輝きという観点から捉え直されていくことになるのである。

たとえば、尺八作りの名人芸（「竹の精霊」）や大工仕事に職人としての生涯をささげた（「当世職業《いまのよのしごと》談《ばなし》1」、『働くことと生きること』）ことで輝きをはなっていた父だが、私人としては、大工仕事で家を空けることが多く、当然家は貧しさの極みで、そこへ口べらしの話が来るとすぐにとびついて、というような身勝手な像ばかりが一方的に語られていた。しかし、それもともとはといえば、父が抱え込んでいた深刻な「ハンディ」ゆえであった。すなわち、村の鎮守社の普請入札で無理をして生涯にもわたるほどの多額の借財をしょい込んでしまっていたのである。これについては父の死後（七〇年九月）母から聞かされたらしく（「鎮守の森に佇んで」、『若狭海辺だより』八九年四月刊）、この「ハンディ」がおおやけにされるのは父没後の『冥府の月』（『文芸展望』七三年四月）、「私の昭和史」（『月刊エコノミスト』七四年一月）などにおいてであった。「鎮守の森に佇んで」は後年のものだが、そこでは「父は六十円の借財で終生苦しみ、家は貧乏のどん底を這いまわらねばならなかった」ことが切々と述べられている。これらはいずれも「『才市』へと至る道」の途次においてであったわけで、身勝手な父親像から、ハンディと輝きをあわせもつ父親像への捉え直しが、そこではなされていたのである。

「ハンディ」が強調されるという点では、それまでは田植え仕事の後の水浴びの際の黄金色の裸体（「寒い家」、『くも恋いの記』六七年一月刊）に象徴される「私だけの母」の「輝き」ばかりが称揚されてきた母が、実は「文盲」であることが強調されるのもこの時期の特徴である。「へしことかれい」（『若狭海辺だより』）には「文盲といってもよかった母だが、九歳から離れてくらしたぼくに、何通かの手紙をくれた」とあるし、「当世職業談1」でも「少女時代から古下駄直しをしてきた母」の下駄をめぐる一家言の紹介に続けて「文盲の人もその道に入って、職に徹すれば、そこに一仏を見たにちがいない」、と「文盲」を念押ししている。

両親の場合とは逆に、この時期にその「輝き」のほうに光が当てられるようになったのは、幼い頃に同居していた父方の祖母の場合であった。彼女が全盲（＝ハンディ）であることは自伝的エッセイ等で知られているが、「祖母のこと」（『続・閑話一滴』八八年一二月刊）では、「境界だらけのこの世に、それが見えぬ、感じられぬのもめでたい人生」であると盲目の肯定面＝「輝き」のほうに目が向けられている。「ぼくらがあたりまえのように馴染んでいるあかるい昼、見えぬ暗い夜の境界が祖母にはなかったのだ」。川や道などの境界についても同様で、だからこそ「道びき」（手引きのこと）が必要だったのだが、最近は境界の見えないのも悪くないと思うようになったと言っている。

この世に境界の見えないのは悲しいが、考え直してみるとラクな感性だと羨ましくなったのは、このごろのことだ。夜と昼の境界はもちろん、ここから入ってよい、入ってならぬというような境界なども見えぬのはうれしい気がする。

「窮屈な境界だらけの人生をわれわれは生きている」が、「いまはふと、それ（境目の見えなかった祖母を一方では悲しく思う気持ち——藤井注）もふくめて、境目の見えない世界を羨ましく感じる自分を偽れない」と述べている（「境目の見えない世界」は、盲目ゆえに「世の中に、いったい、どげなさかい目があるのかわかりませぬ」と主人公に吐露させた『はなれ瞽女おりん』〔『小説新潮』七四年二月〕以来のテーマでもあった）。

六祖慧能の場合

さて、ここまで近しい者たちの場合を述べてきて突然おおむかしの高僧へと話が飛ぶのもどうかと思うが、この時期のハンディと輝きへの傾倒の例としてこの高僧をはぶくわけにはいかない。中国禅宗の第六祖慧能《えのう》の場合である。「この慧能の労働禅が、栄西や道元が宋国から将来した禅で、これが日本禅となった。臨済宗といい、曹洞宗というも、みな慧能禅の流れを汲むのである。これを曹渓の道という」（「まん中を生きる」、『電脳暮し』）。

のちには「本来無一物」などの言葉で知られる日本禅宗の父ともいうべき六祖慧能は「南の広州に

近い新州という村で樵をする貧乏な家に生まれ」「字を知らなかった」。「無学文盲の樵だからいたしかたない」（「六祖の石」、『続・閑話一滴』）。「六祖の石」は、無学文盲のために修行道場で米搗きの仕事しか与えられなかった慧能が、「足で踏んでキネをもちあげて、石臼で搗」く際、体を重くするために腰に石をくくりつけて踏んだという、その石を見るために揚子江近くの禅寺を訪ねた折のエッセイである。慧能にはまた梁楷作の「六祖截竹図」という、竹を伐っているポーズの絵（本書二七二頁参照）もあって、この点でも水上の関心は深いのだが、いずれにしても、日本禅の源流という「輝き」のいっぽうでは、文盲というハンディをも背負っていたところに水上が強く惹かれたことはまちがいない。

『才市』という作品

『才市』という作品は、このように二〇年かけてハンディと輝きの逆接的関係への思いを深め、多くの才市型人物と出会い、また多くのそうした存在に気づかされるなかで、生まれたものであった。キッカケは、「寺子屋へもゆかなかったので文盲にちかかった」「辺境の下駄職人」が「下駄つくりの際にできるカンナ屑に推定約一万首の歌とも詩ともとれる信仰歌を書いた」〈一〉ことへの素朴な驚きだった。また熱心な真宗信者でもあったので、「下駄つくる人に、どうして、他力信仰の回心がおとずれて、一万首の口あい詩歌が、生れたのだろう。そこが知りたかった」〈一〉ともある。

才市の生涯を鳥瞰すると、一九〇四（明治三七）年に五五歳で帰郷し下駄作りを始めてからと、それ以前の筑豊への大工や舟大工としての出稼ぎ時代とに二分される。「結局この十年ほどの間に、ぼくは筑豊に都合四度の旅をしたのだった」〈八〉。当然その調査結果が反映された前期の部分は詳細を極めているが、作品全体を見ると分量自体は前期と後期がほぼ同量となっている。こんなところからも、後期の、下駄職人時代の、〈カンナ屑歌〉量産時代に、水上がいかに惹かれ、かつ力を注いでいたかがわかるというものだ。

母の役割

ところで、この前期と後期をつなぐ重要な仕掛けとして、水上勉の父と母の存在を挙げなくてはならない。母の下駄と父のカンナ屑とがこの作品に生気を吹き込んでいるのである。「もっとも、ぼくなりの執心（才市に対する——藤井注）の裏側には才市が下駄職人だったことがある。じつはぼくの母も下駄づくりを心得ていた」〈一〉と切り出した「ぼく」は、母や母の兄（本職の下駄屋）が板に穴をあけたり、トクサで磨いたりする時に「岩見の口あいではないけれど、つぶやくように、ぼくにいってきかせた」光景を思い出している。

母と下駄のはなしは終盤でもう一度出てくる。講演旅行の宿で評論家や作家たちと「下駄の先穴は、なぜ真ん中にあるか」をめぐって議論になった際に、夜遅いにもかかわらず、若狭の生家へ電話して母に教えを乞うたエピソードである。「阿呆なことをきくのう」と最初はあきれた母だったが、すぐ「少し声をやわらげて」、「まん中にあいとらねば、そら、はきにくかろうがな。はきよくて歩きよかったから、下駄の穴はあんなふうにあけて長もちしてきたんや」と解き明かしてみせる。

ぼくは満足した。母はしばらくだまっていたが少しわらってから電話を切った。母が田舎の家の寝所へ歩いてゆくうしろ姿が見える気がした。ぼくは眼頭がうるむような思いで少し酔っていた頭が冴えて眠れなかったが、そのことを、翌朝、評論家にも、友人作家にもはなさずに黙って朝食をとった。〈十五〉

ここには当然、離婚後近くの家に嫁ぎ、子までなした母への愛憎半ばした思いに苦しめられた才市の場合との水面下での対比があると思われるが、「文盲だったぼくの母が、評論家や作家の解決し得なかったことをさらっと解いてみせたあの時の返事に、今から思えば理屈のない母のこぼれ歌をきいたように思う」からは、ハンディと輝きという点で、才市に通じるものを母のなかにも見出していたことがわかる。

父の役割

水上勉の父のカンナ屑の話は、前掲「かんな屑の話」に「父はよく、この屑をひろって、墨壺へ竹筆をつけると、字を書いた」とあったが、『才市』では、才市が両親の離婚後に一一歳で大工職人のもとに奉公に出された、と述べた後に「明治二十年生まれで大工職だったぼくの父のことを挿入」〈三〉した部分にはカンナ屑の話は出てこない。見習い時代の給金のこととか、道具のこと、意地の悪い親方のこととかが紹介されているだけで、うがった見方をすれば、インパクトのあるカンナ屑をめぐっての共通性は、後期を描く後半のためにとっておいた感もある。

全一六章のうちの一四章に父のカンナ屑の話は、満を持したように、出てくる。一二章以降は、帰郷し下駄職人となった才市を間接的にでも知る人々に話を聞いてまわり、現場（桐の買い付けに才市が訪れたわさび栽培農家とか）を見てまわる水上流と水上節がいちだんと冴えわたる個所だが、直前の一三章の末尾では、いよいよカンナ屑が登場する。「うつくしい柾目のノートとも思えるカンナ屑」とか、「才市は自分だけにみえる光りのようなよろこびをかみしめ」とか、「節穴だらけのカンナ屑も金いろにかがやいて見えたにちがいない」とかいったように。

そしていよいよその一四章だが、温泉津の宿の二階の窓から迫る山肌を見ながら才市とカンナ屑の短冊のことを想像していると、「若狭にいた九歳までの頃に、父がよく、卒塔婆をけずる時に出てきた屑がうかんだ」、として、父の思い出へと入り込んでいっている。

> ぼくの父は、七十二まで生きた盲母がいたため、よそへ働きにゆけなかった。そのために、村には仕事は少なく、自然と、菩提寺の依頼で、死人が出れば、棺や塔婆をおさめていた。ぼくが四歳のとき、祖母が死んだ。父は母やぼくら子供を家において、稼ぎに出るようになった。大普請があると三月も四月も帰ってこないこともあったが、帰ってくると菩提寺から注文がきた。気前よく夜なべで卒塔婆をけずる父の仕事をわきでよく見たものだった。

その父の仕事は周到を極めたものだった。卒塔婆ひとつ作るにしても、筆で書きやすいように丹念にカンナをかけたという。カンナ屑は薄ければ輪になるけれども、少し厚いと「さらし布みたいに宙にながく浮いた」。「子供はそれが出るとうれしくて、走って拾った」。「放っておけば母が竈にくべてしまう」からであった。「父はこのカンナ屑によく字を書いて、小作田へ出る母に用事を書き置く便箋がわりにした」。

父をめぐっては、これに続いてもう一つ才市がらみの思い出があった。山の木挽き場にこもっていた父への伝言を頼まれて山の奥深く入っていくと、奥の方からカン高い声が響いてきた。しかし着いてみると父一人しか居ず、声については半信半疑のままで「早よ帰ね、暮れるどォ」の声にせかされて帰路につくと、またしても後ろのほうから歌声が聞こえてきた。「父がひとり歌をうたっているのだった」。木挽きのひとり唄は「悲しく淋しい」ものに思えたが、「と、同時に、道具をつかって仕事をする人は、ひとりきりになると誰にきかせようとも思わずに歌をうたうものだということを子供の時に知った」。才市の場合も美しいカンナ屑がノートに見えて「カンナ屑に誘われた歌がでたのだと思えた」。

墓参シーン

この父のエピソードが一四章、そして母に下駄の穴のことを聞いたエピソードが一五章、余すは才市の死を描く一六章のみであり、その後半は墓参シーンにあてられている。墓参シーンは前掲のミニ評伝「岩見温泉津にて」にもあったが、その時は「何十年ぶりかの雪」のあとであった。これに対して『才市』では「都合三度墓参に訪れている」うちの四月初めのそれが選ばれている。

山桜が満開で、無数の花びらが墓地はもちろん、わきを流れる川へも降り注いでいた。その時ちょうど上げ潮が始まり、逆流する川面が「桃いろ小紋のちりめん生地でつくったようなあつい坐蒲団を何枚もならべてのぼってくる」。すでに川面に降り注いだ花びらを押し戻して逆流してきたわけだが、そこへ新しい花びらも無数に降り注ぐ。「このけしきは、ぼくをそこに釘づけにした」。過去に才市も何度も見た光景にちがいなかったからである。

ここから「ぼく」は「はなをみよ　さくらからでるさくらのはなを　明をごふしぎのはなもみ太から……」の歌を想起している。「明をごふしぎのはなもみ太から」は「名号不思議の花も弥陀から」ではないかと「ぼく」は想像するが、「明をごふしぎのはなもみ太から」のあとは、「なむあみ太ぶつ」が一二回繰り返されている。「ここでは一字一字が花びらである。名号は花片の輪である。一字一字のあいまから春風がふいてくる」。

どのような解釈もできてしまいそうなラストだが、前掲の「あとがき」（『新編　水上勉全集10』）ではそのあたりをこのように補足説明してくれている。

最終の章で、才市の墓地に散る花びらを描いて、花びらが才市には「なむあみだぶつ」の六字だったと述べることができたように思う。自力聖道門から混乱期の民衆に語りかけた宗教家たち、一休も良寛も、究極するところはひとりの妙好人に出会うことであったかと、勝手に思ってみたのである。

「あとがき」執筆の九五年の時点で一休良寛よりも才市により多く惹かれていたと受けとれる文章だが、これと同趣旨のことはすでに『才市』の本文中（八九年）にも書かれていた。一休良寛ら「自力宗派の禅僧も、庶民にもぐれればそこに文盲の他力信仰の人々がいて、ふたりとも、庶民の喜捨なしでは生きてゆけなかった」。そして「このあたりのことを探りたくて、山間支谷の仏教信仰の地平を歩いていて、妙好人につきあたり、仏心をもつ人々がいてこそ、一休も良寛も禅境が樹立できた思いもしたものだ」。

「仏心をもつ人々」とは一休良寛に対して「こころよく相手になってくれる人々」のことであり、それを「まことと山川草木悉皆有仏性である」と言い換えた時、水上勉はもう一段、新たな段階へと足を踏み出そうとしていた。振り返れば、私情私怨に深く根差すようなかたちで、寺院制度、僧侶のありよう、親子、男女、性、離郷などのテーマと取り組んできた時代は『一休』前後までは続いていたとみることができる。それに対して才市的主題（ハンディと輝き）の発見は水上文学に新風を吹き込んだが、妙好人の発見から「まことと山川草木悉皆有仏性である」へと認識を深めるなかで、水上はさらに、才市的主題をも超える最終的な到達点へと歩を進めようとしていたかにみえる。

第十二章　電脳暮しの日々
――言葉を超えた世界へ

生活改造へ

心筋梗塞を発症（一九八九年六月）後、数年間の入退院生活を経て、九二年には水上勉は二〇年間住み慣れた軽井沢の山荘を処分して小諸郊外北御牧《きたみまき》村の通称勘六山へと居を転じている。寒暖差が激しく霧も深い高原での生活をあやぶんだ周囲の意見をいれてのことであったという（前書の四、『精進百撰』九七年二月刊）。「いまは信州の山奥で畑をつくって竹の紙を漉いて暮らす生活をはじめた。そこで死ねば本望だと思える家を建て、身の廻りをしてくれるひとを物色し、そこで何年か暮したあとで死ぬつもりでいるのである」（「勘六山電脳小学校」、『電脳暮し』九九年四月刊）。

これだけを読むと、なにしろ「一万人のうちに一人の生還に等しいと主治医もいった三分の二の心臓壊死」（前書の二、『精進百撰』）という大病を患ったことでもあり、そのせいで、住む場所を始めとしてガラッと生活を変えざるをえなくなったと受け取ってしまうかもしれない。事実、水上勉自身、「心臓残存部三分の一とのバランスやリズムを見つけるための生活改造に迫られ、長野県北佐久郡北御牧村に移住して、畑作りと竹紙漉きの生活に入るのだけれど、そういう生活転換に迫られた日々」（「あとがき」、『新編　水上勉全集16』九七年一月刊）云々と、数行中に二度も「生活改造」「生活転換」という言葉を使用して、生活の激変ぶりを強調しており、われわれがそのように思わされてしまうのもやむをえないかもしれない。

しかし、少しでも作家水上勉をかじったことのある人間であれば、「畑作りと竹紙漉きの生活」はかねてから水上が実践してきた生活にほかならなかったことは誰でもが知っている。確かに大病後のことではあり、節制すべきことも少なくなかっただろうし、「生活改造」の面もなくはなかっただろうが、しかし、それにしても、「山奥で畑をつくって竹の紙を漉いて」だったら、はるか昔から実践しているじゃないか、と古くからの読者であれば思ってしまうのである。だとすると、なぜ水上はことさら「生活改造」「生活転換」などと連呼したのか。この背後にはなんらかの事情が伏在していたのだろうか。

そのことを明らかにするためにも、まずは、いまとりあえず断定的に言ってしまった、「かねてから水上が実践してきた」「畑作りと竹紙漉きの生活」の実態を明らかにしておく必要があるだろう。実は私はかねがね、水上の「畑作りと竹紙漉きの生活」がいつ、どのようにして始まり、どのように推移していったのかについて重大な（！）（？）関心を抱いていて、かつ、それが水上の生と文学にどう関わっているのか、にも深甚な興味を抱いており、その意味からもかっこうの機会でもあるので、水上の「畑作りと竹紙漉きの生活」の歴史をここで振り返ってみることにしよう。

土を喰ふ日々

水上勉に『土を喰ふ日々——わが精進十二ヵ月』（七八年一二月刊）なる「料理書」があることは一部には知られている。雑誌『ミセス』に「〃わが精進〃十二ヶ月」というタイトルで連載されたもので（七八年一～一二月）、タイトル通り毎月自家野菜を使って水上自身が精進料理をつくってみせるというもので、あいまあいまには、通常のエッセイと同じく水上の過去の見聞や体験が挿入されるという趣向になっている。

ところでこのような企画がどのようにして生まれてきたかについての裏話が『精進百撰』〈前書の六〉に載っている。

> わたしは軽井沢にいる時、惣菜畑に出来た夏野菜を中心に、あとはスーパーで手に入るものを買って寺でおぼえた精進料理をつくっていた。この料理したものを写真に撮ってもらって『土を喰う日々』という題の本にした。

想像するに、「精進料理をつくっていた」ところを見た編集部が企画を提案したと思われるが、実は完成までには大変な障害があった。たとえば正月料理をのせる「正月号は前年の秋末につくらねば」ならず、「したがって正月料理の材料は十一月のスーパーで買う」しかなかったからである。畑でとれたものを使っていては、たとえば三月に収穫したもので作る三月らしい料理は五月号にのるしかない、ということになってしまうのだ。結局この問題がどう解決されたかというと、一年目は畑作りと収穫と調理と撮影のみとし、次の年には文章だけを書き、前年三月に収穫して調理・撮影したものを次年度の三月号に掲載する、というやり方を採用することになった。古き良き時代の雑誌作り、という気もしないではないが、ともあれそんなふうにして『土を喰ふ日々』は作られたというのだ。

ところで以上は余談であって、私が確かめたかったのは、「山奥で畑をつくって」の起源のほうだ。軽井沢南ヶ丘に別荘を建てたのが七二年六月（祖田浩一編「年譜」、『水上勉全集26』七八年一一月刊）、そして二年越しの『土を喰ふ日々』の作業は七七年から七八年にかけてだから（七八年一二月刊）、七六年に企画提案だとすると、遅くともこの頃までには「惣菜畑に出来た夏野菜を中心に」精進料理を作っていなくてはならないことになる。のちに『軽井沢日記』（七九年七月刊）に収められた七七年八月発表の「草の生きざまを」には、「五月はじめに蒔いた大根が去年にくらべて虫もつかず、葉も混んでまことに威勢がよい」とあるから、初めて大根を蒔いたのがその一年前の七六年だった可能性は高いのではないだろうか（初めてだから経験不足で虫がついた?）。

我ながら実にどうでもいいようなことの詮索にも思えるが、ともかく「山奥で畑をつくって」の最初は七六年、ということにひとまずしておこう。野菜さえまちがいなく収穫できるということになれば、調理のほうは、なにしろ「九つから禅宗寺院の庫裏でくらして、何を得したかと問われれば、先ず精進料理をおぼえたことだろう」（「一月の章」、『土を喰ふ日々』）と自負するくらいだから、問題はない。自給自足の食生活は保証されたも同然である。野菜の顔ぶれも、八〇年から八一年にかけての連載をまとめた『人の暦　花の暦』（八一年一一月刊）中の「寒い夏に」によると、ナス、トマト、キュウリ（ただしこれらは、この年は多雨のために生育が悪い）、大根、白菜、キャベツ、レタス（これらは順調）、三度豆、花豆、枝豆（これら果《み》のなるものも低調）と多士済々であった。

この延長線上に、勘六山に移転してからは山菜にも範囲を広げ、その成果は『土を喰ふ日々』の勘六山版ともいうべき『精進百撰』にまとめられている。その前書の七を見ると、西洋野菜（ピーマン、ズッキーニ、ハーブにかぼちゃも）の大家に教えられたり、山菜好きの大工さんに教えられたりして、どんどんレパートリーを広げていったことがわかる。たらの芽、クレソン、山芹、行者にんにく、うど、いぬたで、はこべ、車前草《おおばこ》、ゆきのした、ニセアカシアの花。さらにはリンゴにプルーン、すいか、野沢菜、地梨子、山ぶどう、など、蒔いたものもあれば野生のものもあるという、充実ぶりであった。

私が、而今現成の畑の作物に感動しつつ、これを収穫して客に供した日々を想像してほしい。三分の二の心臓壊死という患いのあとで、足かけ三年の入院生活を送ったけれど、退院後に試してみた山居生活での、粗食ともいえる精進料理の毎日を想像してほしい。（後書、『精進百撰』）

水上勉にとっては勘六山でのこうした精進料理生活は、入退院を繰り返していた時期の「あの三どのぜいたくな病院食に対抗し、心臓の負担を助けるべく、なるべく痩身となり、食事も精進一辺倒で、心臓の壊死した部分を活性化させてゆく方法が摑めないものか」（前書の六、同書）との願望に根差したものだったが、振り返れば、それは軽井沢での『土を喰ふ日々』時代の精進料理につながるし、さらにさかのぼれば、老師の隠侍をつとめて精進料理作りを手伝っていた小僧時代にもつながっていたというわけである。その意味でも精進生活は決して勘六山転居を契機として余儀なく始められたものなどではなく、むしろ、ごくごく自然な発展形としてここに辿りついた、というのが本当のところだろう。

竹紙漉きの始まり

畑作りや精進料理の起源もわかりにくかったが、もう一つの「竹紙漉きの生活」となると、さらにそのへんがごちゃごちゃしている。でも、ともかく、勘六山への転居をキッカケとして、ではなかったことだけはハッキリしている。

竹紙つくりのそもそもの目的は、それを竹のざる（竹人形の頭部）に貼って人形の顔を作ることにあった。第三章の「『越前竹人形』のその後」でも触れたが、「胴串をつけた人形をつくって、『越前竹人形』を演ってみよう」（『竹の精霊』、『竹の精霊』八二年一〇月刊）との目的で「越前竹人形制作の会」が生まれ、材料を始めとして試行錯誤のあげくに大田原の竹細工師八木沢氏製作の五〇センチ大の竹人形を使用した人形劇「越前竹人形」が完成した。公演は七八年四月から七九年一二月にかけてだったが、八木沢氏からは胴串をもった人形だけが提供されたので、「面だけは、頭をカゴでつくってゆわえつけねばならなかった」（『竹人形師』、『働くことと生きること』八二年一一月刊）。ただし、この時は有能な協力者がいて、無事、面は完成した。

八木沢氏製作の竹人形による人形劇「越前竹人形」の公演は全国二〇〇ステージにも及んだというが（同前）、その頃から水上勉のなかに「もう少し大きい人形に」（「竹の精霊」）との思いが芽生え、それが若狭の竹細工師である岸本氏の参加につながった。岸本氏からは倍くらいの大きさの竹人形が提供され、それが「北の庄物語」（福井、鯖江、枚方で上演）へと結実した。「竹の精霊」によれば今度は別の「面師」（本業は民芸細工師）の方の協力を得て、完成にこぎつけたという。

問題はその時期だが、鯖江市教育委員会の深川義之氏の調査によると、鯖江市での上演は七九年一〇月二六日であったという。まだ八木沢氏製作の竹人形による公演の全国巡演中のことであった。のちに人形座「竹芸」と呼ばれることになる水上勉率いるグループの活動が本格化するのはこれ以降のことで、人形の修理に参加していた女性が面を担当し、もう一人の女性と水上と当初は三人での再スタートとなったという。そしてここから竹皮でモチをつくりそれを漉いて紙をつくり、ざるに貼る作業が本格化した。

軽井沢の冬は零下十度の日はざらだった。ストーブを焚いて、若狭からくる胴串を磨き、竹をあくぬきし、手足をつくった。葉を煮て石臼でついてモチをつくり、これで紙をつくって面にした。面の担当となった高橋さんは、粘土をこね、型をつくり、試作試作の毎日をおくった。三年たった。私たち三人は、ようやく百五十個の面と、百体の胴串人形の試作に漕ぎつけた。（「竹の精霊」）

この試作人形のなかから「雁の寺」や「はなれ瞽女おりん」、「越後つついし親不知」などの登場人物が作られたのである。『人の暦　花の暦』（八一年一一月刊）中の「最後の章」という文章のなかに、「ことしは三年がかりで、工房で作った竹人形が約三十体衣装をつけ終わる」とあり、これが八一年四月の中国旅行の直前であることも明記されている。そして「公演は冬の予定」（同前）ともあるので、これらの人形（岸本氏製作）を使った公演が八一年の暮れに予定されていたとすると、八木沢氏製作の人形による「越前竹人形」の公演が七八年四月から七九年一二月にかけて、そしてその間の七九年一〇月には「北の庄物語」（これ以降岸本氏製作の人形となる）の公演があり、さらに今度は八一年の暮れ、というわけだから、相当な過密スケジュールだ。人形作りや芝居作りに集中できたのは、八〇年から八一年にかけての二年足らずしかない。これを見ても、この時期の水上や「竹芸」集団が、より良いものを、より理想に近いものを、との衝迫に駆られて全力疾走していたことが想像されよう。

若州一滴文庫

八五年三月の若州一滴文庫の開設以降はこの地に工房が置かれた。

こんど人形座「竹芸」が全国公演を終えて若狭の根拠地「一滴文庫」に落ちついた。（中略）その館の下に水車小屋をつくって、竹も、ち、をつき、紙にすき、竹面にする工房をつくった。水は谷水をあつめて、地下をくぐらせ、小屋の先から竹樋をとおして水車に入る仕掛である。（中略）竹は三日は煮ないとやわらかくならない。皮や葉は早く煮あがるが、枝や幹を割ったものは、時間がかかる。その煮あがったのを臼に入れて、水車で数日つきくずしていると、パンダの糞そっくりの茶褐色のもちになるのである。（八五年五月「水車とゲートボール」、『閑話一滴』八六年三月刊）（傍点原文）

竹もちより先の工程は、これを「七日も十日も流れ水で洗って、繊維をとり出し、これを紙に漉きあげてから、用途を考えて人形に貼りこんでゆくのである」（「水俣の竹紙」、『若狭海辺だより』八九年四月刊）。「寒冷地の軽井沢ではいくら植えても笹になって竹に成長しなかった」（「竹とともに」、『朝日新聞』八七年一月五日）ので、皮や葉は若狭から送ってもらっていたが、工房移転後はそんな手間も省け、「素人が漉いたのでも、筆ののりがいい、岩絵具のすばらしいにじみと鮮やかさも格別」（同前）なので、人形の面として使うだけでなく、本来の紙として絵や書に利用することも増えていったようだ。

若狭では豊富な竹を利用した竹紙漉きだけでなく、「田の土を利用しての焼きもの」（「豊葦原瑞穂のくにに」、『続・閑話一滴』八八年一二月刊）という楽しみもあったらしい。そしてそこから有名な骨壺作りも始まった（『新編　水上勉全集16』〔九七年一月刊〕所収の祖田浩一作成の年譜によれば、赤土での作陶も骨壺づくりも八八年に始まっている）。

どうにかして病気や死と仲よくなる方法はないかと考えた末に、骨壺をつくるよろこびからはじめた。もちろん、自分の入る骨壺のことである。故郷の若狭にいい土が出た。赤い山土で、鉄分も多く、磁土に似た高度の焼成に耐えることがわかってから、いろいろ手古ずってきたリューマチ手を治療する意図もあって、茶碗など手ひねりで作りはじめた。ところが、それもイヤになったので、このごろは骨壺をつくる楽しみがわいたのである。（八八年「死と親しむ」、『続・閑話一滴』）

脱線だが、この「死と親しむ」というエッセイは滋味にあふれた珠玉の一品で、「一見消し壺みたいだが、織部をかけるといい光沢だ」とか、「早くそのフタの下へ入ってみたい」と思うのは「いい茶碗ができると茶を一服呑みたくなるようなものだ」とか、随所に水上勉ならではの筆の冴えを見せる。骨壺を友人夫婦に作ってやったり、ある女優から「まだ私のは出来ませんか」と電話で催促されたりとか、いずれにしても「ずいぶん死に急ぐけはいである」。にもかかわらず、「骨壺をつくることで、周囲が明るくなったことは否定できない」とも言っている。送った骨壺の値段を問い合わされた際には、「月三千円ずつ月賦で」などと冗談まじりに答えたという。長生きすれば高くつき、翌月死ねばたった三千円、というわけである。要するに、「死と親しむ」、「死と仲よく」、であり、こんなところからも、何か新たな境地へと水上が入りかけているような印象を受ける。

勘六山の暮し

軽井沢に始まり若狭で本格化した竹（若狭では土とも）との付き合いは、九二年以降は北御牧村勘六山に引き継がれた。「山奥で畑をつくって竹の紙を漉いて暮らす生活」である。「畑をつくって」のレパートリーの広がりは前述の通りだが、勘六山での竹紙漉きは人形の面のためというよりは絵を描くためであった。「私は、この当時、竹の皮の餅で木枠に漉きあげる中国で見た方法で、A判やB判の竹紙を一日五十枚ほど漉いていた」（前書の五、『精進百撰』）。そして「竹の枝をたたいて筆もつくり、槌で草をたたいて生汁を絞り、その汁で竹の紙を染めたり」、絵を描いたりしていたのである。有名なのが「達磨の縄跳び」の絵で、評判がいいので気をよくしてよく人に送っては楽しんでいたという。

作陶のほうも若狭時代と比べて進化した。「三和土《たたき》なので土仕事」に向いている外の六角堂の中央に「蹴ロクロ」を固定し、「土のひねり場」として壺作りを続けた。ここではまた「紙も漉けた」。竹の皮の餅は臼に入れて杵で搗き、どろどろになったら槽に入れて漉くわけだが、杵は最初は水道水を使った「狐おどし」式の「杵つきばったん」だったが、のちには井戸を掘り当てて、モーターで汲み上げた水をためて杵を動かすようにしたところ、強弱も水量も調節でき、使用後の水も水路を通って畑にまわるようにしたので、その水路にはクレソン、わさび、いぬたで、などが繁殖するようになって、食の彩りをいっそう豊かにしたという。畑作りや精進生活のみならず、竹や土との生活においても軽井沢から若狭、勘六山へと、「自然な発展形」が見られるというわけだ。

私は日がな竹紙漉きの工房と、山と畑を往還した。水で一体化してゆく山の斜面での紙漉きと畑

つくりが結ばれる景色は日に日に改善されてゆき、道具がそろってくるのは楽しい眺めであった。（同前）

水上勉はそうした日々を「不思議な生活がはじまっていた」と述懐している。「しかし、それはひそかに病院で考えた、夢みていた、私にあと何年か知らぬがめぐまれた余生の送り方でもあった」。勘六山でのこうした日々のなかで、水上勉は、人間としての、そして作家としての総決算に思いを巡らしていくことになる。しかし、幸か不幸か、最晩年の水上を待っていたのは、「三分の二の心臓壊死」（『精進百撰』）が招いた「電脳暮しの日々」だったのである。

電脳暮し

もっとも、勘六山への移転後も原稿の手書きを放棄したわけではなかった。「特集　水上勉」を組んだ雑誌『鳩よ！』（九二年一二月）には、座椅子に座って大きな机に向かい原稿を書いている写真が掲載されている。キャプションには「原稿執筆は体調のよい午前中に2階の書斎で。書きたいテーマはまだまだある」とあり、万年筆を握る手と手元の原稿を拡大した写真のキャプションには「淀みなくマス目を埋めていく。書き慣れたいい字だ」ともある。ただし、次の頁を見ると、ファックスを操作している写真があり、そこには「ファックス、ワープロ、パソコンが設置されている部屋もある。仕事上不便はない」ともあって、ファックスはともかくとして、すでにワープロ、パソコンなどの電脳も備えられていたことがわかる。

ワープロ、パソコンは、「原稿紙に万年筆をつかってきたが、筆圧が重なると、二千字ぐらいで息切れが起きた。四百字詰だと五枚ていど」、「これでは一家を養う商売にはならない」(「勘六山電脳小学校」、『電脳暮し』)というような事態を打開すべく導入された。最初はキヤノンのワープロ、次いでマックのパソコン、さらにはＩＢＭの音声入力機能付きパソコンへと進んでいった。ためしに『飢餓海峡』一五〇〇枚を入力してみたり、みずから描いた絵をみずから漉いた竹紙に印刷したり、それをフロッピーディスクに保存しておくというような操作も経験した。

障害者たちが入力・印刷・製本を担当する工場(大阪住吉区)の存在を知ってからは、それをお手本にしてみずから「勘六山電脳小学校」と称する組織を立ち上げた。一〇台あったマックを「五体健常のボランティア仲間たち」に渡して、「それぞれの地区で重度障害の在宅生徒を担任して」もらうという方式だった。Ｅメールでのやりとりを中心にして、お手本とした障害者工場のように、生徒たちの自立を支援しようとしたのである。

ただし、この直後に水上は眼底出血に襲われ(九八年三月)、手術、さらには白内障や網膜剥離の手術や処置もあって、半年くらいは勘六山電脳小学校は開店休業状態となったらしい。ともあれ、病気でいったん頓挫するのが九八年三月なので、遅くともこの頃までには水上の公私にわたる電脳暮しは、かなり深みにはまっていたと考えられる。『電脳暮し』は、そうした日々のレポートが半分、そしてこのように体調が万全でないにもかかわらず『才市』以降の新境地をうかがわせるようなエッセイ類が半分、という最晩年の水上を代表する書物であった。

最初に全体の構成を明らかにしておくと、三部構成で、第一部「電脳暮し」は「勘六山電脳小学校」「音声入力」の二章から成り、第二部「ことばの出所」は「ことばの出所」「貧のおきみやげ」「母の谷水」「ことばを育てる」の四章から、そして第三部「一日だけ生きる」は「一日だけ生きる」「まん中を生きる」「災禍を生きる」「電脳と生きる」の四章から成っている。これらのうちで第二部だけは書下ろし（録音した音声のワープロおこし）だが、それ以外の第一部と第三部に収められた章は、九五年から九九年にかけて雑誌や新聞に発表されたものをまとめたものだ。

『才市』を超えて

そこで問題の、「『才市』以降の新境地をうかがわせるようなエッセイ類」だが、実はここにも、「『才市』へと至る道」で出会った人物は少なからず再登場している。そしてそのなかでも特に、『才市』以降に水上勉がいっそう傾倒していったのが、中国禅宗の第六祖慧能《えのう》だったのである。「『才市』へと至る道」で出会った人物たちが、ハンディと輝きという観点から評価されていたことは前章で述べたが、そこでも紹介した梁楷作の「六祖截竹図」をめぐって「ますます竹を伐る六祖慧能が竹の不思議世界に入りこんでゆくような気がしました」（「母の谷水」）と発展させている。

「竹は不思議な植物」であることを水上は繰り返し強調する。「割ると筒の内側にいちまいの乳白色の紙をたくわえて」いることから始めて、「やわらかく絶妙に働いている」点、南方から中国や日本

図4　梁楷「六祖截竹図」（東京国立博物館蔵）

に渡ってくることで性格までも変えている点、横笛や笙など「縦にも横にもなって音楽器の仲間では欠くことのできない管となっている」点など。

六祖慧能が文盲の人で、しかも、竹を伐っている光景は、不思議な光景だといったのはそういうことをかさねて考えるからでもありますが、竹にかぎらず、桐（浅原才市の下駄の材料）や檜やが、この世で役に立ち、しかも、それぞれ黙っている姿が、かえってことばをいっているような気がするのです。

黙っているのに「かえってことばをいっているような」竹の不思議なありようから、水上は「浅原才市が石見桐の下駄材料のカンナ屑にさそわれて一万首以上もの詩を書きのこしたことも、ことば以前のことを考えさせます」と論理を飛躍させる。そしてここで想起されたのが、「六祖慧能の故郷で山を登る坂で見た天秤棒を担ぐ女性」だったのである。彼女こそは「ことばを出さないでものをいっていた人だと思えてきました」。「その山は慧能の生誕の地が国恩寺という寺になっていて、いまは観光名所の温泉郷であったことなどとかかわりがないもので、読み書きができなくても、樵夫でも、農婦でも、天秤棒を担ぐだけで、一冊以上の本を読んだような思いを人に抱かせるものだということを悟らせていただきました」。

この天秤棒を担ぐ女性のことは、『電脳暮し』のなかに繰り返し出てくる（ただし、七九年に書かれた六祖の故郷訪問記〔「中国・黄梅県東山に登る」、『朝日新聞』七九年七月二〇日夕刊〕にはこの女性は登場していない）。「一日だけ生きる」の章に詳述されているので、引用してみる。

私は諸行は無常、無常は迅速と口ずさみつつ国恩寺のある小高い山をのぼり、貧しい母とともにふたり暮しだったという二十代前半の薪売り男（六祖のこと――藤井注）の千年前を想像しつつ中腹にさしかかった。と、ひとりの中年女が、天秤棒をかついで何か野菜をはこんでくるのに出会った。野菜は大根かぶらの類らしく、かなり重そうである。道はかなり平坦であるが、よく見ると、登り勾配。日本農家なら、軽トラを運転する女性を見かけて当然であるが、中年女性は、腰を振り、天秤に片手をあて、調子をとって私をやりすごしてゆく。私は追いかけるようにあともどりして、女性の荷をたしかめる。籠を見、前方のつまり同じ籠に石の入っているのを見て息がつまった。石は日干し煉瓦であった。四個ぐらいあったろうか。私の頭のゴミを払いのける一陣の風が吹いた。私は小さな小さな悟境を得たように思う。

前後の野菜の重みと石の重みのバランスがとれていれば、そして天秤の中央の一点がかたよってさえいなければ、「うしろ荷の重さは石で消え、無いに等しかろう」。「女性はそれを私に告げて、腰を振って去るのである」。そして水上はここに、文盲だった母の過酷な労働を重ねて涙する――「子供の頃から見ていたこと、物いわぬ母の、寡黙な労働に後光がさしはじめた」。「水上勉は農民の子であるだけに、中国南端の国恩寺の山の中腹で出会った中年女性の黙ってすぎる背中に、声をきいたのである」（傍点原文）。

言葉を超えた世界

『才市』以降に水上勉が入りこんでいった世界が、言葉を超えた世界、あるいは沈黙が逆に声を響かせるような世界であったことが、ここに示唆されている。文盲の才市ですら、表音字とはいえカンナ屑に書きつけた「一万首以上もの詩」を残したわけだが、もはやそれすらも無用である、と最晩年の水上は言おうとしていたように見える。

そして次章「まん中を生きる」では、西田幾多郎の説を援用して「慧能禅に、大地にどっかと足をつけた生活が感じられることをいいたかった」としたうえで、慧能のこんな言葉が現代語訳で紹介されている。

「人は生れながらに般若の智恵をもっていて、自分でその智恵を働かせて、いつもあらゆるものの道理を見きわめるのである。必らずしも、文字をかりなくてもいい。内外にとらわれなければ行くもくるも思いのまま。とらわれの心を除けば何のさわりもなく心が働く。こういう実践が出来れば、それは般若経とまったく違いがない。」（中川孝『慧能の生涯と思想』）

「必らずしも、文字をかりなくてもいい」、「ことばを出さないでものをいっていた人」、黙っているのに「かえってことばをいっている」、「読み書きができなくても（中略）一冊以上の本を読んだような思いを人に抱かせる」人――最晩年の水上勉があおぎみた世界がここに姿を現そうとしている……。そういえば、ここで、だいぶ以前の『良寛』（八三年刊）のなかにも、ことば以前というテーマが見え隠れしていたことを思い出しておくのも無駄ではないかもしれない。

『良寛』の終盤〈二九〉では、水上は良寛の詩文を読み解いてその悟境に深く寄り添っている。そして「彼はもはや『般若心経』空観の身現者であった」と結論付けている。

悟境に到った人が、ただ悟ったといっただけでは、境地は第三者にはわからない。悟っても、悟った世界を、ことばにして表現してくれねば、どうにもならない。良寛は詩篇でその悟境を刻みこみ、その営為に生涯を費した、と述べたのもこの消息である。しかし、いま、詩篇の骨髄に深入してみると、どうやら、ことばにすることも空しいとする、「絶学無為」の貌もうかんでくる。詩よりも従容たる実践。身にそれを現すしかない。思弁も、教学もあるものか。接するのは、山であり川であり木であり花である。人間である。辻々に佇んで、実存する森羅万象に頭をたれ、物を乞うて生きるだけのはなしだ。それしかない。

たしかに良寛は多くの詩編を残したけれども、その根底には、「ことばにすることも空しい」、「詩よりも従容たる実践。身にそれを現すしかない」という思いが読み取れる、すなわち「彼はもはや『般若心経』空観の身現者であった」というのである。『才市』冒頭の、文盲の他力信仰の人々（妙好人）こそが一休や良寛を支えた、すなわち「まこと山川草木悉皆有仏性である」というくだりを想起させるが、時代順に図式化すれば、「従容たる実践。身にそれを現すしかない」「身現者」は、良寛に始まり、妙好人（才市）を経て、天秤棒の女性や寡黙な母へと引き継がれた、と見立てることもできる。

この見立てに従えば、言葉など不要で「身にそれを現すしかない」「身現者」という最上級の称号は、一休良寛のような堂々たる詩文をのこした文人詩人（?）ではなく、さらには文盲でありながらもカンナ屑に思いを書きとめた庶民詩人（才市）でもなく、天秤棒の女性や寡黙な母のような無言詩人にこそふさわしい、ということになるのではないだろうか。これこそがまさに晩年の水上勉が辿るべくして辿ったみちであり、見事なまでのおのずからな歩みをそこに見て取ることができる。「おのずからな歩み」を、晩年の水上勉が野菜作りや竹細工について述べていたことを借用して補足するなら、キャベツを効率優先で無理やり内に巻いた重い球に作るのではなく、反りかえりたいのであれば自然のままに外側に反らせてやろう、ということであり、尺八作りの場合で言えば、内側にうるしを塗って無理に息をすべらせるのではなく、内側の眼に見えぬ無数のみぞの流れにそって自然に息が流れるようにしなくてはならない、ということでもある。そうした、自然のまま、おのずから、を〈身に現す〉かのように文字通り自然体で実践していたのが最晩年の水上勉だったのだ。

こうした「おのずからな歩み」は、前のほうで指摘した「畑作りと竹紙漉きの生活」が「ごくごく自然な発展形としてここに辿りついた」こととも通底している。水上自身はそれを「生活改造」「生活転換」としての「畑作りと竹紙漉きの生活」と言っていたわけだが、おそらくそれは、大病を余儀なくされたことによる一種の被害者意識がそのように言わせていたのであって、実際は、「改造」や「転換」などではなく、生活はもちろん、文学や思想までもが、見事なまでに「ごくごく自然な発展形として（＝おのずからな歩み）ここに辿りついた」と言うべきではないだろうか。それが最晩年の水上勉の、言ってみれば到達点だったのである。

［付記］本文中では最晩年の水上勉が最愛の母を「天秤棒の女性」と並んで最上位に位置付けていたと述べたが、敬愛する父についても最晩年に言及していたことを紹介しないのは不公平かもしれない。宋の国

から来日して尺八を広めた虚竹禅師をめぐる作品（『虚竹の笛——尺八私考』二〇〇一年一〇月刊）のなかに、例の父の尺八作りのエピソードがまたしても紹介されているのである。『虚竹の笛——尺八私考』は第二回親鸞賞を受賞した（〇二年）水上最後の力作で、眼底出血などを体験した後にも脳梗塞による半身マヒやリハビリなど（NHK「クローズアップ現代　老いて華やぐ——作家・水上勉のメッセージ」〇五年二月二三日放送）を乗り越えての渾身の作であった。

あとがき

本書中のいくつかの論は実際は四〇年近くも前に私の第一評論集として刊行されるはずのものであった。本人もそのつもりで矢継ぎ早に論を書きためていったのだが、最初の本はメジャーな対象で、との周囲の声に押されて頓挫し今日に至ったものである。今回それが再浮上したのはコロナ禍がキッカケだった。長期のステイホーム期間中にみずからの精細な著作目録を作成し、水上論が一冊分もあることに改めて気づかされたからだ。本来なら著作目録は退職時に刊行される紀要の記念号に載るはずのものだが、私の場合は年下の同僚による剽窃の被害にあったために抗議の意味をこめて記念号の権利をみずから放棄したので、作成がのびのびになっていたのである。

したがってあの悪名高いステイホーム期間がなかったら、著作目録が（ひいてはこの本も）陽の目を見ることはなかったかもしれない。それが運よく作成されることになったばかりでなく、中身のほうも、完璧主義者による自家製なのでたいそう充実したものとなった。おそらく退職記念号ではこんなわけにはいかなかったかもしれない。人生、何があるか、どう転ぶか、わからぬものである。

などと水上節を気取っても仕方ないが、今回、水上論が一冊分あるからといって、それを右から左に本にしようなどと思ったわけではない。何よりも、現在でも読むに値するものであるかどうかが問題だからである。答えは、このように本になっているのだから、本人が見ても、本屋さんが見ても、合格であったことはいうまでもない。

猫も杓子もはやりの方法に飛びつく近代文学業界において、流行にはいっさい見向きもせずに自己流を貫き通してきたことが結果的に幸いしたのだ。今は以前と違って出版助成制度が完備され過ぎていて、おおむかしにはやった方法に基づいた骨董品のような論すら本になってしまうご時世だが、本書がその仲間にならなくて済んだことは我ながらうれしい限りである。

四〇年も棚上げされていただけでなく、本になるまでにも多くの紆余曲折があった。読むに値することを確認した私が最初に話を持ち掛けたのは、当時清張文庫企画を一緒にやっていた岩波書店の鈴木康之氏であった。結局ここでは思わしい結果が出なかったが、曲がりなりにも動き出したのでデータ化作業に着手することができた。半分以上は手書きかデータが残っていなかったので、それを一気呵成にデータ化したのである。のちに水上勉が電脳時代初期に『飢餓海峡』一五〇〇枚をみずからデータ化したことを知って、大いに意を強くしたものだ。

思わしい結果が出なかった折に何かと相談に乗ってくれたのは、二冊も本を出してもらったことのある元平凡社の坂下裕明さんだった。業界内のことを隅から隅まで知り尽くした坂下さんからはいろんな知恵を授かった。で、いよいよ範囲を広げていろんな本屋さんにあたろうかと思っていた矢先に「呼び止められた」のが、以前にも出していただいたことのある名古屋大学出版会の橘宗吾さんだったのである。

それにしても、橘さんが私以上に水上勉を読んでいたことには驚かされた。本書のラスト二章の書き下ろしは、愛読者であると同時に名うての編集者でもある橘さんの執拗な注文がなかったら、おそらく書かれることはなかったであろう。岩波に持ち込んだ時にはこの二章は無かったのだから、断られても当然ともいえる。

本屋さん関係でお世話になったのは以上の方々だが、私の水上勉研究の出発点となったのは、恩師である越智治雄の水上勉研究だった。まだまだ大衆文学蔑視の風潮が強いなかで越智治雄が水上勉研究を手掛けたということがどれほど励みになったことか。水上研究にとどまらず、その後の私の大衆文学研究、大衆文化研究の原点にあるのが越智治雄の果敢な水上勉研究だったのである。

これ以外にも、研究を進めていく過程では僥倖ともいうべきいろんな利便に恵まれた。『金閣炎上』研究では丹後と熊野の現地調査が成否を左右したが、若狭・丹後の道案内をしてくれたのは当時京都府宮津漁協勤務の叔父藤井敏栄だったし、熊野の案内をしてくれたのは大学時代からの友人の恩田雅和（当時和歌山放送勤務）だった。どうしてそんなうまい具合に適所に援助者がいたかと我ながら思うが、ともかくお二人がいなかったら、本書の中核部分ともいうべき『金閣炎上』論は書けていなかったかもしれない。

そもそも私が水上論を書き始めたのは、越智治雄からの影響は別格とすれば、最初の勤務先が名古屋の東海学園女子短期大学（現・東海学園大学）という浄土宗系の短大だったからであった。所収論のいくつかはそこの紀要に載せたものだし、何よりもこれらの論とほとんど同じ内容を講読とか演習とかの授業で話していたのである。いまその講義ノートも手元にあるが、ほとんど論と同じ内容で、話しては書いていたんだなということが懐かしく思い出される。懐かしいといえば卒論合宿は毎年京都だったし、学科旅行で若狭に行って、帰省中だった水上氏と和田の宿で鉢合わせしたこともいい思い出だ（八一年六月五日）。

最後に論自体について一言だけ付け足すとすれば、本書中の多くの論は作品論（はやりの方法を使うというわけではない。作品に即してひたすら精緻に読み解くだけ）全盛期に書かれたものだが、当時作品論は主に短編を対象としており（そうでないと精緻な読みができないというやむをえぬ理由もあったが）、長編になるとたんに大ざっぱなテーマ論や作家論になってしまうのが常であった。それに対して、長編でも精緻な読みを、というのが私の目指したところだったが、今回読み直してみて、『雁の寺』を始めとする長編に対してもそれなりの精緻さを保ち得ていたことを知った。作品論の復興というようなことがありうるとしたら、長編の攻略は不可欠なので、そんな観点からも読んでいただけたら幸いである。

令和三年七月二三日

藤井淑禎

［付記］最後に、ほとんどが大幅な改稿を経ているが、いちおう各章のもとになった論文の初出を掲げておく。

第一章→『東海学園国語国文』（一九八一年一一月）
第二章→『東海学園国語国文』（一九八二年一〇月）
第三章→『日本近代文学』（一九八四年一〇月）
第四章→『東海学園国語国文』（一九八三年一〇月）
第五章→『文学』（岩波書店）（一九八八年八月）
第六章→『国文学解釈と鑑賞』近・現代作家と仏教文学特集号（一九九〇年一二月）
第七章→『高度成長期クロニクル』（二〇〇七年一〇月刊）
第八章→『文学界』水上勉追悼号（二〇〇四年一一月）、『景観のふるさと史』（二〇〇三年八月刊）
第九章→『国文学解釈と鑑賞』水上勉特集号（一九九六年二月）
第十章→『国文学解釈と鑑賞』良寛特集号（一九九三年一〇月）
第十一章→書き下ろし
第十二章→書き下ろし

索　引

あ　行

か　行

さ 行

た 行

な　行

は　行

ま　行

や　行

ら　行

わ　行

《著者紹介》

藤《ふじ》 井《い》 淑《ひで》 禎《ただ》

1950年愛知県生まれ。慶應義塾大学卒業，立教大学大学院博士課程満期退学。東海学園女子短期大学助教授，立教大学教授などを経て，現在，立教大学名誉教授。著書に『不如歸の時代』（名古屋大学出版会，1990年），『純愛の精神誌』（新潮選書，1994年），『望郷歌謡曲考』（NTT 出版，1997年），『小説の考古学へ』（名古屋大学出版会，2001年），『清張 闘う作家』（ミネルヴァ書房，2007年），『名作がくれた勇気』（平凡社，2012年），『乱歩とモダン東京』（筑摩選書，2021年）ほか

水上勉

2021 年 11 月 20 日　初版第 1 刷発行

定価はカバーに
表示しています

著 者　藤 井 淑 禎

発行者　西 澤 泰 彦

発行所　一般財団法人 名古屋大学出版会

〒 464-0814　名古屋市千種区不老町 1 名古屋大学構内
電話(052)781-5027/ F A X(052)781-0697

印刷・製本 亜細亜印刷㈱　ISBN978-4-8158-1047-4

乱丁・落丁はお取替えいたします。